極悪[illegible]子の愛[illegible]聖女

マチバリ

illust. 氷堂れん

eR
eロマンス ロイヤル

Contents

Gokuaku Ouji no Aigan Seijo

Character

アーロン・ノルトハイム

二十五歳。女好きと噂される、ノルトハイムの王太子。粗野な言動から「極悪王子」と呼ばれ、恐れられている。無類の動物好きで自身の離宮には拾ってきた犬や猫などの動物たちが！　しかし、彼にはある深刻な秘密があって——!?

ジゼラ・シュタイエル

二十二歳。伯爵家の庶子で、大人しく物分かりの良い性格。強い癒しの力の持ち主で、十歳の頃から聖女として神殿に仕えていた。大切な異母妹が「極悪王子」の婚約者候補となったことを知り、身代わりに登城することを決意する。

イブリット

北の森の魔女。人の理から外れた存在。ある事件をきっかけに王家を強く恨んでいるが——。

グラシアノ公爵

アーロンの叔父で王弟。野心家で王の座に強い執着を持っており、アーロンの命を何度も狙っているが、なかなか尻尾を掴ませない。

ヤン

アーロンの従者。獣人の血を引く青年。天涯孤独の身の上で、スラムで暮らしていたところをアーロンに拾われたため、絶対の忠誠を誓っている。

プロローグ

目に鮮やかな新緑とそれを彩る色とりどりの薔薇の花。

王宮内のローズガーデンはまさに花盛りと呼ぶにふさわしい美しさ。初夏の柔らかな日差しに暖まった空気には甘い花の香りが混じり、自然と穏やかな気持ちになれる、はずだった。

(なんなの、この空気)

ジゼラは静かに紅茶を口に含みながら、もう一度周囲を確認する。

手入れの行き届いた芝生の広場には等間隔に白いテーブルが配置されており、それぞれに数名の令嬢が着席している。

年頃の彼女たちは自分たちの美しさを最大限に引き出した装いをしており、さしずめ咲き誇る薔薇のようだ。

一見すれば、とても華やかな光景だが、なぜか彼女たちの顔色は揃って青ざめていた。

用意された紅茶はすでに冷め切っていて、誰も手を付けない。談笑する声も聞こえず、響くのは鳥のさえずりと葉を揺らす風の音だけ。

まるで葬儀か鎮魂祭のようだ。

(噂には聞いていたけど、予想以上ね)

ため息をこぼしたいのを必死にこらえながら、ジゼラは半分ほど飲み終えた紅茶のカップをソーサーに置く。

誰も口もきかず動きもしない。この場に偶然通りかかった者がいたら、きっと奇妙な芸術作品を見たような顔をするに違いないだろう。

美しい花々と化した令嬢たちが一人の男性を取り囲んでじっと座っている。まるで喜劇だ。

(こんなことならもっと派手な服を着てくるんだった)

今日のジゼラは瞳の色に合わせた青いドレスを着ていた。装飾は控えめで動きやすさを優先したため、あきらかに他の令嬢たちの装いからは一段落ちる。

光の加減によっては黒に間違われる焦げ茶色の髪は目立たないように結い上げられており、ジゼラの控えめな美しさを引き立てているものの、髪飾りなどを付けていないため少々地味で、少し浮いた雰囲気なのは否めない。薔薇の中に間違って野菊が咲いてしまったような場違い感があった。

(そろそろ中座を願い出るべきかしら？　それとも、誰かが口を開くまで待つべき？)

瞳だけを動かして周囲をぐるりと見回してみるが、自主的に発言できそうな令嬢は見当たらない。

全員がジゼラより若く、大人しそうなのがわかる。

待っていても誰も口を開かないだろう。

(ああもう、しかたないわね)

きっとここでじっとしていてもジゼラが求める結果は得られない。場の流れを変えるためにも、ここは年長者である自分が行動を起こすべきだろう。元々そのつもりだった。

意を決したジゼラは小さく深呼吸すると、気分が悪くなったと言わんばかりに軽く顔を伏せながら、そっと手を上げようとした。だが。

「おい。どういうつもりだ」

「……！」

ジゼラが声を発する直前。まるで氷のような声がその場を震わせた。

視線を向ければ、中央にあるテーブルに座っている人物――この場の主役が険しい表情でティーポットを抱えた侍女を睨みつけていた。

「あの、殿下、私は」

「どういうつもりだと聞いている」

「ひっ!!」

殿下と呼ばれた男は琥珀色の瞳を細め、さらに声を低くする。

どこか野生の獣じみた精悍な顔立ちとたくましい体躯。さらりと風に揺れる銀色の髪は美しいだけに、その風貌をさらに恐ろしく飾り立てているように見える。

黒を基調にした正装に身を包んだ姿は神々しいが、同時に恐ろしいほどの存在感をその場に与えていた。

「アーロン殿下！　この者はまだ新人でして」

侍女と男の間に執事風の男性が割り込み、頭を下げた。

怯えていた侍女も我に返ったのか、慌てて腰を折っている。

「申しわけございません。で、殿下のお茶が冷めているように見えたので新しいものをと……」

「ほお？　新入りの分際で無断で俺に茶を注ぐとは、随分な自信だな」

「……っ……」

なじられている侍女は真っ青で今にも倒れそうだ。

どうやら彼女は男の許可を得ずに新しいお茶を注いでしまったらしい。

「よほど腕に覚えがあるらしい。どうせなら小娘たちにも茶を振る舞ってやれ」

「それ、は……」

「俺がいいと言っているんだ。さあ、その茶を配れ！」

「っ……!!」

男の声に、侍女はふらりと身体を揺らめかせ抱えていたティーポットを落としてしまう。地面に落ちた弾みに蓋が外れ、芝生のうえに紅茶のシミが広がっていく。

「あ……あ……」

地面に座りこみ、ガクガクと震える侍女の姿は不憫を通り超して痛々しく見えた。

ジゼラは我慢できず立ち上がりかけたが、それよりも先に椅子を倒さんばかりの勢いで立ち上がったものがいた。

周囲の人間が一斉に息を呑む。

「ふん。興が削がれた。今日はここまでだ」

それだけ言うと男、アーロン・ノルトハイムは白いマントをはためかせながら、その場から離れていく。

「まさに極悪王子ね……」

ジゼラの呟きは、アーロンが姿を消したことに安堵した人々のため息によってかき消された。

見せつけられた噂に違わぬ光景に秘めていた決意が揺らぎかける。

だが、ここで怯むわけにはいかないと、ジゼラはまっすぐに彼が去っていた方向を見つめた。

（なにがなんでも、私は彼に処女を奪ってもらわなきゃならないのよ……！）

第一章

聖女は極悪王子に奪われたい

ノルトハイムは南北にそれぞれ広がる広大な森に守られた平和な王国だ。森の奥にはいにしえの精霊や魔獣など人の理から外れた生き物が棲んでおり、彼らからもたらされる魔法資源のおかげで国民は豊かな生活を送っていた。

国は互いの平和のため、彼らの領分を侵すことを固く禁じていた。特に北の森の深淵には恐ろしい魔女がいると言い伝えられており、人が立ち入らぬようにと神殿が結界を作り境界を守っているほどだった。

そんなノルトハイム王国に暮らすジゼラ・シュタイエルは、二十二年前に伯爵家の庶子として生を受けた。

当時まだ嫡男だった父エドガーが新人メイドだったジゼラの母と恋仲になり、身籠もらせてしまったのだ。一時は家を捨ててでもジゼラの母と結婚すると父は息巻いていたらしいのだが、ジゼラの母は産後体調を崩しあっけなくその生涯を閉じてしまった。

残されたジゼラは本来ならば放逐されてもおかしくない立場だったが、祖父であり当時の伯爵が哀れに思ってくれ父の元で育てられることになった。

幸いにもジゼラは物わかりのいい大人しい性格だったので、健全な子ども時代を送ることができた。

父に見初められた母によく似た控えめで清楚な美しい見た目も、ジゼラを大きく助けた。これで醜ければ誰にも顧みられなかっただろうし、派手過ぎれば反感を買っただろう。

その伯爵家の跡を継いだエドガーは、身分の釣り合いの取れた貴族女性を妻に迎えることになる。

ジゼラの継母となった義母のルビナは少々気位の高い女性ではあったが、非道な人間ではなくジゼラを冷遇することはなかった。だが、やはり夫が昔の女に産ませた子どもを素直に愛せるわけがない。ジゼラも若く美しいルビナを素直に母と呼ぶわけにもいかず、お互いの距離が縮まることはなかった。

変化をもたらしたのは、ジゼラが五歳の年に生まれた妹であるルイーゼの誕生だった。

愛らしい異母妹の存在はぎこちなかった家族を変えた。ジゼラはルイーゼを溺愛し、その姿にルビナもジゼラに対する態度を軟化させていった。

ルビナはジゼラを妹のように大切にしてくれ、お茶会などに同行する機会も増えた。

子ども同伴の集まりに参加した時などは、心ない人から「庶子のくせに」という言葉をぶつけられることもあったが、ジゼラは平気だった。

自分が庶子なのは間違いないし、この環境こそが身に余る幸運だと理解していたから。

その三年後、今度は嫡男となるフレッドが生まれシュタイエル家は順風満帆だった。

ジゼラはこの幸せがずっと続くことを願っていたのに。


「私が、聖女ですか?」

「さようです」

突然やってきた神官の言葉に、ジゼラをはじめとしたシュタイエル家の一同は困惑を隠しきれなかった。

十歳を迎えたジゼラは、大人しくソファに座って話を聞いていたが、ルイーゼは不安そうにルビナにしがみついていたし、フレッドは乳母の腕に抱かれ今にも泣き出しそうにむずかっている。

「先日、神殿で行われた洗礼で異例の結果が出たことはご存じですか？」

洗礼、という言葉にジゼラは眉を寄せる。

この国では、身分を問わず十歳になると洗礼と呼ばれる儀式を受けるという決まりがあった。生まれついた魔力の質や量を測定するのだ。

魔力量や属性で結婚を決める貴族は多い。魔力量にあまりに格差がありすぎると、子どもができにくいとされているからだ。また、魔力があれば庶民であっても神官などの重要な役職に就くことができ、運がよければ出世も可能だ。

だからジゼラも例に漏れず洗礼を受けたのだが、その時ちょっとした騒動が起きていた。

それを思い出したのか、隣に座っていた父エドガーが「ああ」と声を上げて頷く。

「なんでも洗礼に使う水晶が割れたとか」

そう。洗礼で魔力を測定するために使われる水晶がジゼラの番になる直前、なんと真っ二つに割れてしまったのだ。

当然、その場は大騒ぎになったため、ジゼラから後の子どもたちは洗礼を受けるどころではなかった。

儀式は後日にという異例の判断がなされ、ジゼラは自分が持つ力がなんなのかを知らないままでいる。

今日の訪問は、てっきり儀式の仕切り直しか、洗礼を受けられなかった子どもを個別に回っているのかと思ったが、どうやらそうではないようだ。

なんとなく嫌な予感がして、ジゼラは身体(からだ)を硬(かた)くした。

「私どもはてっきり、このジゼラ殿(どの)の前に洗礼を受けた男児が何か秘めていると思ったのですが。どうやらそうではなかったようです」

「は……？」

思わずジゼラは声を上げる。

普段ならすぐさまはしたないと諌(いさ)めてくるであろうエドガーもルビナも、驚(おどろ)いたような顔で神官を見つめていた。

「ジゼラ殿。この水晶に手をかざしていただけますか？」

神官が懐(ふところ)から出したのは、洗礼で使ったものより一回り小ぶりな水晶の球(たま)だった。

ジゼラはエドガーに助けを求めるように視線を向ける。

「……やりなさい」

不安そうな顔をしながらも、エドガーが静かに頷いた。

ジゼラはおそるおそる、水晶に手をかざす。

「わ！」

すると水晶の中が白く光りはじめ、部屋の中を明るく照らした。

まるで真夏の太陽のような眩しさにジゼラは驚いて慌てて手を引っ込める。すると水晶は見る間に光を失くし、元の透明な石に戻った。

「やはり……！」

神官が喜色を露にする。瞳を輝かせて、ジゼラと水晶を見比べる。

興奮を隠しきれない面持ちが不気味で、思わず隣に座るエドガーの腕にすがりつく。エドガーもまた、何かを察したのかジゼラの肩をぎゅっと抱きしめてくれた。

「今のは何なのでしょうか」

「どうやら、ジゼラ殿は尋常ならざる聖なる力をお持ちのようだ」

「聖なる力？」

「ええ。いわゆる『癒やしの力』です。ジゼラ殿、これまで大きな怪我や病気をしたことは？　またはご家族の重い病や怪我が急に治ったことはありませんでしたか？」

神官の問いかけに大人たちは顔を見合わせた。

ルビナの表情は真っ青で、同席していた使用人たちも難しい表情を浮かべている。

重い空気の中、口を開いたのはエドガーだった。

「……ジゼラは、幼い頃から病気一つしない子どもでした。怪我をすることもほとんどなくいつも元気で。先日、ここにいるルイーゼが高熱を出しました。医師の診断は二十日熱ということでしたが、ジゼラが看病するといって一晩一緒に過ごしたのです。その翌日にはすぐに熱が引きました。今ではこの通り健康そのものです」

エドガーの言葉に、神官がさらに色めき立つ。

「やはり。癒やしの力を持つ者は自らの傷や病を自然と治してしまうのです。そして近しい人間もまた無自覚に癒やすのです。ジゼラ殿、あなたは間違いなく聖女だ」

聖女と神官が口にした瞬間、ルビナは「ああ」と悲鳴にも似た声を上げてぐらりとソファに倒れ込んだ。しがみついていたルイーゼは母親の急変に泣きじゃくり、使用人たちも慌てている。

エドガーは神官に「今日は帰ってくれ」と詰め寄っていたが、ジゼラだけはその場から動けず一言も口をきけないでいた。


神官が帰った夜、ジゼラはエドガーの執務室に呼び出されていた。

エドガーはルビナに気を遣ってかジゼラを表立って甘やかすことはなかったが、父親としての役目はしっかり果たしてくれる優しい存在だった。伯爵としての役目を果たす立派な大人。だが、今のエドガーは一気に年を取ってしまったように気落ちして見えた。

「ジゼラ。あの神官はお前を諦めないだろう。きっと今すぐにでもお前を神殿に連れて行き、酷使するつもりに違いない」

悲痛な口調で語るエドガーの言葉をジゼラは黙って聞いていた。

聖女とは神殿に仕える癒やしの力を持つ者の呼称だ。神殿に仕え、求める者に癒やしを与える聖なる乙女。

洗礼で聖女と認定されれば、たとえ貴族であってもよほどの理由がない限り役目を断ることはできない。

神殿は国内外に強い影響力を持っているため、刃向かえばどんな目に遭うかわからないからだ。最低でも十年は神殿から出られないのが通例と聞いている。

「できることならお前を逃がしてやりたい。明日には神官たちがここにまた来るだろう。その前に、お前を親類の元に……」

「いいえお父様。私、行きます」

「!!」

驚愕の表情のエドガーに、ジゼラは困ったような笑みを向ける。

「私が逃げたらきっとお父様たちに迷惑がかかるでしょう」

「しかし、お前はまだ十歳だ！　神殿に勤めるには幼すぎる！」

手を握りしめてくるエドガーの悲痛な声に、ジゼラはきゅっと唇を引き結んだ。

「お父様。私は今日まで充分幸せでした。本当だったら余所に捨てられてもおかしくなかったのを大切に育てていただきましたし、かわいいルイーゼやフレッドにも会えました。庶子である私はいずれ屋敷を出て行く運命だったんです」

「ジゼラ……」

それは嘘偽りのないジゼラの本心だった。

この国では貴族の庶子に立場はない。

たとえ実子がいなくても継承権はないし、財産分与も許されていない。市井に下ろうにも、半分は貴族であることに変わりはないので、平民たちからも一線を引かれてしまうことも多い。

存在自体がやっかいだと、生まれてすぐに捨てられる場合も少なくはなかった。

小さな頃はわからなかったが、成長するに連れてジゼラは、自分が随分と恵まれた立場にいる庶子だということを自覚するようになっていた。

エドガーはもちろんのこと、本来ならばジゼラを嫌ってもおかしくないルビナも心を砕いてくれた。何より、かわいいルイーゼとフレッドが姉と慕ってくれた。

「私が聖女となれば、このシュタイエル家に有利なことも多いはず。それに、たったの十年ではありませんか。恩返しさせてください、お父様」

聖女を輩出した家にはそれなりの褒賞が与えられる。

大切な役目を果たした家門だと社交界での地位も上がるし、商売の面でも聖女を排出した家系で縁起がよいからと、よい商談が持ち込まれると聞いたことがあった。

シュタイエル家は伯爵家ではあるが、突出した名門でもお金持ちでもない。だが、ジゼラが聖女となればきっともっといい暮らしができるだろう。ひいてはルイーゼやフレッドも幸せになるはずだ。

ただの庶子でしかない自分が役立てるのならば、喜んで聖女になろう。ジゼラは本気でそう考えていた。

「ジゼラ……」

エドガーは幼い娘の覚悟を知って、涙を滲ませたのだった。

こうして、ジゼラは生家を離れ、聖女となった。

しかもノルトハイム王国で最も大きな本殿と呼ばれる神殿の聖女だ。

生まれてくる聖女の数は年々少なくなっているそうで、ジゼラほどの魔力量を持った存在は数年ぶりの出現なのだと教えられた。

日々、国の安寧のために祈りを捧げ、通ってくる信徒たちの病や傷を癒やし、神殿で預かっている親のいない子どもたちの世話をする。めまぐるしい生活は確かに忙しかった。

意外だったのは、聖女としての日々はジゼラが想像していたほど、過酷ではなかったことくらいだ。

確かに大変ではあったが、耐えられないほどではなかった。

神殿の人々も、力の強い聖女であるジゼラに丁重に接してくれたし、暮らしは質素だったが清潔で安全だった。不満を口にするほどのことは何もない。

同僚の他の聖女たちは、各地の神殿で務めを果たしているため、ほとんどが顔を合わせることはなかった。

引退間際の聖女が神殿長に挨拶に来たのを見たことはあったが、言葉を交わすこともない。

聖女はその功績から、引退後は庶民であっても貴族に嫁ぐことが許されているらしい。実際、引退してすぐに神殿で貴族と結婚式を挙げていた元聖女の姿を見たことがある。

親子ほどに年の離れた新郎の横に立つ元聖女の女性は、そこまで幸せそうに見えなかったのが印象的だった。

まだ幼かったジゼラには彼女が何故貴族と結婚したのかはわからなかったが、庶民であれば貴族と結婚できるだけでも幸せなのだと教えてくれた神官の言葉に、頷くことしかできなかった。

とにかく、ジゼラは自分にできることをしようと必死に努力したのだった。

そうしてあっという間に予定されていた十年が過ぎたが、その後もジゼラは聖女であり続けていた。

生家からはそろそろ帰ってきてはどうかという便りが届いていたが、深刻な聖女不足もあって神殿側がもう少しいて欲しいと懇願してくるために、なかなか引退できなかったのだ。

本当はすぐにでも家族の元に戻りたいと願っていたジゼラだったが、せめて自分の代わりになる聖女が見つかるまではと、責任感だけでお役目を続けていた。

だが、ジゼラが二十二歳になった年、事態は急変する。

「なっ……!! ルイーゼが、あの極悪王子の婚約者候補になったですって!?」

シュタイエル家から届いた手紙に、ジゼラは悲鳴を上げた。

極悪王子──それはこの、ノルトハイム王国の第一王子であるアーロンに付けられた異名だ。

今年の春で二十五歳になるアーロンは王妃譲りの美麗な外見をしているが、その中身は極悪非道、気に入らない家臣を切り捨て、若い令嬢をとっかえひっかえ傷物にしているという噂だ。

全て真実とは思わないが、ジゼラがまだ神殿に行く前、ルビナについてお茶会に顔を出していた頃から我が儘な王子だという話はよく耳にしていた。公式の場でアーロンの横暴な態度を実際に目にしたものも少なくなく、いつの間にか「極悪王子」と呼ばれるようになっていた。

本来ならばそんな蔑称にも等しい異名を口にすれば不敬罪に問われそうなものだが、不思議なことに王家はアーロンの悪評を否定しないのだ。今では庶民ですらアーロンを極悪王子と呼ぶ始末。

「王子が婚約者捜しをしているとは聞いたけど……どうしてルイーゼが」

ジゼラは届いた手紙を握りしめると、十二年ぶりに生家に戻ることを決めたのだった。

＊＊＊

十二年ぶりのシュタイエル家は、ジゼラの聖女としての貢献もあってか以前よりも少しだけ豊かになったように見えたが、屋敷の中は重苦しい空気に包まれていた。

ジゼラの帰りを喜んだ執事に連れられ応接間に向かえば、そこには力なくソファに座り込んだエドガーがいた。

「お父様！」

「ジゼラ！」

最後に顔を合わせた時より随分と老け込んだエドガーの姿に、ジゼラは涙ぐむ。

途切れず手紙でやりとりはしていたものの、久しぶりに顔を合わせた父親の姿はジゼラの胸を打った。

「お前、戻ってきてくれたのか」

「当たり前です。ねぇ、ルイーゼがアーロン王子の婚約者候補ってどういうことなんですか？」

エドガーの表情が苦しげに歪む。

しばしの逡巡の後、エドガーは苦しみを吐き出すかのようにゆっくりと語り始めた。

「実は……王子の婚約者が見つからないことに業を煮やした国王陛下が未婚の娘を持つ貴族に通達を出したんだ。最低でも娘を一人は登城させ、アーロン王子と顔を合わせるように、と」

「そんな」

「王子が気に入れば婚約者になるという話ではあるが、噂を考えれば登城した娘が無事で帰れるとは思えない。王子のお手つきになったが相性が悪いと返された娘もいるそうだ」

なんたる横暴だろうか。

エドガーにつられて青ざめたジゼラは、その場にへたり込んでしまう。

「ルビナは招待状を見て気を失った。ルイーゼは傍についている」

それはそうだろう。ルイーゼはまだ十七歳だ。運悪くアーロンの目にとまり手折られたなら、まともな結婚は望めないだろうし、心に深い傷を負うのは目に見えている。

かわいい娘が危険にさらされる場所に呼び出されたと知って、倒れない母親がいるだろうか。

「なんてことなの。どうしてルイーゼが……」

「ああ……ところでジゼラ。お前、よく戻って来られたな。神殿は許可を出したのか？」

「ええ、まあ。元々約束は十年だったし。私は十二年勤めましたからね」

エドガーの問いかけにジゼラは少しだけ視線を逸らして苦笑いを浮かべる。

エドガーは何か言いたげな顔をしていたが、ルイーゼのことで頭がいっぱいなのだろう。追及してくることはなかった。

(危ない危ない。お父様に本当のことを言うわけにはいかないしね)

内心で冷や汗をかきながら、ジゼラはエドガーの横に腰を下ろす。

「それで、どうなさるおつもりなの？　ルイーゼを行かせるの？」

「断る術はあるまい。ルイーゼにはまだ婚約者すらいないんだ。突然結婚させればあらぬ疑いをかけられる可能性がある」

「そうよね……」

二人並んでうなだれる。

久々の親子の対面がこんな深刻な場だなんて最悪だと思いながら、ジゼラは頭を抱えた。

「しかし、全ての家から娘を差し出せなど。陛下もあまりに酷ではないか」

「そうよね……一人しか娘がいない家は、どうしたら……は……！」

エドガーの言葉を反芻していたジゼラははっと顔を上げた。

エドガーも同じことに気がついたのだろう。顔を上げ、ジゼラを見つめている。

「ねぇ、お父様。私たち、同じことを考えていませんか？」

「ジゼラ、お前まさか……いや、しかしお前は聖女としてこの十二年務めてきたのだぞ？」

泣きそうに歪む父の顔に、ジゼラはかつて神殿行きを決めた時と同じ笑顔を浮かべた。

「いいえお父様。私、行きます」

決意を秘めた娘の言葉に、エドガーは短い呻き声を上げたのだった。


ルイーゼの身代わりとしてジゼラが登城する。

それを知ったルビナは再び気を失った。そして目を覚ました時にはエドガーに「ひとでなし！それでも親ですか！」と本気で怒りを露にしていた。間近でそれを見ていたジゼラは、ルビナに本当に大切にされていることを実感して少しだけ泣いてしまった。

「いいんですお母様。私が決めたことなんです」

「ジゼラ！　あなたは我が家のために青春時代を聖女という役目に注いだのですよ。ようやく自由になれたのに、城に行くなんて。もしアーロン王子に目を付けられたら……！」

「聞けば集められたのは若く美しい令嬢ばかりと聞きます。私はもう行き遅れとも言える年齢ですから、並べば見劣りするはずです。女好きな王子といえども手を出してくる可能性は低いと思います」

ジゼラの説明に、ルビナは少しだけ落ち着きを取り戻す。

「それに、もし手を出されかけたとしても私は元聖女です。いざとなれば神殿を盾にして乗り切って見せます」

大丈夫、と胸を反らせば青ざめていたルビナの表情が少しだけ和らいだ。

「そうね……今は王家と神殿の関係はよくないと聞くわ。元聖女のあなたに害をなす可能性は低いわよね……」

「そうですよ」

昔から王家と神殿は互いに支え合い、持ちつ持たれつの共存関係を築いていたという。

だが、何があったのか、アーロン王子が生まれた頃、王家は神殿との関係を突如断絶した。

神殿に礼拝にも行かなくなり、貴族の義務である形ばかりの献金を定期的に送っているだけ。神殿もまた王族への儀式や祈禱は一切行わない。

理由のわからぬ両者の奇妙な絶縁に貴族や国民は困惑していたが、互いに何を発表することもなく具体的に問題が起きているわけでもないこともあり問題視することもできないでいた。

王家が神殿の逆鱗に触れたとか、神殿が王家の秘密を知ってしまったなどという眉唾物の噂もあるが真実は闇の中だ。

この状況の中、神殿で聖女を務めていた娘に王子が手を出す可能性は限りなく低いといえよう。

「国の要請は『家にいる年頃の娘を一人』です。国中の貴族に通達するために、あえて手紙の中で名前を指定していません。だから、私がルイーゼの代わりに登城しても責められることはないはずです」

もしルイーゼを指名した手紙であれば、ジゼラが代わりに行くことはできなかっただろう。だが、この招待状にはシュタイエル家の娘としか書かれていない。

「安心してくださいお母様、お父様。ささっと行ってすぐに戻って参りますから」

大切な家族を守るため、ジゼラは目一杯の笑顔を作った。

エドガーとルビナは申し訳ないと言う顔をしながらも、ジゼラの提案が最善だと理解してくれたのだろう。涙を浮かべながら頷いてくれた。

それからは大忙しだった。

これまで神殿にいたジゼラはろくなドレスも持っていなかったし、社交界のルールも曖昧。たとえ目にとまるつもりはなくとも、シュタイエル家の娘として城に上がるからには最低限の体裁は整えておかなければ、家の恥となってしまう。

ドレスは馴染みの仕立屋に金貨を握らせ、特急で仕上げさせた。

美しさを損なわない程度に地味で目立たないデザインをという無理難題に、なんとか応えてくれたお針子さんたちは賞賛に値すると思う。

それと並行して、ジゼラはルビナの指導の元、付け焼き刃でいいからと令嬢としての振る舞いを学ぶことになった。

行儀作法にダンスに、社交界での上下関係。覚えるべきことは盛りだくさんで、ジゼラはほんの少しだけだが身代わりを言い出したことを後悔しかけたくらいだ。

忙しい日々の中、ジゼラを支えたのは他の誰でもない、最愛の妹であるルイーゼだった。

「お姉様、ごめんなさい……私のせいで」

しょんぼりとうなだれる姿すら愛らしく、ジゼラはその頭を優しく撫でてやる。

十七歳を迎えたばかりのルイーゼはやはり愛らしく、見ているだけで心を温かくしてくれる存在だった。

久しぶりの姉妹の再会が複雑な状況下になってしまったことは悲しかったが、それ以上に妹のために自分が役立てることがジゼラには嬉しかった。

庶子という複雑な立場だったジゼラに「姉」という地位をくれたルイーゼを、ジゼラは心から愛している。

本来ならば冷遇されてもおかしくなかった自分を、純粋に慕ってくれた小さな妹。ぎこちなかったルビナとの架け橋になり、居場所を与えてくれた。

ルイーゼの将来を守るためなら、身代わりくらい安いものだ。

だが、当のルイーゼにしてみれば大好きな姉が、自分のせいで危ない目に遭おうとしていることが理解できないのだろう。

顔を合わせるたびに、目に涙を浮かべジゼラに謝ってくる。

「やっぱり私が行くべきだわ。お姉様はずっと聖女として奉仕していたのに」

「いいのよルイーゼ。私はあなたの幸せが一番大事なの。お願いだから笑ってちょうだい」

「お姉様……！」

しがみついてくるかわいい妹を抱きしめながら、ジゼラはこの子の幸せを守ってやりたいと心底思ったのだった。

そして数日後。

ジゼラは品のいいワンピースを身に着け、王城からやってきた馬車に乗り込んでいた。

迎えに来た使者はこの国では珍しい黒髪黒目の青年で、王城に向かうのが名簿に記名されていたルイーゼではないことに少し驚いていたが、ジゼラも間違いなくシュタイエル家の令嬢と知ると丁重な態度で馬車にエスコートしてくれた。

今生の別れのような顔で見送る両親やルイーゼに手を振りながら、ジゼラはどこかすがすがしい気持ちで馬車に乗り込む。

（ようやく、ようやくこれで私の願いが叶うわ……！）

王城に向かう馬車に揺られながら、ぐっと拳を握りしめれば、馬車に同乗していた使者の青年が怪訝そうな顔をする。

明らかに貴族令嬢らしからぬ動きをしている事に気がついたジゼラは、慌てて拳を引っ込めた。

「おほほほ」

取り繕った笑みを浮かべれば、青年はすぐに興味をなくし、手元の書類を忙しそうに確認しはじめた。

これから続けて何人かの令嬢を迎えに行かなければならないらしい。

どこか疲れた様子の青年に、彼もまた騒動に振り回されている一人なのだろうと、少しだけ同情の気持ちが湧く。

（いけないいけない。ここで騒いで目を付けられたら、せっかくの計画が水の泡になっちゃう）

努めて冷静を装いながら、ジゼラはずっと考えていた計画について思いをはせる。

（ごめんねお父様、お母様。無事に帰るって約束したけど……）

ルイーゼを極悪王子から守りたかったのは本心だ。かわいい妹の未来を簡単に手折られるのは納得がいかない。

だが、ジゼラにはもう一つの目的があった。

（私、絶対にアーロン王子のお手つきになって処女を捨てなきゃならないの）

＊＊＊

同じ馬車に乗せられた数名の令嬢と共に登城したジゼラは、王城の豪華絢爛さに目を剝いた。質素倹約を美徳とする神殿とは真逆のきらびやかさに足がすくむ。

「婚約者候補の皆さまは、本日から三日間、こちらで過ごしていただきます」

迎えに来てくれた青年は案内役も兼ねているらしい。説明しながらジゼラたちを客室に案内してくれた。

なんと一人一部屋ずつ用意されており、随分と豪勢なことだとジゼラは呆れながらも、使者からの説明に耳を傾ける。

「まずは、本日お越しいただきました皆さまを殿下主催のお茶会にご招待いたします」

お茶会、という言葉に令嬢たちから短い悲鳴がこぼれた。

たかがお茶会でそんなに？　とジゼラは訝しんだが、彼女たちの表情にはあからさまな恐怖が浮かんでいる。

よほど極悪王子と顔を合わせたくないらしい。

「お茶会でのご挨拶が終わりましたら、あとはこちらのお部屋でごゆっくりお過ごしください。この区画から出ない限り自由にしていただいて結構です。廊下の奥には小さな庭園もございますし、図書室などもありますので」

そこまで話を聞いてジゼラはおや？　と片眉を上げた。

「あの」

我慢できず、声を上げれば青年が驚いたようにジゼラを見た。

「なんでしょうか、シュタイエル様」

「ええと。私たちは王子様の婚約者候補としてここに呼ばれたのでは？　お茶会以外の役目はないのでしょうか」

先ほどの説明では、まるでお茶会さえ済んでしまえば用なしと言わんばかりだ。自由気ままなのは助かるが、あまりに不自然すぎる。

「ええ、予定が決まっているのはお茶会だけになります。その後の期間、皆さまとどうお過ごしになるのかは殿下がお決めになります」

「殿下が、私たちをお訪ねになると？」

「まあ、そういった場合もございます」

「わかりました。ありがとうございます」

使用人らしく微笑みながらも肝心なところをはぐらかす青年に、ジゼラもまた笑顔を返す。

令嬢たちはといえば、ジゼラと青年の会話に困惑している者半分、真っ青になっている者半分、といったところだ。

前者は青年の言葉の意味がわからず、後者は正しく把握して恐怖しているのだろう。

(つまりお茶会でアーロン王子の目にとまれば、お渡りがある可能性があるって意味か)

なんとも女性に対し失礼で雑な対応である。

ここにルイーゼが来ていたらと考えるだけで、怒りでどうにかなってしまいそうだった。

だが、ここで先に情報を集められたのは幸運だった。何も知らずにただお茶会に参加していただけなら、もしかしたら計画が台なしになっていたかもしれない。

「少しお休みいただきたいところですが、お茶会は二時間後です。部屋にはメイドがおりますので、どうぞご準備を」

令嬢たちはまるで蜘蛛の子を散らすように用意された部屋に飛び込んでいった。予定時刻に遅れて王子の機嫌を損ねるのが怖いのだろう。

気に入られたくはないが、不興は買いたくない。複雑な彼女たちの心境を慮りながら、ジゼラも用意された部屋に入っていった。

ジゼラの部屋は青を基調とした上品な装飾で統一されていた。窓の外からは王宮の庭園が望めるため、部屋の広さの割には随分と解放感がある。

言われたとおり、部屋には数名のメイドがおり、ジゼラが先に送ってあった荷物はすでに荷ほどきが終わっていた。

「お茶会にはどのドレスをお召しになりますか」

「こちらの青をお願いします」

「かしこまりました」

さすがに王家のメイドと言った風格で、テキパキとジゼラの身支度をはじめた。

てっきり勝手に着飾らされてしまうかと思ったが、メイドたちはジゼラの指示通りのことしかしなかったため、とてもスムーズに準備ができた。

(……よし。最初はこんなものでしょう)

シンプルな青いドレスに緩く結い上げただけの髪。王子とのお茶会に行くにはいささか華やかさに欠ける装いなのは否めないが、ジゼラの年齢を考えればこれくらい落ち着いていたほうが上品だろう。

何より、今回のお茶会でジゼラは目立つつもりはなかった。

まずは、アーロンという人間をしっかりと観察しなければならないと思っていたからだ。どんなものを好み、どんな女性が好きか。しっかりと傾向と対策を立ててからが本番だ。

(お茶会では目立たず過ごして、殿下が目当ての令嬢の部屋に来る時にわざとぶつかるなりして目にとめてもらえば、あるいは……)

頭の中でどうすればアーロンに接触できるかを考えながら、ジゼラはお茶会に向かった。

だが、蓋を開けてみればお茶会は無音に支配された場だった。

誰一人としてアーロンに声をかけることもなければ、笑いかけることもない。

当のアーロンも、どっかりと椅子に座ったまま言葉を発することはなかった。ただ黙って腕を組み集められた令嬢たちをじろじろと観察していただけだ。

（女好きって噂だったのに、予想と違いすぎよ。確かに美しい外見だけど……）

この春に二十五歳を迎えたばかりのアーロンは妙に落ち着いた雰囲気だった。

極悪王子と呼ばれているくらいなのだから、もっと子どもっぽさがあるのかと思っていたのに意外だ。冴え冴えとした視線は鋭く、知性さえ感じさせるのが意外だった。

身に付けているのが真っ黒な衣装ということもあって、王子と言うよりは法の番人のような雰囲気さえある。

（不思議な人）

どうしてか目が離せず見つめていると、アーロンの琥珀色の瞳がジゼラを捉えた。

まさか興味を持ってもらえたのかと期待して、ジゼラはじっと見つめ返してみるが、アーロンは数度瞬きしただけで表情一つ変えない。

交わしていた視線もすぐに逸らされたから、ただの偶然だったのだろう。

そうこうしてるうちに、紅茶の騒動が起こってしまった。

メイドが入れた紅茶がよほど口に合わなかったらしい。それくらいで怒るなんて随分と狭量な王子だ。

少々落胆しながら、もうこの場でできることはないと悟ったジゼラは、さっさと中座して新しい作戦を立てようと頭を切り替える。

だが、アーロンは突然メイドに対し高慢な態度を取って、その場から去って行ってしまった。

令嬢たちはほっとしていたが、ジゼラにしてみれば中座を言い出した令嬢という印象だけでも残そうとしていた計画が台なしだ。

（最悪だわ）

髪をかきむしりたい気分だったが、そういうわけにもいかない。

なんとか作戦を立て直さなければ。

部屋に戻るべく立ち上がったジゼラだったが、先ほどアーロンに責め立てられたメイドがまだ地面に座ったままなことに気がついた。

周囲は彼女を気に止める様子がない。

「……うーん」

ためらったのは一瞬だけだ。

ジゼラは踵を返すと、メイドの傍に近寄った。ハンカチを取り出し、真っ青になっている彼女に差し出す。

「大丈夫ですか？」

「あ……」

茫然自失といった表情のメイドは、ジゼラに視線を向けたもののまだ正気を取り戻していないようだった。よほどアーロンが怖かったらしい。

「そのままでは汚れますよ」

「も、申しわけありません」

ジゼラの声かけにようやく我に返ったのか、メイドはのろのろと立ち上がり落ちたままのティーポットを拾い上げた。土で汚れてしまってはいたが、割れてはいなかったようで、安堵（あんど）する。

（これでポットまで割っていたら一大事よね……って、この匂い？）

ふわりと鼻腔（びこう）をくすぐったお茶の匂いにジゼラは動きを止めた。

ポットからはお茶だけではなく、入っていた茶葉もこぼれていた。芝生（しばふ）の上に広がった褐色（かっしょく）の茶葉はすっかりほぐれて葉の形が露になっていた。

「……！」

見覚えのあるその葉にジゼラは目を見開く。

急いでメイドに視線を戻すが、彼女に動揺（どうよう）は見られない。おそらく、この茶葉がなんなのか本当に知らないのだろう。だとしたら。

「大変！」

ジゼラは自分が貴族令嬢としてここに来ていることも忘れ、その場から猛然（もうぜん）と駆（か）け出していた。

メイドやその他の使用人たちは突然のことにあっけにとられ、ジゼラを呼び止めることができなかった。

「もう、どこにいったのよ……！」

アーロンが去っていた方向に走ってきたはいいものの、ジゼラは完全に迷子になっていた。

庭園を抜け、いつの間にか城の中にまで入って来てしまっていたが、城内だというのに驚くほどに人気（ひとけ）がない。

窓も少なく、灯りもほとんど点いていないせいで廊下は薄暗く、長く続いているようにも見えるし、すぐそこに壁があるようにも思えて不気味だ。

後先を考えずに行動してしまったことを後悔しつつも、ここまで来たら引くに引けずジゼラは歩みを止められなかった。

「…………う」

「！」

耳に届いたわずかなうめき声に、ジゼラは足を止めた。

目をこらせば、廊下の奥に誰かがうずくまっているのがわかる。

少し離れた場所にあった窓から射し込む光に照らされ輝く銀髪に、それが間違いなくアーロンであることを悟ったジゼラはためらいなく走り出していた。

「大丈夫ですか！」

「!!」

突然声をかけられたアーロンは弾かれたように振り返った。

その形相は怒りと苦しみに歪んでおり、唇の端からは一筋の赤い血が滴っている。

「やっぱり！　毒だったんですね！」

「何、を……」

「黙って。吐血はこれが最初ですか？　それとももう何度か吐いた後ですか？」

「なっ……？　え？」

「わからないのなら、とにかく安静にしてください。そう、身体を起こして床に横になってください」

　あきらかに戸惑っているアーロンの背中を支え、ジゼラはその身体を床に横たわらせるように誘う。

　アーロンは勢いに負けたらしく、なすがままだ。

　ジゼラは横になった身体に寄り添うように床に座り込むと、手のひらでアーロンの額や首筋の脈に触れた。

（発熱もないし、脈もそれほど弱くなっていない。飲んだ量が少なかったからかしら？　でも、あれは猛毒よ）

　先ほど、メイドがこぼしたのは茶葉などではなく毒草の若葉だった。

　鎮痛効果のある薬草に似ているので誤って飲んでしまう人が毎年後を絶たず、ジゼラは神殿で何度か治療にあたっていたから覚えていたのだ。

　アーロンの身体がわずかに強ばっているのは症状ではなく、突然触れられたことに驚いたからだろう。

　目を丸くしてジゼラを凝視している表情からは、具合の悪さよりも動揺が強く感じられた。

　これだけ意識がはっきりしているなら、すぐに治せるだろう。

「今、治療しますからね」

「はっ!?」

　慌てた声がしたが、ジゼラは動きを止めなかった。

　手のひらを胸の中央に押し当て、治癒の力を流し込む。ゆるゆるとアーロンの身体に広がっていた毒が消えていくのがわかる。

　だが、同時にそれとは違う何かが治癒の力に揺らぐのが伝わってきた。

（……？　何この、不思議な感じ？）

　普段とは違う手応えに、ジゼラは何度も瞬く。

（毒じゃない。もっと奥に何かある。これって……）

　古い友人の名前を思い出せないようなもどかしさに襲（おそ）われながら、治癒の力を流し込み続けていると、突然アーロンが勢いよく上半身を起こした。

「もういい！　何なんだ、お前は……！」

　苛立（いらだ）ったような声を上げ、アーロンがジゼラの腕を掴（つか）んだ。

　周囲が薄暗いせいでよく見えなかった顔が、一気に間近に迫る。

「……！」

　琥珀色の瞳が、ジゼラを見つめていた。

　息がかかるほどに近づいたアーロンの顔に、ジゼラは息を詰める。

（本当に綺麗（きれい）な人）

　極悪王子などという異名さえなければ、さぞモテたことだろう。いや、たとえ極悪でもこの顔なら許せると思う女性もいるのではないか。

　緊迫（きんぱく）した状況にもかかわらず、ジゼラはアーロンの顔から目が離せないでいた。

「名はなんという」

「……！」

話しかけられ、ジゼラはようやく自分の置かれている状況を把握して、我に返る。

お互いに床に座り合って対面しているという奇妙な状況をようやく頭が理解したのだ。

いくら毒を飲んでいたことに気づいたからといっても、勝手に動き回り、あまつさえ王族を床に押し倒し触れて無断で治療を行った。これは場合によっては不敬罪どころでは済まないかもしれないと、ジゼラは慌てて姿勢を正す。

「わ、私はジゼラ・シュタイエルと申します」

「シュタイエル……？　あの伯爵家か。あそこにお前のような娘がいるなど知らないぞ」

訝しむようなアーロンの言葉に、ジゼラは背中を冷たいものが流れるのを感じた。

（この人、我が家のことを知ってる？）

一瞬だけ妹のふりをすべきかと考えるが、下手（へた）な嘘は自分の首を絞めるだけだとジゼラは正直に身の上を打ち明けた。

「……私は父がメイドに産ませた庶子でございます」

「庶子？　……庶子か……なるほどな」

アーロンはジゼラの言葉を反芻し、何故か納得したように頷いている。

何がなるほどなのかとジゼラは口にしたかったが、余計なことを言うのは止（や）めたほうがいい気がしてじっと黙っていた。

「で、その庶子が何故ここにいる？　今の力はなんだ」

「う……」

（しまった……！　聖女だってバレちゃったかも！）

咄嗟（とっさ）に癒やしの力を使ってしまったことを思い出し、ジゼラは冷や汗を浮かべる。癒やしの力は基本的には聖女しか使えぬ特別なものだ。

元々の計画ではとりあえず気に入られてお手つきになってから、実は聖女でした！　とバラして捨てられるつもりだったのに。先に聖女だとバレたら、神殿嫌いの王族が手を出してくるとは思えない。

（ああ〜私のばか！）

自分のうかつさにジゼラが苦しんでいると、アーロンはますます表情を険しくさせる。

「おい、お前……」

何かを言おうとしたアーロンだったが、不意に言葉を途切れさせるとすっくと立ち上がった。そしてジゼラの腕を掴み自分の横に立たせる。

（何？）

突然の行動に混乱しながらも、ジゼラは大人しく従い立ち上がった。

立って並ぶとアーロンの長身やその体格のよさをはっきりと感じてしまう。

さっきは治療をしなければと夢中だったが、冷静に考えると本当にとんでもないことをしてしまったのだとジゼラは血の気が引くのを感じた。

「殿下……？」

「じっとしていろ。何も喋（しゃべ）るな」

「え？　きゃっ」

アーロンの腕がジゼラの腰（こし）を抱いた。引き寄せられ、密着する体温にジゼラは息を止める。

マントの中に隠されるようにして抱きしめられ、ジゼラは思わずアーロンの胸のあたりをぎゅっと摑んでしまった。たくましい胸元の感触や腕に囲われ、心臓が奇妙な音を立てた。

（えっ？　えっ？）

人は驚きすぎると声が出なくなるものらしい。

自分より少し体温の低いアーロンの身体は、ローズガーデンと同じ匂いがした。草と土と花が混ざり合った、優しくてほんの少し苦い香り。

「でん……」

殿下と呼びかけようとしたジゼラだったが、少し離れたところから聞こえた物音に口を閉じる。

規則正しいリズムで近づいてくるそれが人の足音だと気がついた瞬間、恐怖で身体が強ばる。アーロンの従者か護衛だったら、ジゼラは間違いなく捕まってしまうだろう。

「おや、殿下ではありませんか。このようなところでどうなさいました」

だが、聞こえてきたのは予想に反してやけに馴(な)れ馴(な)れしい男性の声だった。

その声に、ジゼラはおや？　と妙な引っかかりを覚えた。

（どこかで聞いたことがあるような……？）

声の主を確かめたくて身じろぎするが、アーロンの腕ががっちり腰を抱いているので動くことはできない。ジゼラの視界はアーロンの服とマントで完全に遮(さえぎ)られており、声の主どころかアーロンがどんな顔をしているのかもわからない。

「何も。歩いていたらここに着いただけだ。貴様こそ何をしている」

「私は少々散歩を……おや？　殿下、そこにいらっしゃるのはどなたですかな」

（……！）

声の主に存在がバレたことにジゼラはびくっと身をすくめる。

するとアーロンの腕が大丈夫だとでも言うように腰をさすってきた。少々手つきにいやらしさは感じるものの、不思議と不快には感じずジゼラはアーロンの胸にきゅっとしがみつく。

「随分と勘が悪いな」

少し低い、苛立ちの籠もった声に場の温度が下がった気がした。

「俺がこうやって人目を忍んで過ごしている理由がわからないほど貴様は愚図なのか。それともその目と頭は飾りか」

（うっわ……！）

あまりの口の悪さに、ジゼラは目を丸くした。

王子としてあるまじき言葉遣いだ。まさに極悪王子、とジゼラは妙なところで感心してしまう。

「……これは失礼しました。お楽しみの最中だったのですね」

「わかっていて聞くとは本当に救えんな」

「はは。そう虐めないでください。これも全て殿下を思えばのことですよ」

「どうだかな。俺は行くぞ」

「ええ、どうぞごゆっくり」

「わっ！」

腰を抱かれたまま急に歩き出され、ジゼラはうっかり驚きの声を上げてしまう。急いで口元を覆ったが絶対聞かれてしまっただろう。

まずいと思ったが、アーロンは何も言わなかったので、大人しくその動きに従うことにした。

移動をはじめた瞬間、揺れるマントの隙間からジゼラはアーロンに話しかけていたのであろう人物の姿を見ることができた。

青を基調とした衣装に身を包んだ男性がじっとこちらを見ていた。

ジゼラよりも二十は年上だろうその男性は、若い頃はさぞかし女にもてたであろうことが伝わってくる甘ったるい顔立ちだ。

どことなくアーロンに似ている気もするが、俗っぽく軽薄な印象を受けた。

王族の誰かだろうかと思いながら、ジゼラはアーロンに連れられるままにその場を離れた。

無言のまま長い廊下をただ歩いていると、だんだんと不安がこみあげてくる。

(どこに行くんだろう)

目的地や、先ほどの男性は誰なのかなど聞きたいことはいくらでもあったが、聞いたところで答えてもらえるとも思えず、モヤモヤしながらジゼラはアーロンの横を歩き続けていた。

マントの中からは解放してもらえたものの、腰を抱く手はまだゆるんでいない。

ちらりと横顔を見上げながら、思い切って声をかけてみる。

「……殿下?」

「……」

(うぇぇん)

反応すらしてもらえず、ジゼラは泣きそうになった。

あれから随分と歩いているが、相変わらず人の気配は感じない。

壁の装飾が豪華になったことや、雰囲気から本来ならば部外者が立ち入れないような城の奥に連れてこられたことだけはわかった。

「きゃ！」

突然足を止めたアーロンに、ジゼラは短く悲鳴を上げる。

腰をしっかり抱かれていなかったら、勢い余って倒れていたかもしれない。

不満を述べようとジゼラが顔を上げると、琥珀色の瞳と視線が合った。

銀色の髪が少し垂れて、美しい顔を半分覆っている。妙に色っぽいその顔立ちに、ジゼラはうっかり見惚れて口にしようとしていた言葉を失ってしまう。

「あ、の」

とにかく何か言わなければと口を開きかけるも、またもアーロンは無言でまた動き出した。

先ほどは気がつかなかったが、目の前に大きな扉があったのだ。

アーロンはノックもせずに扉を開けると、ジゼラを中に引き込む。

室内は昼間だというのにカーテンが閉じられており、薄暗い。それでも、室内にある調度品や家具の類いはかなり高級な品で揃えられているのがわかる。

部屋の中央には、ジゼラに用意された客間にあったものの倍はあろうかという大きな天蓋付きの寝台があった。

「……！」

それが目に入った瞬間、ジゼラは反射的に身を強ばらせる。もしかしてという予感に覚悟していたはずなのに身体が震えてきたが、なんとかそれを押し殺す。

扉が閉まると同時に、ようやくアーロンの腕がジゼラを解放した。

急に自由になったせいで少しよろけながら、ジゼラは自ら部屋の中に歩を進める。

「さて」

アーロンの声に、ジゼラはごくりと唾を飲み込んだ。

「さっきの質問に答えてもらおう。何者だ？　俺に何をした？」

「ええっとぉ……」

鋭い追及にジゼラは視線を泳がせながら、さてどうすべきかと考える。

（うう。こんなはずじゃなかったのに）

本当ならお茶会で軽く自分を印象づけておいて、後から偶然を装ってアーロンと遭遇し、酒に酔ったふりでもして一晩の夢を与えて欲しいと懇願するつもりだった。

そうすれば、抱かれた後で運悪く気に入られとしても、実は聖女でした！　と身分を明かしてしまえば逃げられるだろう、という算段だったのに。

全てが真逆の計画になってしまったことを呪いながら、ジゼラはアーロンに視線を戻した。

こちらをまっすぐに見つめてくる表情からは感情が読み取れない。

だが、さすがに王族という気迫があり、嘘偽りを言ったところで誤魔化せる気はしなかった。

（ああもう……なんか馬鹿らしくなってきた）

いろいろと策を巡らせようとしていたジゼラだったが、だんだんと考えることが嫌になってきた。

相手は極悪王子。ここまで来たら、無事では済まないだろう。だったら。

「私は本殿に仕えている聖女です。この身体には聖なる癒やしの力が宿っております」

胸に手を当てながら告げた言葉は、ジゼラが聖女として仕事をする前に必ずしていた自己紹介の文言だ。

久しぶりに口にしたが、長年使っていただけあってすらすらと喋ることができた。

アーロンの瞳がきゅっと細くなる。

疑うようなその視線に、ジゼラはふう、と短く息を吐き出した。

「……正確には神殿を逃げだした聖女です。先ほどの力は私が持っている治癒の力です。殿下が飲んだのが毒だと気がついたため、独断で治療に参りました。勝手に御身に触れたこと、お詫びいたします」

深く腰を折って、静かに頭を下げる。

改めて自分のしたことを口にすると、なかなかだなと思ってしまいジゼラは自嘲めいた笑みを口元に浮かべてしまう。

「……待て、今なんと言った」

「え？　ですから、独断で治療を……」

「その前だ。お前は聖女なんだな？」

「はい」

「だが、神殿を逃げだした、と言わなかったか」

「ええ、そのとおりです」

「……!!」

アーロンの表情が面白いほどにくるくると変わる。

怒っているようにも困っているようにも見えるその顔に、いったいどうしたことかとジゼラは何度も瞬(しばたた)く。

「ジゼラ、だったな」

「……はい」

「とにかく一度そこに座れ。お前の話は脈絡(みゃくらく)がなさ過ぎてまったく理解できない」

「はあ」

脈絡も何も今話したことが全てなのだがと思いながら、ジゼラはアーロンが指さしたソファに近づいて腰を下ろした。

恐ろしいほどにふかふかとした座り心地に、素直に言うことを聞かずに床に座ればよかったなどと考えていると、向かいのソファにアーロンもどっしりと腰を下ろす。

ジゼラをじっと見据える表情にはどこか野生の獣(けもの)めいた獰猛(どうもう)さが感じられ、緊張で内臓がきゅうっと切ない音を立てた気がした。

「今から俺が質問することに嘘をつかずに答えるんだ。わかったな」

「はい」

かなり高圧的な口調ではあったが、逆らう理由はないのでジゼラは大人しく頷く。

「お前はシュタイエル伯爵家の当主の庶子なのか」

「はい」

「母親はどうした」

「母は私を産んですぐに亡くなりました」

「……そうか、お前の年は？」

「今年で二十二歳になります」

「社交界にデビューしていなかった理由はなんだ。庶子だとしても当主が認めたのなら、デビュタントの権利はあったはずだ」

「私は十歳の時に見出(みいだ)され聖女になったのです。先日、我が家に陛下の婚約者候補を集める招待状が届くまでずっと神殿にいましたので、社交界デビューをしていないだけです」

「十歳から神殿に……で、先ほどお前は神殿を逃げだしてきたと言ったな。それは何故だ」

「何故、ですか」

「ああ」

「ええと……」

ジゼラは首をひねりながら、さてどう答えるべきかと考えを巡らせる。

嘘を言うつもりはないが、順番を間違えればアーロンの機嫌を損ねるのは確かだ。

考え込んでいるジゼラをアーロンは急(せ)かす様子もなく、ただじっと見つめてきていた。その表情にはなんとも言えない苦々しさが滲んでいるような気がして、落ち着かない。

とにかく余計なことは言わず、順番通りに説明するしかないとジゼラはゆっくりと口を開いた。

「きっかけは、神殿に届いた家からの手紙です。我が家に……妹が殿下の婚約者候補になるための招待状が届いたと知らされたんです」

＊＊＊

あの日、ジゼラは家から届いた手紙の内容にとても驚いた。

ルイーゼはまだ十七歳だ。結婚するには早すぎる。それに何がどうなってアーロンの婚約者候補に選ばれたのか手紙には書かれておらず、ジゼラは心配でしようがなかったのだ。

だから事情を聞くために少しの間でいいから家に帰りたいと、上司にあたる神官に願い出たのだ。

「許可できない」

「どうしてですか」

神官の反応はけんもほろろだった。

「私は聖女としてすでに十二年尽くしました。本来であればもう聖女の任を降りてもよいはずでしょう？　どうして一時的に帰宅することすら許されないのですか」

「君の生家は貴族だろう？　聖女である君が戻れば嬉々として政略結婚をさせるはずだ。一時帰宅をさせて戻ってこなかった聖女はたくさんいるからな」

「そんな！　私はそんな不義理をする人間ではありません！」

「ジゼラ。君の癒やしの力は歴代の聖女の中でも最強に近いほどに優れている。そんな君が俗世に帰ることを神殿は望んでいないのだよ」

まったく話が通じないことにジゼラは苛立つ。

別に聖女を辞めるなどとは言っていない。ただ少しの間、家族に会いたいだけなのだ。

「家族と話をしたいのならば、こちらに来てもらえばいい。面会だけならば部屋を準備できる」

「呼び寄せろと？　またそんな無茶を。私が帰れば済むだけの話です。数日でよいのです。どうか」

「駄目だ。許可できない」

神官は訴えから逃げるようにその場から去って行ってしまった。

残されたジゼラは、届いた手紙を握りしめ、やり場のない怒りに身を震わせる。

「まったく！　こうなったら神殿長に直談判(じかだんぱん)してやる！」

神殿の全てを統括(とうかつ)する神殿長は、温厚な老人でジゼラをはじめとした聖女にはとても心を砕いてくれている。引退する聖女たちの行く末を案じて、いくつも縁談や就職を世話しているというし、ジゼラの訴えにも理解を示してくれるはずだ。

淑女にあるまじき乱暴な足取りで神殿長の部屋までやってきたジゼラは、扉をノックするために手を振り上げた。

「……では、私の花嫁が決まったというのだな」

聞いたことのない男の声に、ジゼラは扉に触れる寸前で手を止める。

「ええ。元々力の強い娘でしたが、神殿で長く祈らせた甲斐(かい)もあって今の状態は完璧(かんぺき)です。見た目も閣下(かっか)のお気に召すはずです」

返事をしたのは先ほどジゼラと話した上司である神官の声だ。いつもよりも少しだけトーンの高い声音に、相手にかなりへりくだっているのがわかる。

「しょせんは端女(はしため)だろう。間違いなく純潔なのだろうな？　貴様らの手垢(てあか)にまみれた娘などいらぬぞ」

「その点はご安心を。十の時からこの神殿で囲ってきました。誰にも触れさせておりません。半分ではありますが、貴族の血だって引いておりますよ」

「ほう……？」

「あの娘は他の聖女に比べ、擦れたところがなく真面目ですよ」

次に聞こえてきた声は、神殿長に間違いなかった。

(何の話をしているの？)

聞こえてくる会話の内容はあまりにも不穏だ。神殿で交わされているとは思えない単語の数々に、ジゼラは心臓が嫌な音をたてて鼓動を早めるのを感じた。

そして、どう考えても彼らが話題にしている娘とは自分のことだろうと気づく。

ジゼラは息を潜め、扉に耳を近づけた。

「まあいい。お前たちには高い金を払っているんだ。しっかりと娘を見張っておけよ」

「かしこまりました」

大きな物音が部屋の中から響いてきた。なにか動きがあったようだが、閉じた扉の向こうなので何もわからなかった。

じれた気持ちでジゼラが息を潜めていると、今度は先ほどの神官の声が聞こえてくる。

「……しかし、まさかジゼラが今になって帰りたいと言い出すとは驚きましたよ」

「ああ。閣下への献上間際だというのに面倒なことになった」

「俗世への未練など感じさせない様子だったのに驚きです」

「家族を大切にしているようだったからな……話を早く進めるぞ。そうしなければ我らは……ゴホッ……！」

「落ち着いてください神殿長。水を持ってきましょう」

神官が扉に向かってくる気配を察し、ジゼラは慌ててその場から逃げた。

心臓が痛いほどに脈打っていたし、嫌な汗で髪が額に張り付いて気持ち悪い。

(花嫁？　献上？　何を言ってるのあの人たち!?)

これまで十二年間。聖女として勤勉に努めてきたつもりだ。いずれ自由になり、家族の元に帰れることを心の支えに生きてきた。

事情はわからないが、神殿はそんなジゼラを踏みにじろうとしていることだけはわかった。

彼らの口調から罪の意識や動揺は感じられない。まるで明日の献立について相談するような気軽さがある。

これまでにも同じようなことを繰り返してきたのかもしれない。

不意に思い出されたのは、ジゼラが神殿に入ってすぐに年上の貴族と結婚した元聖女の姿だ。

もしかしたら彼女も、意に添わぬ結婚をさせられたのだろうか。

(腹立つ!!)

湧き上がったのは悲しみ以上に怒りだった。

絶対に思い通りになどなるものかという憤りが身体を突き動かす。

自室に戻ったジゼラは、猛然と荷造りをはじめた。と言っても荷物はほとんどないに等しい。

個人的な持ち物といえば、休息日にだけ着るシンプルなワンピースと本や日記の類いぐらいのものだ。あっという間に終わってしまう。

脱走を事故や事件だと勘違いされて騒がれると面倒なので「どうしても心配だから一週間ほど家に帰ります。神官様にはご迷惑をおかけしますがご理解ください。必ず戻って参ります」とだけ書いた手紙を残しておくことにした。

こう書いておけば、神官たちも表立って騒ぐことはできないだろう。

もちろん帰ってくるつもりはないが。

「あとはこれよね」

粗末なベッドの下から小さな箱を取り出す。中身は小さな宝石や金貨だ。

聖女は財産を持つことはできないが、治癒や相談に乗った信者からこういったお気持ちを個人的に受け取ることがあった。

通常であれば神殿に奉納するのが倣いだが、ジゼラは世話役の女官や下働きの神官たちから「いざという時のために取っておけ」と言われて従っていた。

まさか本当にいざという時が来るとは思わなかったが。

もしかしたら、彼らは聖女が実は不当な扱いを受けていることを知っていたのかもと気がつく。

「これだけあれば、家に帰る路銀には充分でしょう」

それらを小さな革袋に詰め込むと、ジゼラは鞄を抱え部屋を出る。

神殿は守りこそ堅牢だが、外に出て行く分には案外緩いものだ。

それは神殿で奉仕する神官や女官の多くが、外で生きていく術を持たないことに由来する。彼らの大半が、敬虔な信者か、教会で育った親のない子どもたちが成長しそのままそこで暮らしている人たちだからだ。神殿の外に行くあてても居場所もないから、逃げ出す可能性はないと思われている。

外出は禁じられていないが、本来ならば届け出がいる。だが、いちいちその許可証を確認されることはない。

だからジゼラは何食わぬ顔をして人気のない裏口から「ちょっと薬草を摘みに」とでもいう顔をして、堂々と神殿の外に出ることに成功した。

裏手は神殿が管理する深い森になっており、教会が薬草を育てている畑があることから、ちらほらと神官の姿はあるが、皆忙しいらしくジゼラに気づくことはなかった。

外敵の侵入を阻む結界は張られているが、内部から出ることは容易い。

「ああもう。こんなことならさっさと逃げだせばよかった」

あっけないほど簡単に成功した脱走に、ジゼラは肩透かしを食らった気分だったが、順調なのは喜ばしいことだ。

道中通りかかった荷馬車に路銀として金貨を渡し、ジゼラは大きな事件に巻き込まれることもなく無事にシュタイエル家に帰り着くことができた。

もちろん家族には神殿に許可をもらって帰ってきたと説明してある。

まさか、神殿に留め置くために無理矢理に結婚させられそうだったとは口が裂けても言えない。

きっと優しい家族は、たとえ神殿に刃向かってでもジゼラを助けようとしてくれるだろうから。

神殿はジゼラの脱走には気がついているだろうが、帰って来るという書き置きを信じているのか、シュタイエル家に追手を送り込んでくることもなく今日に至っている。

下手に使者を寄越して、自分たちの所業を暴露されるのを恐れているのかもしれない。

「と、いうことでして……」

「……なるほどな」

黙って話を聞いていたアーロンが、妙に低い声で呟く。

なんだか薄ら寒いものを感じながら、ジゼラは説明を続ける。

「家に帰ったのは事情を聞くためでした。もし殿下が真実ルイーゼを婚約者として求めていらっしゃるのであれば私が出る幕はないと思ったのですが、聞けば複数の令嬢を集めて吟味されるとのお話。それならば、まだ若い妹ではなく私でもよいかな、と思いまして」

「ふうん？」

片眉をつり上げ、どこか納得していない表情のアーロンからジゼラは視線を逸らす。

（嘘は言ってない。嘘は）

「ではお前は、俺に関わるつもりはなかったわけか」

「いえ。できれば殿下に処女をもらっていただこうと思ってました」

反射的に答えてしまい、ジゼラは慌てて口を塞ぐ。

しかし時すでに遅し。アーロンは目をまん丸にしてびしりと固まってしまっている。

（あ～～！　私のばか！　前置きもなく言っちゃった!!）

そう。ジゼラの目的はルイーゼの身代わりだけではなかった。アーロンの女好きを利用して清らかな乙女でなくなろうとも考えていたのだ。

神殿で盗み聞きした内容から、花嫁を欲しがっている男性は、純潔にこだわっているようだった。

もしジゼラが処女でなくなれば、神殿のメンツは丸潰れだろう。

しかも、その相手が教会と縁遠くなっている王家の人間、しかも極悪王子ともなれば、神殿だってジゼラを見限るに違いない。聖女に相応しくないと、追い出してくれれば御の字だ。

ついでに、極悪王子に弄ばれて捨てられたのがトラウマで男が怖いのです！　とでも言っておけば一生結婚しなくて済むかもしれない。

今回の婚約者選びの騒動は、全てにおいてジゼラに都合のいいものだったのだ。

「……………なんだと？　もう一回言ってみろ」

地を這うようなアーロンの声に、ジゼラは冷や汗を浮かべる。

「あの、その……」

「俺に処女をもらって欲しい、だと？」

「はい、その……処女でなくなれば閣下とやらも私を諦めてくれるかなぁと」

その場の空気が凍った気がした。

アーロンの瞳が剣呑な光を帯びる。

「どうして俺がお前を抱くと思った？」

冷え冷えとした声にジゼラは身体を縮こまらせつつも、思い切って正直に自分の考えを打ち明けた。

「……殿下は女性がお好きというお噂を耳にしたので。頼み込めば一晩くらいはお情けをいただけるかなぁと」

口にしてしまえば最低の計画だ。

アーロンもそれを理解したのだろう。はあ、と呆れたようなため息をこぼした。

「……自分が婚約者に選ばれるとは考えなかったのか」

「恐れ多いです！　私はそんな器ではありません！　殿下の婚約者なんて務まりませんよ!!　無理です！　無理！」

「ほお？」

「はっ……！」

うっかり強い言葉で否定してしまい、ジゼラは慌てて口を押さえた。

アーロンは怒っているようではないが、妙に硬い表情になっている。

とにかくこの場を納めなければ、とジゼラは必死に言葉を紡いだ。

「……こ、今回の婚約者捜しで、娘がいるのに出さないとなれば、我が家が憂き目に遭うのは目に見えてますから、とにかく参加だけでもしないといけないという、お互いの利益が合致したと言いますか……あう……」

だんだん取り繕えなくなってきたが、もうここまでくれば自棄だとジゼラは引きつった笑みを浮かべながらアーロンを見つめる。

「と、とにかく！　ここまでお話ししたんです。どうか私を助けると思って抱いていただけませんか？」

「……処女でなくなれば貴族としてまともな結婚もできなくなるぞ。いいのか」

「その点はお気になさらず。私は庶子ですし、元々結婚するつもりはありませんでしたから。神殿で親のいない子どもたちの世話をしていた経験を活かして市井で教師をやろうかな、なんて考えてまして。私、子どもが好きなんです」

「ふうん？」

「……あっ!!　もちろん避妊薬は飲みますから！　殿下には絶対に迷惑はおかけしません！」

両手を組んで思い切り頭を下げる。すでに不敬に問われてもおかしくないだけのことはしでかしている。

このお願いが罪状に付け加えられても大差ない。

むしろ、不敬者として捕縛されるというのも悪くはないかもしれない。王家に睨まれた聖女なんていらないだろうし。

そんなとりとめのないことを考えていると、不意にジゼラは頭上に影が差したのを感じた。

顔を上げれば、さっきまで真向かいに座っていたアーロンがいつの間にか立ち上がってジゼラの真正面に立っていた。

座った状態で見上げると、彼の体格のよさがよくわかる。

まるで大きな獣を前にしたような本能的な恐怖心が首筋を粟立たせた。

「いいだろう」

「え？」

「抱いてやると言っている」

耳に届いたアーロンの言葉が信じられず、ジゼラは動きを止めた。

「…………えっと、本気です？」

たっぷり数十秒の間を置いて確認のために尋ねれば、アーロンが不愉快そうに眉間に皺を刻んだ。

「俺の言葉を疑うのか？　だいたい、お前が抱けと言ったんだろう」

「それはそうなんですが……その、私って聖女なんですよ。神殿にずっといたんです」

「だからなんだ」

「王家の皆さまは神殿がお嫌いなのでしょう？」

アーロンの表情があからさまに険しくなる。

「……そのことに関してはいろいろと事情があるだけだ」

腕組みをして憮然(ぶぜん)とした表情のアーロンの様子から、とても言葉通りとは思えなかった。ジゼラが考えている以上に両者の関係にはややこしいものがあるらしい。

「私、このとおり年もいっておりますし見た目も若いご令嬢方に比べたら……その……それでも、よろしいのですか……？」

「くどい。俺がいいと言っているんだ。何の問題がある。ど、どうせ普通の小娘には飽(あ)きていたところだ。たまには変わった女を味わうのも悪くないだろう」

「はぁ……」

そういうものなのだろうか。納得できるような納得できないような不思議な気分だ。願いが叶うのだから喜ぶべきなのだろうが、あまりに急な展開で頭がついていかない。

「なんだ？　俺に不満があるとでも言うのか」

「いえ！　まったく！　ありがとうございます！」

ここで機嫌を損ねては元の木阿弥(もくあみ)だと、ジゼラは慌てて感謝を口にした。

「殿下に抱いていただけるなんて、光栄です！　一生の思い出にします！」

「ふん。最初からそう言っていればいいんだ。来い」

「ひぇぅ⁉」

言うが早いか、アーロンの腕が伸びてジゼラを捕まえた。

そして少し強引な動きでソファから立たせ、寝台のほうへと連れて行かれる。

「えっ⁉　もしかして、今から、するんです……？」

「当たり前だろう。それに早いほうがいい」

「でも、準備とか」

「……気が変わったら困るだろうが」

確かに、とジゼラは頷いてしまう。せっかくアーロンがその気になってくれたのだ。時間をおいて気が変わられたら一大事。

「わかりました。ふつつか者ですが、よろしくお願いいたします」

ここまで来たら女は度胸だと、ジゼラは素直にアーロンに従うことにした。

二人分の体重を受け、寝台がきしりと揺れる。

すぐにでも押し倒されるのかと少しだけ身構えていたジゼラだったが、意外なことに寝台の上に向かい合うように座ったところでアーロンは動きを止めてしまった。

カーテンの隙間からしか日の光が差し込まない部屋は薄暗いだけではなく、暖かな空気が籠もっているようでじっとしているだけでも少し汗ばんでくる。

せめて湯浴みをさせて欲しいと頼むべきかとジゼラがアーロンを見れば、彼はやけにじっとりとした視線をこちらに向けていた。

つくづく美しい男性だと、ジゼラは落ち着かない気持ちになる。

（今更だけど、不思議）

ジゼラはアーロンを噂でしか知らない。

傍若無人の極悪王子。世間から聞こえる悪評と平然と口にされる異名。それが全てだったが、不思議なことに目の前のアーロンからは、悪意や非道さは一切感じられない。

むしろジゼラの願い事をすんなり聞いてくれるあたり、実はいい人なのでは？　と思ってしまうほどだ。

（人の噂はアテにならないというし。もし噂が嘘なら、失礼なお願いをしてしまったことになるわよね）

突然やってきて処女を奪って欲しいなど怪しいにもほどがある話だ。やはり止めようと言うべきだろうかとジゼラが逡巡していると、アーロンがジリジリと距離を詰めてきた。

「ジゼラ」

妙に甘い声で名前を呼ばれ、ジゼラは身体を跳ねさせる。

伸びてきた手がジゼラの肩を掴み、ゆっくりと抱きしめてきた。しっかりとした厚みのある身体と太い腕に囲われ、ジゼラは心臓を大きく跳ねさせる。

（何、これ）

先ほど、この部屋に来るまでの間も腰を抱かれ密着していたが、それとはまた別物だった。これが異性との抱擁なのか、と妙な感動が身体を包む。自分とはまったく違う生き物に包まれる感覚は驚くほどに心地よく、じわりと体温が上がったような気がする。

「殿下、私」

「アーロンだ」

「え」

「名前で呼べ」

王族を名前で呼ぶなど不敬すぎると戸惑うジゼラだったが、アーロンの声音は真剣そのものだった。断って怒られるよりマシかと、ゆっくりと口を開く。

「アーロン様」

「……ああ」

妙になまめかしいアーロンの声に、心臓がきゅんと締め付けられる。

今からこの男に抱かれる。当たり前のことなのに、それを急に実感してしまった。

「あの……んっ」

何か言わなければと開いた唇をいきなり塞がれる。柔らかく温かいそれはすぐに離れていった。

ジゼラの目の前には、ほんのりと頬を染めたアーロンの顔がある。

「いま、の」

「……キスも初めてなのか？」

「ええ……」

あっさりと終わったファーストキスの余韻に浸る間もなく、すぐにまた、アーロンはジゼラの唇を奪った。

角度を変化させながら何度も重なったキスは次第に熱を帯びていく。

重なったまま唇を柔らかく食まれじっくりと舐められたかと思えば、ついばむように優しく吸い上げられてしまう。

「あう……」

上手く呼吸ができずジゼラが喘げば、その隙を待っていたとでも言う素早さで、アーロンの舌が口内に侵入してきた。

熱く温かな舌が、逃げようとするジゼラの舌を捉え絡めとる。唾液を絡める長いキスに、ジゼラはアーロンの服をきゅっと握りしめ未知の感覚に身体を震わせる。

（何これ。これがキスなの？）

口の中からも外からも聞こえる唾液の絡まる音に、羞恥心がこみあげてくる。もうやめてと言いたいのに、発言する暇さえない。

顔を逸らして逃げようにも、いつの間にか後頭部に回っていた大きな手がしっかりと頭を拘束していて動くこともできなかった。長い指が地肌をかきまわし、耳の裏を撫でていく。

ぞくぞくと首筋から背中にかけて奇妙な感覚が駆けぬける。

身体の力が抜け、いつしかジゼラはアーロンの腕にもたれるようにしてキスを受け入れていた。

「んっむ……」

ようやく離れた唇はお互いの唾液で濡れて光っていた。

力の入らない身体はずるずると寝台に倒れ込んでしまう。

「こら、寝るな。まだ終わりじゃないぞ」

横たわるにはまだ早いとばかりに腕を掴まれ、アーロンの膝に抱きかかえられた。

たくましい胸にもたれ掛かり息も絶え絶えなジゼラを気遣うことなく、アーロンは手慣れた動き

で青色のドレスを脱がしていく。

リボンをほどかれボタンを外され、器用に抜き取られたドレスは寝台の外に放り投げられた。

「んっ……！」

ドレスに慣れていないこともあり、ジゼラが身に付けているコルセットは腰回りだけを覆った簡素なものだ。ドレスと言う砦をなくしたことで胸元が露になって、ふるりと震える。

アーロンの瞳は、そんなジゼラの胸に注がれていた。

「あまり見ないでください……こんな、恥ずかしい」

「なんでだ。いい眺めだぜ」

「きゃっ、あんっ！」

大きな手がジゼラの胸を掴む。手のひらからこぼれそうなほどに豊満な乳房は、アーロンの指によって淫らに形を変える。

この妙に大きく育ってしまった胸がジゼラは恥ずかしくてしようがなかった。

聖女の服は清廉さを演出するためか胸元を窮屈に締め付けるデザインだった。だからジゼラは、ずっとさらしを巻いて胸を押し隠していたのだ。

「すごいな……こんなに大きな胸はそう見ないぞ」

「いわないでくださいよぉ」

「褒めてるんだよ。くそ、たまんねぇな」

乱暴な口調で吐き捨てるように呟いたアーロンは、両手でジゼラの胸を掴んで揉みはじめた。

色づいて硬くなった先端を指で摘んだり撫でたりを繰り返していくものだから、ジゼラの声はだんだんと艶めいて甘くなってしまう。

ぷっくりと膨らんだ場所を指で弾かれ、ジゼラはぴくんと身体を跳ねさせた。

「や、あっあ、んっ！」

「大きくても感じるもんなんだな」

「やだ、やっ……！」

硬く尖った乳嘴をきゅうっと摘まれ、ジゼラは身体をしならせる。

それが面白かったのか、アーロンは執拗に色づいた皮膚の部分ばかりに触れてくる。弾き、掻き、柔らかく摘む。

二本の指ですりすりとしごかれ、腰の奥がずっくりと熱を帯びた。

「ひっ、ああんっ！」

ただ処女でなくして欲しいだけなのに、どうしてこんな辱めを受けているのかわからずジゼラはいやいやと首を振った。

「そこばっか、だめ、ですぅ」

「指は嫌か？　なら……」

「は……!?」

生暖かい空気が散々弄られて敏感になった皮膚を撫でたかと思ったら、熱くぬめったものがそこを包んだ。

「ひゃうっ！」

ちゅうっ、とやけにかわいい音がする。

だがされていることはまったくかわいくない。アーロンがまるで乳を求める赤子のようにジゼラの胸に吸い付いたのだ。

吸い付いているだけならまだいい。熱くて溶かされてしまいそうな口の中では、彼の舌がねろりと執拗に舐め回してくるものだから、ジゼラは何度も身体を跳ねさせることになった。

もう片方の先端も指の腹で甘やかすみたいに撫でられて、痺れにも似た甘い疼きがそこから全身に広がっていく気がした。

「や、な、なんでぇ」

身体を起こしていられなくなって背中から寝台に倒れ込んだジゼラを追って、アーロンも覆い被さってくる。

まだ胸を味わうことに満足していないようで、交互に執拗に舐られた。白い肌にいくつもの赤い痕が残っていく。

お腹の奥がきゅんと疼いて、足の間がもどかしくてしようがない。

粗相をしてしまったような感覚に、ジゼラが太ももをすりあわせていると、胸を舐めていたアーロンが鼻で笑った気配が濡れた肌をくすぐった。

「なんだ、もう欲しくなったのか？」

「え？　あっ!?」

上体を起こしたアーロンが、震えて力の入らないジゼラの膝を掴んで大きく足を開かせる。

汗ばんだ内股が空気に触れた。

「……濡れてるな」

「っ!!」

アーロンの視線が注がれている場所がどこかを察し、ジゼラは耳まで赤くなる。

「心配するな。いくら俺でもいきなり突っ込んだりはしない。力を抜いてろ」

「ひゃう!!」

下着の上からしっとりと濡れたあわいを撫でられ、腰が大きく跳ねた。

指が動くたびにヌルヌルとした感触が肌から伝わってきて、ジゼラは羞恥でどうにかなりそうだった。

それでもやめてと叫ばなかったのは、これが必要なことだとわかっているからだ。

(閨教育の本、読んできててよかった……!)

王宮に上がる直前、ジゼラはルビナから一冊の本を渡された。

もし王子に目を付けられ、どうしてもことに及ばなければならなくなった時、正しい対処ができるようにとの配慮だったのだろう。基礎的なことしか書いていなかったが、まったく無知のままこの場にいたら、きっと羞恥で叫びだしていたかもしれない。

その時、ルビナは誤って子どもができないようにと避妊薬まで渡してくれたのだ。もしかしたら、ジゼラの覚悟に感づいていたのかもしれないと少しだけ思った。

「何を考えてる」

「ああんっ!」

ジゼラが別のことを考えていることに気がついたのか、アーロンの指がジゼラの花芯を強く押し込んだ。全身を貫く愉悦に、ジゼラは喉を反らせた。

「俺のことだけ考えろ。処女をもらって欲しいんだろう」

「は、はい……」

みっともなく腰が震え、足が揺れている。アーロンの指に合わせ、ぬちぬちとした卑猥な水音も響きはじめていた。

下着をずらした指が、とうとう粘膜に直接触れた。痛いほどの痺れがそこから広がっていく。

「ひ、ああんっ」

与えられる指による愛撫にジゼラはか細い声で喘ぐ。

恥肉を掻き分けるように上下にゆっくりと動いた指は、花芯を撫で回しノックするようにリズミカルな刺激を与えてくる。そのたびにお腹の奥が震え、何かが身体から滴り落ちるのがわかった。

「すごいな……処女をもらって欲しいと言うだけはある。随分と素直な身体だ」

「や、あっ……」

蜜口を撫でていた指が、ゆっくりと進入してくる。想像していたよりも痛くはないが、異物感は否めなかった。

自分ではないものが自分の中にある。その不思議な感触にジゼラが戸惑っていると、アーロンが長いため息をこぼした。

生理的な涙が滲んでいるせいでぼやけた視界でははっきり見えなかったが、アーロンの顔は何かをこらえるように険しく歪んでいるように見えた。

「……！」

もしかして興が削がれたのだろうか、とジゼラは青ざめる。

女に慣れたアーロンにしてみれば手間のかかる処女など面倒な存在でしかないだろう。

「あの、アーロン様、もう、入れていただいても……」

「ああ？」

「ひっ！」

もういいよ、と言ったはずなのに恐ろしい顔ですごまれジゼラは息を呑む。

身体をすくませてしまったせいで、アーロンの指をきゅっと締め付けてしまった。その瞬間、長い指の先端が奥まった場所を抉る。

「あんっ！」

「俺は痛がる女を抱く趣味はねぇ」

柔らかな内壁がアーロンの指に歓喜した。

離れないでとねだるようにうごめいて吸い付きはじめる。

どういうことだろうとジゼラが自分の身体の変化に目を白黒させていると、中に埋まっていた長い指がゆっくりと抽挿をはじめた。

「ひ、ああっなんっ！」

最初はゆっくりと探るような動きだったが、だんだんと遠慮なく激しさを増していく。

いつの間にか指も増えて、何度も何度も内壁を抉られた。

掻きまわす指の動きに翻弄され、ジゼラはみっともなく腰を上下させながらその刺激を受け入れるしかできない。

「や、あああっ」

「聞こえるか？　お前の身体から出てる音だ」

「んっ、やぁあ」

耳を塞ぎたくなるほどの淫らな水音が足の間から聞こえてきた。

恥ずかしくていやいやと首を振れば、アーロンはなだめるみたいに首筋や耳朶に優しいキスを落としてくる。

容赦ない指の動きとは裏腹の優しいキスは、まるで噂で知るアーロンと目の前のアーロンみたいにちぐはぐだ。

「……っ、あっ！」

奥まった柔らかなへこみを指でひっかくように刺激され、ジゼラはひときわ甲高く声を上げた。

腰が震えて身体が強ばる。

身体の中で星が弾けたような、衝撃とふわふわとした不思議な多幸感で意識が揺れた。

「なんだ？　もうイったのか？　まるで雌猫みたいな身体だな」

随分と酷いことを言われているのに、何故か怒りはわいてこない。

未だにジゼラの中に埋まった指は、絶頂に震える隘路を優しく労るように撫でていた。

その甘やかな刺激に、ジゼラはみっともなく腰を揺らしてしまう。

「おねだりか？　ふうん……」

「ひ、あっ、ごめんなさっ……」

「何を謝る？　まさか処女というのは嘘だったのか？」

「ちが、ひんっ!!」

乱暴に指を引き抜かれ、充血した花芯を摘まれる。

突然の強い刺激に、ジゼラは悲鳴じみた嬌声を上げた。

「ここをこんなに腫らして……俺の指がそんなに好きか？」

「あ、ひっううっ……そこ、だめ、いまだめぇ……！」

過ぎた刺激にボロボロと涙を流しながら、ジゼラはアーロンの腕にすがりつく。

ジゼラとは違い、アーロンがまだ服を着たままなことがいたたまれなかった。

懇願して抱いてもらっているのだから、別に愛情を与えて欲しいとは思わない。

だが弄ばれるだけというのはやはり苦しかった。寄る辺ない切なさに、ジゼラは涙で濡れた瞳をアーロンに向けた。

「も、もうゆるして、くださ……」

「……っ！　お前、俺がどれだけ……くそっ!!」

突然、アーロンが激昂したように声を荒らげる。

そして猛然と着ていたものを脱ぎはじめた。現れたアーロンの裸体は無駄な肉など一切なく鍛え上げられている。突如として現れた彫像のようなたくましい肉体に、ジゼラは頬を染めた。

その視線に気がついたのか、アーロンが意地悪く笑う。

「なんだ？　俺の身体に見とれてるのか？　見る目があるじゃないか」

どこか満足げに呟いたアーロンが下着ごとズボンを脱ぎ捨てる。

現れたその雄槍は腹につきそうなほどに硬く反り返っており、まるで凶器のように太くビクビクと脈打っている。

ふっくらとしつつも尖った先端からは透明な蜜が滴っており、まるで涎(よだれ)を垂らす肉食獣のように見えた。

「……！」

怖がってはいけないと思うのに、やはり直接目にすると恐ろしいものがあった。

あれで今から貫かれるのだという恐怖。あきらかに自分の身体には荷が重い存在感に、体温が下がる。

「逃げるなよ。まあ、もう逃がさないがな」

「っ……んっう」

アーロンがジゼラの身体に覆い被さる。

荒々しくキスされ、舌を絡め取られ、魂までも吸い上げるような深いキスを交わした。

お互いの素肌が密着してこすれるたびに、くすぐったいような痒(かゆ)いような切なさがこみあげてくる。

唯一身体に残されていた砦である腰回りのコルセットも紐(ひも)をほどかれ外された。ぐっしょりと濡れて意味をなさなくなった下着も剝(は)ぎ取られた。

薄い腹をアーロンの手がまるで労るように撫でてくるものだから、ジゼラはどうしてか泣きたくなる。

もつれるように裸で抱き合いながら、アーロンの手によって全身を撫で回される。まるで愛されているような愛撫に冷えかけていた身体にふたたび灯が灯(とも)っていく。

濡れた蜜口や隘路が、物足りなさを訴えるように疼いて、ジゼラははしたないと思いつつもアーロンの足に自分の足をそっと絡めた。

「もう欲しくなったのか？　随分と……いや、まあいい。俺もそろそろ限界だ」

「あっ！」

仰向けに寝かされ、足を大きく開かせられる。

先ほども同じように見られたはずなのに、一糸まとわぬ姿になったせいで新たな羞恥がこみあげてくる。こぷり、と蜜口から新たな蜜が滴っていくのがわかった。

「はっ……もの欲しそうにひくついて……今、入れてやるから、な」

「んんっ！」

灼熱が粘膜を焦がす。そんな錯覚に襲われた。

蕩けた蜜口に当てられたアーロンの雄槍は、ゆっくりと、だが確実にジゼラの隘路を蹂躙していく。

散々と指で慣らされたせいか思ったほどの痛みはなかったが、異物感と圧迫感で上手く呼吸ができなくなっていく。

「あ、ああっ！」

「力を抜け……ほら、触ってやるから」

「んっ!!　ひっ、あ……」

挿入しながら、アーロンがジゼラの花芯を指で撫でた。

強ばっていた身体から力が抜け、覚えさせられた快楽が腰を揺らめかせる。こぼれた蜜がアーロンの侵入を手助けし、ずんずんと繋がりが強くなっていくのがわかる。

アーロンもまた闇雲に腰を推し進めるのではなく、時折緩く引いたり掻きまわしたりとジゼラを気遣うようなじっくりとした動きでことを進めていった。

どれほどこれを繰り返していただろう。

ようやく根元まで己を埋めたアーロンが、熱っぽい吐息をこぼす。その額には玉のような汗が滲んでおり、目元には隠しきれない興奮の色が宿っていた。

怖いほどに色っぽく美しいその姿に、胸がきゅんと締め付けられる。同時に中に収まった肉槍をきゅうっと締め付けてしまった。

アーロンの身体が大きく跳ね、唸るような声が降ってくる。

「……！　おまっ！」

「あんっ、ちが、ちがうのにっ」

心の変化は身体にも変化を与えた。強ばっていた隘路が指を受け入れた時と同じく、アーロンの雄に歓喜してうねりはじめた。

自分の中にある、他人の熱にジゼラはへにゃりと眉を下げて表情を蕩けさせた。

「くそ……もう知らねぇからな！！！」

「ひ、ああっん!!」

我慢はやめだとばかりに、アーロンが腰を振りはじめた。

一定のリズムで突き込みつつも、時折わざと腰を回すようにして入り口のあたりを刺激する。

大きな雄槍がただ肉体を出入りしているだけなのに、信じられないほど気持ちよくてジゼラは押し出されるような喘ぎ声を上げることしかできなくなっていく。

「ひ、ああんっ！」

根元まで沈められ身体ごと揺さぶられる。

お腹の一番奥。突き当たりにアーロンの先端が刺さっているのがわかった。もっと中に入れてくれとねだるように何度もとんとんと刺激されると、頭の芯が焦げそうになる。

「わかるか？　ここが子どもを孕むところだ」

「や、あっ、あんっ」

「ほら、俺の子種が欲しいんだろ？」

「ちが、だめ、赤ちゃんはぁ」

避妊薬はすでに飲んでいる。たとえ中に出されても子を宿すことはない。

だというのに、このまま出されたら間違いなく孕んでしまいそうな気がして、ジゼラは身体をよじって逃げようとした。

だがしっかりと両手で腰を掴まれてしまい、離れることは叶わなかった。

「あん、ああ、あっ……！」

まるで己の存在を主張するような激しい抽挿に、ジゼラはなす術もなく喘ぐ。

どこかに飛んでいきそうなのが怖くて、目の前のアーロンに腕を伸ばしてしがみつく。

硬く張りのある筋肉を包むなめらかな肌は、汗でしっとりと濡れていた。

「アーロン、さまぁ」

「……くっ」

「ひ、ああっ！！」

アーロンの動きが早まり、とうとうジゼラは意味をなす言葉を紡げなくなった。ただ揺さぶられその激情に流される。

「……出すぞっ」

「え、待って……ん、んぅう……!!」

隘路にみっしりと埋まった雄槍が震え、最奥に熱いものが広がっていく。

「ひ、ああっ……!」

子種を受け入れた喜びに、身体が歓喜しジゼラの身体も絶頂を迎えた。

「んぁ……も、だめ……」

これまで感じたことのないあらゆる刺激に疲労した身体が寝台に沈んでいく。

瞼が重くて起きていられなくなっていくのを感じながら、ジゼラはまだ自分と繋がったままのアーロンを見上げた。

どこか切なげに寄せられた眉根と上気した頬。汗で張り付いた銀色の髪を直してやりたくて、力の入らない手を伸ばすが届かない。

「ジゼラ」

名前を呼ぶ声は、まるで希うように甘い。

不思議なほどに満たされた気持ちになりながら、ジゼラは意識を手放した。

第二章

愛玩聖女就任

Gokuaku Ouji no Aigan Seijo

目を覚ますと、そこは見知らぬ豪華な部屋でした。

ジゼラはそんな一文を頭に思い浮かべながら、寝台に横たわったまま周囲を見回す。

最後の記憶にあった部屋とも最初に用意された部屋とも違う部屋の寝台にジゼラは寝ていた。

白を基調にした明るい色目の調度品が揃えられており、とても落ち着いた優しい雰囲気だ。広さも家具の置き方も何もかも違うので、寝ている間に模様替えされたのでなければ、別の部屋に運ばれたということだろう。

「えっと……？」

とりあえず身体を起こしてみるが、下半身、特に腰のあたりが酷く重くて身体がままならない。なんとも言えない倦怠感に包まれた身体の感覚と、見覚えのない白い寝衣を着せられているところ見ると、あれは夢ではないようだと思い至る。

誰もいない室内をもう一度ぐるりと見回したジゼラは、こみあげてくるさまざまな感情と戦いながら、うう、と短く呻いた。

「やってしまった……」

計画を達成できたはずなのに、果てしなく申し訳ない気分だった。

ルイーゼの身代わりに登城し、極悪王子に処女を奪ってもらう。頭で考えていた時はなんて最高の計画なんだと自分を褒め称えたものだが、いざ現実のこととなると実はとんでもない事態なのでは？　と今更過ぎる後悔が押し寄せてきた。

しかもこちらの事情をほぼ暴露してしまっているため、ジゼラが切れるカードはほぼない。強いて言うなら、治癒の力を使ってどんな病気も怪我も治しますよ！　と売り込むくらいだろうか。

「あれ？　そういえば……？」

大事なことを忘れている気がして、ジゼラは再び首をひねる。

治癒と王子。この二つに関連するとても重大な何か。

「うーん？」

とても大切なことのはずなのに思い出せない。奥歯に物が狭まったような違和感にジゼラが唸っていると、扉がガタンと大きな音を立てて勢いよく開いた。

「起きたか」

「ひっ……！」

入ってきたのはアーロンだった。

お茶会の時に着ていた服とは違い、黒っぽいシャツにズボンというラフな服装だった。王子らしくはないが、圧倒的な存在感は変わらずで思わず身をすくませる。

身を守るようにシーツを抱きしめるジゼラの姿に、アーロンは不遜そうに鼻を鳴らすとずかずかと大股に部屋の中に入ってきた。

（ノックくらいしてよね……！）

文句を言いたくなったジゼラだったが、ぐっとこらえる。

ここで反論すれば、ややこしいことになりかねない。

（とにかく、穏便にお暇させていただかないと）

処女を失うという喫緊の目的も果たした。ルイーゼの代わりに、シュタイエル家の娘として婚約者候補を集めたお茶会にも参加した。

後は王子の機嫌を損ねないように王城を出て、神殿に絶縁状を突きつけるだけでいい。

（王子のお手つきになったと伝えれば、きっと神殿も諦めてくれるだろうし）

最後の仕上げで手を抜くわけにはいかないと、ジゼラは近づいてくるアーロンに微笑みかける。

「ごきげんよう殿下」

「ああ」

「ええと……どうも、お世話になりました」

「ああ」

明るく話しかけているというのにアーロンの返答は短く無愛想だ。

何が気に食わないのか、妙に鋭い視線のまま腕を組んでじっとジゼラを見下ろしている。

「…………」

（な、なんか言いなさいよぉ！）

無言が一番怖い。もしかして今になって自分を抱いたことを後悔しているのだろうか。後悔されたところで、さすがになかったことにはできない。なかったことにされたら困るのだ。

「殿下……？」

「アーロンと呼べと言ったろう」

「へ？」

思ってもみない言葉にジゼラは目を瞬く。

そういえばあの場ではそう言われたが、それは閨の最中に殿下と呼ばれると萎えるとかそういう理由ではなかったのだろうか。

しかしここで、呼ばないと言って拗ねられるのも困るのでジゼラは素直に従うことにした。

「アーロン様」

「ああ」

さっきまでの憮然としていた表情が、ふわりと和らぐ。

口元がわずかに弧を描き、目元が優しげに細まる。

それが微笑みだと気がついた瞬間、ジゼラは呼吸をするのも忘れてその姿に見とれてしまった。

（うわっ）

胸の奥がきゅんと音を立てる。

さっきまで平気だったはずなのに、顔が熱くなって心臓が大きく脈打ちはじめた。

（ちょ……私、チョロ過ぎじゃない？）

お情けで抱いてもらっただけだというのに肌を合わせたせいで情がわいたのか、心が誤作動を起こしてしまったようだ。アーロンの微笑みが眩しくて直視できない。

アーロンから視線を逸らしつつジゼラは気持ちを落ち着けるために胸に手を当て、コッソリと深呼吸を繰り返した。

（落ち着くのよ私。相手は極悪王子なんだから）

ことの最中はなんだかんだと忘れていたが、アーロンは悪名高き極悪王子、のはずだ。ジゼラのことは偶然手を出した少し毛色が違う玩具程度に思っているに違いない。うっかり心を傾けてしまったら、後悔するだけだ。

何より、ここを出て行けば、王子であるアーロンとは二度と会うことも叶わない。

しかし、そう考えるだけで胸の奥がシクシクとした痛みを訴えはじめてしまっていた。

「何を百面相している」

「え、えっと……」

「身体はどうだ？　辛くはないか？　どこか痛いところや苦しいところはないか？」

気づかうかのような質問をしてくるアーロンに、ジゼラは困惑しながら正直に自分の体調について答える。

「少々だるいですが、平気です。私は自分の力で自分自身を常に癒やしているので」

「そうか」

満足げに頷いたアーロンは、何故か寝台の端に腰を下ろしジゼラの顔をのぞき込んでくる。

大きな手のひらがジゼラの顎を摑み、まるで美術品を吟味するように顔色を確かめてきた。

「顔色は悪くないな。腹は減ってるか？」

その問いかけに答えるように、くう、とまるで子犬のようにジゼラのお腹が鳴ってしまう。登城の直前から緊張でろくに食べていなかったこともあって、実はかなりの空腹だった。

聞かれてしまったことが恥ずかしく、ジゼラが顔を赤くしてうつむけば、アーロンは一瞬だけぽかんとした後、声を上げて笑った。

「はははっ!!　本当に面白いやつだな」

「……すみません」

穴があったら入りたいとはこのことだと思いながら、ジゼラが羞恥で呻いているとアーロンが笑いながら指を鳴らした。

すると開きっぱなしの扉から一人の男性が入ってきた。

それは、最初にジゼラを迎えに来てくれた使者の青年だった。思いがけない再会に驚いているジゼラに、アーロンがにやりと口の端をつり上げる。

「こいつは俺の従者でヤンという。これから頻繁に顔を合わせるだろうからよく覚えておけ」

「どうぞよろしくお願いします、ジゼラ様」

「は、はい?」

「ヤン。こいつは腹が減っているそうだ。何か食べるものを運ばせろ」

「かしこまりました」

使者の青年ことヤンはアーロンの言葉に深く腰を折ると、入ってきた時と同じく静かに部屋を出て行った。ご丁寧に、今度はしっかり扉を閉めて。

密室になった部屋の中、ジゼラは居座ったままのアーロンに視線を戻す。

「えっと……アーロン様、さっきのは?」

ヤンに向かって彼が言った言葉がどうにも気になる。

頻繁に顔を合わせるとはどういうことだろうか。ジゼラは今すぐにでもここを去るつもりでいるというのに。

「お前には今日から俺のペットになってもらう」

「…………………はっ？」

人は、本当に驚きすぎると言葉が出なくなるものらしい。

ジゼラはぽかんと口を開けたまま固まる。

楽しげに目を細めたアーロンが、ゆっくりと顔を近づけてきても動けなかった。

ちゅっと音を立て触れるだけのキスをされ、ようやくジゼラは我に返る。

「なっ、えっ、今の……って、ペット!?」

「そうだ。俺の愛玩動物。お前は聖女だから、さしずめ愛玩聖女ってやつか」

「な、な、な……」

「そんなに嬉しいか？」

驚きすぎて理解が追いついていないジゼラの姿は、アーロンには喜んでいるように見えるらしい。

「ま、待ってください！　私は、処女をもらっていただければそれで充分で……」

「お前、まさか本気で処女じゃなくなったくらいで神殿から逃げられると思っているのか？」

「……っ!?」

鋭い指摘に、ジゼラは言葉を詰まらせる。

「お前の聞いた話が本当なら、神殿の連中はなんとしてでもお前を繫ぎ止めたがっているはずだ。それにお前を花嫁に欲しがっている男もいるんだろう？　たとえ処女でなくなったとしても、お前が俺の子を孕みでもしない限り、いずれは連れ戻しにかかるとは考えなかったのか」

「そんなこと……」

「ない、と言い切れるか」

「う……」

神殿長と神官の会話を思い出し、ジゼラは違うと言い切れない自分に戸惑う。

「むしろ王族のお手つきになった聖女なんて最高の切り札だろうが。お前は弄ばれ捨てられた悲劇の聖女様だ。人は哀れなものが好きだからな。神殿は俺の悪評を喜んで広めるだろうし、もしかしたらお前を連れ戻して子どもを作らせ王家の落胤だと騒ぐかもしれん」

「そんな……！」

完璧だと思っていた計画が、音を立てて崩れていく。

真っ青になったジゼラの身体を、いつの間にか真横ににじり寄っていたアーロンの腕がそっと抱き寄せた。

「つまり、今すぐここを出るのは最低の悪手ってわけさ」

「う、うう」

「こうやって知り合ったのも何かの縁だ。面白いからしばらく匿ってやるよ。このまましばらく、俺のペットとして城で過ごすといい。さすがに神殿の連中もここには侵入できないだろうからな。解決策が見つかってから、俺に捨てられた体で出て行けばいい」

「確かに……じゃなくて、どうしてペットなんですか」

絶望した顔でジゼラはアーロンを見上げる。息がかかるほどに近くにあるアーロンの顔は、どこか楽しげだ。

「お前は俺の婚約者にはなりたくないんだろう？　だが、俺の手元に置いておくにはある程度の理由が必要だ。俺は愛妾を作る気はないし、何よりお前は愛妾向きな女じゃないだろう？」

「……まあ、そうですね」

「だったら、俺が気に入って留め置いているペットというのが最適な立場だ。いずれポイッと捨てられるわけだし」

「捨てちゃだめですよ。責任持って最後まで飼うか、ちゃんと次の飼い主を見つけないと」

思わず突っ込んでしまったジゼラに、アーロンは面白そうに笑った。

「そうだな。俺が飽きた時にはちゃんと次の行き場は見つけてやるよ」

「えぇえ……」

喜ぶべきなのか悲しむべきなのかわからず、ジゼラはうなだれる。

アーロンの暴論にやはりこの人は極悪王子だな、と納得しかかっていると不意にその表情が真剣なものに変わったのがわかった。

「それにこれはお前にだけ得のある話じゃない。お前、俺が毒を飲まされたのを覚えてるか」

「覚えてますよ。誰が治療したと思ってるんですか！」

「はは。元気になったじゃないか。毒を盛ったやつは俺がぴんぴんしているのを不審がってるはずだ。だが、聖女をペットにしていると知れば納得もするだろうし、俺に毒を盛ろうなんて考えないだろうよ」

「……犯人はわかってるんですか？」

おそるおそる問いかければ、アーロンは肩をすくめて言う。

「だいたいの心当たりはあるが、憶測の域を出ないな。俺としても犯人がわかるまではお前が傍にいてくれれば助かる。俺がお前を助けるのは、毒から助けてもらった恩返しだとでも思えばいい。どうだ？　お互いに利益のある話だとは思わないか？」

「う、うーん？」

　これで全部終わりだと思っていたのに想像以上にやっかいなことになってきた。

　取り引きだと思えば悪くないのかもしれない。ジゼラは神殿から守ってもらえて、アーロンはいざという時の保険ができる。だが、どうにも納得がいかない。

　それに、治療だけなら他にもいくらでもやりようがあるではないかと、ジゼラはアーロンを毒から救った時のことを振り返る。

（……！　思い出した……！）

　あの瞬間、感じた違和感の正体を思い出しジゼラはカッと目を見開く。

「アーロン様！」

「なんだよ」

　ジゼラは身体の向きを変えると、アーロンの心臓のあたりに手を添えた。

　治癒の力を込めれば、手のひらがじんと痺れる。伝わってくる波動は、アーロンを毒から治療した時に感じたのと同じものだった。

　アーロンの身体の奥底に根付く重い暗闇。それが何かジゼラはよく知っている。否。ジゼラが知っているものよりもずっと強力。

「アーロン様。貴方、どうして呪われているんですか？」

ジゼラの問いかけにアーロンは一瞬、驚いたように目を丸くする。

それから、少し迷うように視線を泳がせてから胸に添えられていたジゼラの手をそっと外した。

「さすがは聖女と言ったところか」

「呪いの解術(げじゅつ)も聖女の役目なんです。最近は、質(たち)の悪い魔道具が出回って庶民(しょみん)でも簡単に人を呪えるようになってしまって……」

「そういえばそんな報告が上がっていたな。貴族の間でも流行(はや)っているとは聞いていたが……なるほどな」

納得がいった、という顔で頷くアーロンはまったく慌てていない。

まるで呪いとは随分(ずいぶん)長く付き合っているというような冷静な顔に、ジゼラはきゅっと眉間(みけん)に皺(しわ)を寄せた。

「こんな強力な呪い、はじめてみました。いったい、それは何ですか？」

ジゼラの癒やしの力は強力だ。多少の呪いであれば、病(やまい)や怪我同様に治せる。だが、アーロンの身体の奥に根付いた呪いはジゼラがどんなに力を込めても解(ほど)けそうになかった。まるで彼の魂(たましい)と一つになったようにこびりついている。

「この呪いは俺だけの問題ではないから、口外(こうがい)はできない」

「……！」

本当は追及したい思いだったが、出会った中で一番真剣な口調のアーロンに、ジゼラは黙(もく)するほかなかった。

「いい子だ」

「……子ども扱いしないでください」

「ちがう。ペット扱いだ。今日からお前は俺のペットだからな」

そう言いながら、アーロンが大きな手でジゼラの頭をぐりぐりと撫で回した。

「や、ちょ……！　やめてくださいよ！」

「いやだね。俺にはお前を撫でる権利がある」

「そんな横暴な！」

「それとも頭以外のところを撫でて欲しいか？」

「ひゃうん！」

頭を撫でていた手が一気に滑り降りて、ジゼラの首筋を撫で薄い寝衣の上から胸を撫でた。

コルセットも何も身に付けていないせいで、アーロンの指先があらぬところをかすめ、ジゼラは甘い声を上げてしまう。

「……！」

真っ赤になって口を押さえたジゼラに、アーロンはにやりと口元をつり上げる。

「そうかそうか。撫でて欲しいか」

「ちがっ……ちょ、何してるんですか!!」

「期待に応えてかわいがってやろうかと」

「してない！　期待なんてしてないです！　それにまだ、ペットになるなんて言ってな……んんっ！」

のしかかってくるアーロンをなんとか押し返そうとするジゼラだったが、勝てるわけもなくキスされてしまう。

「最後まではしねぇよ。ちょっとだけな」

「ちょっとって……あっ、やぁん」

胸元のリボンを解かれ、裸の胸を露出させられる。朝日の中で見る自分の素肌には、赤い花びらのような痕がくっきりと残っていた。

アーロンは自らが残した成果を確かめるように、その一つ一つを撫でてから口づけを落としていく。

「や、やぁ」

抵抗したいのに、こぼれてくるのは甘い声だけだ。

背中から抱き込むようにして拘束され、逃げることはできない。

すっかりと快楽に弱くなった乳嘴をアーロンの両手が、同時に弾くように刺激してくる。

しかも耳朶を口に含まれ、まるでお菓子を味わうようにしゃぶられはじめた。鼓膜に直接注ぎ込まれる水音に、背中が震える。

「んっ……あ、ああっ……ん」

「かわいいなぁ、ジゼラ」

「っ、んんぅ……」

結局、ヤンが食事を持ってくるまでの間、ジゼラはアーロンの舌と指で弄ばれたのだった。

＊＊＊

ジゼラが不本意ながら愛玩聖女となることを受け入れてからの日々は、あっという間に過ぎていった。

アーロンは城の居住区ではなく庭園の奥に建てられた離宮を住まいにしており、ジゼラもその離宮で暮らしていた。

主であるアーロンは執務の間だけ城に行き、それ以外の時間はほとんどこの離宮から出ない生活を送っている。

毎朝、登城するアーロンを見送りながらジゼラはなんとも言えない気持ちを味わっていた。てっきり、あの極悪王子が連れ込んだお気に入りということで周囲から白い目を向けられると思っていたのに、予想に反して離宮での暮らしはとても快適で少し困っていた。

「ジゼラ様。実はメイドの一人が熱を出しておりまして……」

「まあ。すぐに行くと伝えてちょうだい」

「はい！」

申し訳なさそうな顔で声をかけてきた年嵩のメイドに応え、ジゼラは踵を返す。

この国で病や傷を治す方法は、いくつかある。昔ながらの薬草を使った本人の体力に依存した治療法、神殿に赴きジゼラのような聖女に癒やしてもらう方法、そして魔法使いによる回復魔法または魔法薬を使うこと。

ほとんどの人々は薬草と休養によって時間をかけて病や傷を治す。

いちいち神殿に行くのは大変だし、魔法使いの存在は貴重でそもそも出会うことができない。

それに、一般的な魔法使いの回復魔法や魔法薬には、いわゆる副作用があった。彼らの使う魔法は「元に戻す」という時間魔法に相当するため、治療に伴い記憶に欠損が生じたり、せっかく鍛えた肉体が訓練前に戻ってしまうことがある。

だから、魔法による回復はよっぽどのことがなければ利用しないというのが暗黙の了解だった。

王家お抱えの魔法使いが数名いるが、一般的な病に対する治療は前述の事情から行っていないそうなのだ。

だから、ジゼラの治癒の力はかなり重宝されている。

小さな怪我から寝込むほどの病まで、ジゼラが祈れば一瞬で治ってしまう。

最初の日、腹痛を訴える使用人を治療したことを皮切りに、ジゼラは求められるがままに離宮の使用人たちを治療していた。

この離宮で働く人たちは妙に病気や怪我が多いから、ジゼラは毎日なんだかんだと忙しくしている。

そんなこともあってか、使用人たちのジゼラに対する態度はとても親切だ。

食事も充分するぎるほど豪華だし、服だって毎日のように見たことがないドレスを着させられている。

さすがに贅沢過ぎるのではないかとアーロンに訴えたジゼラだったが「俺のペットが安っぽい暮らしをしてたら変に思われるだろうが」と、一蹴されてしまった。

逆らうわけにもいかず、ジゼラは与えられるだけの生活を大人しく甘受していた。

不便なのは離宮の外に出ることを禁じられていることくらいだ。

もしどうしても出歩きたい時はアーロンと一緒か、ヤンを伴うように言われている。

いつ何時、神殿から追手がかかるかわからないし、アーロンを憎む者も少なくないからと言われれば、逆らう理由はない。

そして、与えられているのは贅沢な暮らしだけではない。

「あっ、や、やだぁ」

「何がやだぁだ、こんなに濡らして俺のを飲み込んでるのに」

「っ、ううっ」

寝台に座り向き合う形で抱き合い、深く貫かれたジゼラは喉元で低く笑うアーロンの声にいやいやと首を振る。

結合部はみっともないほどに蜜を滴らせアーロンの雄槍を根元まで飲み込んでいた。

寝台の柔らかさを活用しながら、アーロンが腰を揺らめかせるたび、ジゼラは甘ったるい声を上げて身体を震わせる。

一回ヤったのだから二回も三回も同じ、という超理論によって言いくるめられたジゼラは、あれから何度となくアーロンに組み敷かれていた。

追い詰めるような意地悪な愛撫でぐずぐずになるまで溶かされて、何度も貫かれ揺すぶられる。

最初は違和感のほうが勝っていた行為だったが、身体がどんどん順応していくのが恥ずかしくてたまらない。

「すごいな……俺のを必死に締め付けて。もう中でも感じるのかよ」

「やぁ、んんぁ、あっ！」

ぐりぐりと硬い先端で最奥(さいおう)をこねるように突きながら掻(か)きまわされると、すぐに何も考えられなくなってしまう。

アーロンの行為は強引で容赦(ようしゃ)がないのにどこか甘ったるくて、思考も身体もすぐに蕩(とろ)けていくのがよくない。

ジゼラはアーロンの首に手を回し、背中に爪を立てながら過ぎた快楽に怯(おび)えるように身体を強(こわ)ばらせる。

「そんなに力(りき)むと持たねぇぞ。ほら、力抜けって。気持ちよくしてやるから」

「つんんっ！」

ジゼラの腰を摑んでいた手が這(は)い上がり、アーロンの胸板(むないた)に押しつけていた胸を撫でる。

つんと硬くなった先端を指先で転(ころ)がすように弾かれ、ジゼラは甲高(かんだか)い悲鳴を上げた。

「あんっ！」

その拍子(ひょうし)に身体から力が抜け、アーロンにしがみついていた腕がほどけてしまう。

その一瞬を見逃さなかったアーロンはジゼラの背中を寝台に落とすように押し倒すと、力の入らない足を抱えるようにして大きく開かせ、上から突き込むように律動(りつどう)をはじめた。

「ひっ、あああっ、だめ、こんなのぉ」

「お前が俺を飲み込んでるのが丸見えだろ？　気持ちいいだろう？」

「んっ、んっ、やだぁ……!!」

出入りするアーロンの雄槍を見せつけられ、ジゼラは悲鳴のような声を上げながらも与えられる熱によって溶けていくしかなかった。

自分がこんなにも快楽に弱いなんて知りたくなかったと叫びつつも、結局は求められるがままにアーロンに組み敷かれる日々。

避妊薬(ひにんやく)は常用(じょうよう)していたが、これほどの頻度(ひんど)だと本当に王子の子を孕んでしまいそうで心配になるくらいだった。

これまで知らなかったありとあらゆるものを与えられ、本当にペットとしか言いようのない生活を送っていた。

せめて身の回りの世話をしてくれる使用人たちには恩返ししたいと治癒の力を使っているのだが、それを知ったアーロンはなんともいえない顔をしていた。

「聖女が嫌で神殿を抜けだしたんじゃないのか」

「別に聖女としての役目が嫌だったわけじゃないです。自分の力で誰かを助けられるなら、手を尽くしてあげたいと思いますし」

それはジゼラの正直な気持ちだった。

神殿で聖女として過ごした日々。大変なこともあったが、苦しむ誰かを助けられるという状況に苦はなかった。治癒の力が持って生まれた宿命(しゅくめい)だというのならば、それに向き合う覚悟だってあった。

「でも、都合よく利用されるのは嫌です」

「そうか……」

「何もしないでゴロゴロしているのはそれ以上に気が引けます」

「まったく……それなら一日何もできないくらい抱き潰してやろうか？」

「っ……！　何考えてるんですか！」

にじり寄ってくるアーロンからジゼラは逃げだそうとするが、あっけなく腕を摑まれ引き寄せられてしまう。大きな身体にすっぽりと抱きしめられてしまっては、どうすることもできない。

「お前は柔らかいし、あったかいな」

まるで本当にペットに癒やしを求めるようにアーロンはジゼラの頭に頬をのせながら、どこかうっとりと呟く。

何をしてくるわけでもなく抱きしめてくる腕を振りほどくことなんてできなかった。

アーロンは夜以外でもこうやって頻繁にジゼラに触りたがる。

昼間の触れ方は、まるで幼子が母を求めるような必死さがあって無下にしにくいのだ。同時に、ジゼラもアーロンの体温を心地よく思ってしまっているのも問題で。

（これ、いろいろとまずい気がする）

ここでの生活にすっかり慣れきってしまった自分に、ジゼラは少しだけ危機感に襲われていた。

ペットと言われて怒るべきなのに、最近では怒る理由が見つからない。あまりに快適だからだ。

アーロンが執務で不在の時間は読書をしたり、これまであまり取り組めなかった勉強にも精を出している。

使用人たちの怪我や病を癒やす合間に、ちょっとした手伝いをしたりとかなり充実した日々を送らせてもらっているのだ。

城にとどまることが決まってすぐ、ジゼラは実家に手紙を出した。

下手に誤魔化せば、極悪王子に囚われたと勘違いした家族が大慌てする可能性があったので、神殿での出来事を正直に伝えた。その上で、事情を知ったアーロンに匿ってもらっていると。

『殿下は噂とは違い、悪い人ではありませんでしたよ』

そう書きながら、ジゼラは苦笑をこぼしたものだ。

家族が信じてくれるかどうかはわからないが、事実なのだから仕方がない。

アーロンと過ごす日々の中、ジゼラはその人となりを未だに掴めないでいた。

王族にあるまじき口の悪さだし、強引な面もあるが寝所以外ではジゼラに無茶なことを要求することもなく、比較的常識的な態度を取られている気がする。

離宮で働く使用人たちとはどこか距離があるものの、軽んじたり横暴な態度は見せないし、使用人たちもまたアーロンを慕っているように見えた。

離宮には何故か多くの動物が飼われており、彼らはみんなアーロンが大好きだ。アーロンが帰宅すれば、犬猫だけではなく小鳥まで彼の傍に集まっている。

聞けば、城下や地方に視察に出かけるたびに、弱っている動物を見つけては何かしら拾ってくるらしい。ある程度回復すると、新たな飼い主を見つけて引き渡すという手間までかけている。

もしかしてペットを飼うのは単なる趣味で、ジゼラのこともこの離宮にいる動物たちの延長上くらいに思われているのかもしれないなんて考えてしまうほどだ。

だが、ひとたび離宮の外に出れば、アーロンは噂に違わぬ極悪王子らしい振る舞いをしているようだった。

一度だけ部下に接する姿を見たことがある。

ヤンを伴い気分転換に離宮の庭を歩いていると、道を間違え開けた場所に出てしまった。そこは城側にある広場で、たくさんの人々が行き交っている華やかな雰囲気に思わず圧倒された。

「お前は無能なのか」

思わず身体がすくむほどの低い声に、ジゼラは目を向けた。

広場の中央に仁王立ちしたアーロンが、顔を険しくさせて彼の前に立ち尽くしている文官を睨みつけ乱暴な口調で叱責していたのだ。

「俺様の手を煩わせるな」「その官位は飾りか」などなど暴言のオンパレード。

真っ青になった文官はその場に倒れそうに見えた。

思わず駆け寄ろうとしたジゼラを止めたのはヤンだ。

「殿下は執務中です。お控えください」

「でも……」

「ジゼラ様は殿下の個人的な客人です。むやみに人前に姿をさらすのはよくありません」

有無を言わさぬ圧を孕んだヤンの言葉にジゼラは頷くしかなかった。

だが離れがたくてその場を見守っていれば、とうとう文官はその場に膝をついた。

「も、申しわけありません」

「はっ！　謝罪だけは一人前だな。俺の前だけしおらしくしていれば許されると思っているのか」

「何を……」

「お前が俺の名前を使って好き勝手やってるのはわかっているんだ。王家の名を貶めた償いはしてもらうぞ」

「ひっ……！」

怒気の籠もったアーロンの声に、文官は悲鳴を上げてその場から這うようにして逃げ出そうとする。

だが傍に控えていた兵士たちに取り囲まれてしまう。

「くそぉ！　貴様だって好き勝手やっている極悪王子のくせに！」

負け犬らしい捨て台詞を吐きながら引きずられていく文官にアーロンは舌を出す。

「うるせぇ。俺はいいんだよ」

彼らしいその態度と文官の末路を呆然と見送ったジゼラは、信じられない思いで傍に控えているヤンに視線を向ける。

「あの、今のは……」

「あの文官のように、殿下の悪評を利用して甘い汁を吸おうとする連中は後を絶ちません。殿下はそれらを見つけ次第、ああやって処罰しているのです」

(そんなのまるで)

湧き上がった疑問にジゼラは呆然とするほかない。

ヤンに促され離宮に戻りながらも、何もかもがちぐはぐなアーロンの態度に頭を悩ませていた。

「ねぇ、ヤン。どうしてアーロン様は極悪王子なんて呼ばれているんですか？　私、アーロン様がよくわかりません」

ヤンはジゼラの質問に動きを止めた。

ゆっくりと振り返ったその顔は何かに驚いているようでもあり、辛い痛みをこらえているようにも見えた。

「……いずれ、殿下からお話があると思います。どうかそれまで待っていてくれませんか」

真剣な口調に、ジゼラはそれ以上追及できなかった。

不思議なことは他にもあった。

アーロンはジゼラを自分の離宮に引き入れた後、なんと婚約者候補の令嬢たちを全員帰してしまったのだ。

てっきり、自分を弄ぶ合間に婚約者候補の令嬢たちのことも摘み食いするのだろうと予想していたジゼラは驚くしかなかった。

「アーロン様。婚約者捜しはいいのですか？」

「まあ、もう必要なくなったからな」

「……？」

妙に含みのある言い回しをされ、ジゼラは首をひねるばかりだった。

他に相手がいないからなのか、アーロンはジゼラの部屋へとほぼ毎夜のごとく通ってくる。

抱かれるだけの夜もあれば、とりとめのない話をするだけの夜もあった。

アーロンはジゼラが考えている以上に努力家らしく、難しい本をずっと読んでいることも珍しくない。読書くらい自室ですればいいのにと思うのに、必ずと言っていいほどジゼラを横に座らせたままページをめくるのだ。

まるでずっとくっついていないと、ジゼラがどこかに逃げしまうと思っているのではと感じる。

やけに疲れた顔をして、ふらふらとベッドに潜り込んできてぬいぐるみのように腕に抱かれると、胸の奥がぎゅっと締め付けられてしまうのは何故なのだろうか。

女好きのはずなのによく一人で飽きないものだと呆れつつも、自分だけに執着しているアーロンに少しだけ喜びを感じてしまっていることにジゼラはとても困っていた。

たとえ一時の遊びだとしても、こうも頻繁に肌を重ねていて心を傾けずにいられる女がいるだろうか。

本音を言えば、身体はすっかり馴らされているし、すでに情にもほだされてしまっている。

だが、アーロンはまるで最後の一線を越えることを拒むように、決して共に朝を迎えてはくれなかった。

ジゼラが眠った後、彼は必ず自室に戻っていく。目が覚めた時に隣にアーロンがいた例はない。

何故なのかと疑問に思ったジゼラは、一度だけ眠ったふりをしてみたことがあった。アーロンはジゼラが眠ったことをしつこいほどに確認してから、額に触れるだけのキスを落として、部屋を出て行っていた。

その後ろ姿を薄目を開けて見送りながら、ジゼラはもやもやとした気持ちに苛まれた。

どうして眠ってくれないのか。共寝してもらえるほど信頼されていないのだろうか、と。

心に生じたわだかまりを、ジゼラは一度だけぶつけたことがある。

アーロンが執務の最中、使用人たちを手伝って動物たちの世話をしていた時のことだ。

甘えるように膝で眠る子犬を見つめながら、ジゼラはぽつりと呟いてしまった。

「子犬ですら私の元で眠ってくれるのに。アーロン様は、枕が替わると眠れない性分なのかしら」

八つ当たりに等しい遠回しな嫌みに、傍にいた年嵩のメイドは困ったように眉を寄せながら苦笑を浮かべた。

「殿下は、お一人で眠る癖が付いていらっしゃるんですよ」

「そうなの？」

「ええ。幼い頃から、この離宮で一人で過ごされることが多かったですからね」

意外な答えに、ジゼラは戸惑う。

アーロンが極悪王子と噂されるようになったのは、ジゼラが神殿に入ってしばらくしてからだったと記憶している。

この離宮に暮らしているのは、てっきり悪い噂を気にして城から離れるためだと思っていたのに。

「幼い頃からって……両陛下はお城にお住まいなのでしょう？　なぜアーロン様だけここで？」

メイドはしまった、という顔をして口を引き結ぶ。

どうやら、聞いてはいけないことを聞いてしまったらしい。

「ごめんなさい。余計なことを聞いてしまったわよね」

「いえ……その、お忘れ下さい」

何かを悔やむようなメイドの顔に、ジゼラは申し訳なくなった。

話題を変えようと、ジゼラは庭で戯れる動物たちに視線を向ける。

「しかし、アーロン様も困ったものよね。こんなに沢山いたら、皆さんも大変でしょう」

「……ふふ。そうですね」

どうやら試みは成功したらしい。メイドはほっとした顔で、ジゼラと同じく動物たちに優しい視線を向けた。

「殿下は、行き場のない人を見るとどうにもほおっておけないそうなんです。実は、ここにいる使用人たちもこの子たちと同じなのですよ」

「ええ？」

「ご覧のとおり、ここで働く者たちの大半は高齢です。本来ならば、職を辞して故郷に帰るべき年齢を迎えているものがほとんど。しかし、私のように生家がなくなっていたり、やりたいことがない者ばかりなのです」

「そうだったの……」

「若い者もいますが、彼らは元々の主人から不当に扱われていた者たちばかりで、皆、殿下に拾われた身です」

知らなかった話だった。

「ここにいる者たちは皆、殿下に感謝しているのです。それに、ジゼラ様にも」

「私ですか？」

「ええ。ジゼラ様がいらしてからの殿下は毎日楽しそうです。私たちは、あくまでも使用人ですから。帰りを待っていてくださる特別な存在がいらっしゃることを、喜んでいらっしゃるのだと思いますよ」

嘘偽りなど感じないまっすぐな言葉が、胸に刺さる。

ここにいないアーロンの顔が、頭に浮かぶ。

（本当のあなたは一体どんな人なの？）

憎まれ役を演じ、行き場のない人や動物を助ける姿は、優しい人間であることを証明してしまっている。

だが、こんなに近くに居てもその真意がよく見えてこない。

寄り添いたいのに寄り添わせてくれないもどかしさに、どうにかなってしまいそうだった。

助けられているという恩義だってあるし、毒を盛られたことも気がかりだ。何より、彼の身体に巣くう呪いのことも心配でしょうがない。

「いつかは出て行かなきゃいけないのに」

ジゼラの立場はただのペットだ。

いずれアーロンが飽きれば容赦なく捨てられる運命にある。なのにどうしてこんなに惹かれてしまうのか。

そんなジゼラの心を掻き乱すように、実家から手紙が届いた。

内容はただひたすらにジゼラの身を案じ、必ず守ってあげるから帰ってこいというもので。

「みんな……」

優しい家族の言葉に涙が浮かんでしまう。

十歳で神殿に入った時は、とにかく生活に慣れることが最優先で寂しいと思うひまなどなかった。

でも今の生活は、充分過ぎるほどに満たされている。

使用人たちは皆ジゼラに優しいし、華やかで穏やかな毎日といえよう。食事だって、神殿時代からは考えられないほどに豪華で、ここで暮らし始めてから体つきだってふっくらしたし、肌の色艶もよくなった気がする。

時間に追われることもないし、聖女として慎ましい振る舞いをする必要もない。

一人静かな時間を過ごせることは嬉しいが、だからこそ色々なことを考えてしまい、ジゼラは途方に暮れていた。

今すぐここを逃げ出して、家に帰りたい。

そうしないと取り返しのつかないことになってしまいそうで怖かった。

すっかりホームシック気味になってしまったジゼラだったが、それを周囲に知られるのは気が引けた。

ただでさえ迷惑な身のうえを匿ってもらっているうえに、不満を感じるなど申し訳ないほどに大切にしてもらっているのだ。

なるべく人と関わる時間を増やし、考え込まないようにと努めて振る舞うしかなかった。

こんな時こそ抱き潰して欲しいのに、肝心のアーロンは忙しいらしく、ここ数日離宮に帰ってきてはいなかった。

眠りの浅い日が続き、ジゼラはぼんやりと窓辺に腰掛けて空を見上げていた。

「もしかして、あまり眠れていないのではありませんか」

「……え？」

若いメイドに声を掛けられジゼラははっとする。

心配させてしまったと、そんなことはないと、慌てて表情を取り繕うが、メイドの表情は気遣わしげだ。

「何か温かい飲み物をお持ちしますね」

「……お願いできるかしら？」

「はい」

嬉しそうに応えてくれるメイドの笑顔は、どこかルイーゼに似ている気がした。元気にやっているだろうか。ジゼラを案じて泣いていないだろうかと郷愁（きょうしゅう）がこみ上げてくる。

「実は殿下が、ジゼラ様にと新しい紅茶を用意してくださっていたんですよ」

「私に？」

塞（ふさ）ぎかけていた気持ちが浮き上がる。

「はい！　なんでも、最近になって輸入（ゆにゅう）された果物の香りがついた紅茶だそうです。すぐにご用意しますね」

嬉しそうに去って行くメイドを見送りながら、ジゼラは名状（めいじょう）しがたい感情に囚われていた。

アーロンがジゼラのために何かをしてくれた。それはペットにお土産（みやげ）を買ってくるのと同じ扱いに違いない。

それでも、嬉しいという想いは隠せなくて。

(私、一体どうしちゃったんだろう)

紅茶は美味（お い）しかったが、気持ちが完全に上向くことはなかった。

気分転換（てんかん）に読むつもりで本を広げてみたものの、ページをめくる気にはならず、ソファに座ったまま夕方になってしまった。

窓から射し込む茜色（あかねいろ）の光に照らされたカーペットを見つめていると、視界に人影が入り込んだ。

顔を上げれば、そこには眉間に皺を寄せてジゼラを見下ろすアーロンがいた。

「なんだ、まだ夕食を取っていなかったのか」

「アーロン様！　お戻りになったのですか」

最近では朝くらいしか挨拶（あいさつ）する機会がなく、この時間に戻ってくるのは久しぶりな気がする。

本を閉じて立ち上がれば、懐かしい彼の匂いが鼻をくすぐった。

生きて元気にしている彼が目の前にいる。その事実に、自然と頰が緩んで胸が弾（はず）むのがわかり、ジゼラは自分の単純さに笑いたくなった。

「何をやっていた……ああ、本を読んでいたのか」

「ええ……」

アーロンの視線が持っていた本に向かっていることに気づき、ジゼラは苦笑をこぼす。

朝からずっと手元にあるが、一行だって読めてはいないのだから。

その表情の動きに、アーロンが眉根を寄せた。

「顔色が悪いな。使用人たちが心配していたぞ」

(もしかして、誰かが知らせてしまったのかしら)

じわりと胸に広がる申し訳なさにうつむきかけるが、アーロンの大きな手がジゼラの頰を支えた。

親指で目の下を優しく撫でられると、胸の奥がきゅんとして切ない気持ちになる。

どうして優しくするのだろうか。噂通りの極悪王子であってくれれば、こんなに悩まなくても済むのに。

そんなジゼラの葛藤（かっとう）を知らぬアーロンは、眉間に皺を寄せる。

「今日は早く休め。俺も今夜は自分の部屋で休む」

「え……」

とっさにジゼラはアーロンの腕に手を伸ばしていた。

今夜は一緒に過ごせないという事実に、一瞬で体温が下がり胸が詰まる。

抱かれるのは自分が自分でなくなるようで怖かったのに、求められないことが不安でしようがなかった。

「でも、私……」

「体調の悪い女を抱く趣味はない。それに今日はまだ仕事がある」

そう言ってアーロンは小脇に抱えていた書類を掲げて見せた。

一冊の本ほどの厚みがある書類の束に、ジゼラはぎょっとする。こんなにたくさんの仕事を持って帰ってきたのかと、思わず書かれている文字を目で追ってしまった。

「貧民街の……区画整理、ですか」

「ん？　ああ、読んだのか。神殿にいたお前には馴染みがないかもしれんが、南にある貧民街の治安悪化が問題になっている。最近では死人も増えていて王家としても看過できない状況だ。そこでこの俺がその区画整理を担当することになった」

「すごいですね」

ジゼラは純粋に感動する。アーロンが王子としてこの国の政治に携わっていたのは知っていた。

だが、そのほとんどが書類を確認するだけの役割だとばかり思っていたのに。

「だが国の予算は限られている。だから俺は妙案を思いついたんだ」

「どんな政策なんですか？」

「貴族連中から金を巻き上げることにした」

にやりとアーロンは口の端をつり上げ、凶悪な笑みを浮かべる。

「貧民街のある区画に土地を持っている貴族連中に『お前たちの膝元で起きている出来事だから金を出すよう』にと指示をする。金額は土地の大きさによって変える予定だ。その金を使って俺は貧民街の土地を全部買い上げ、あの辺一帯を整地する」

「それはまた……すごく思い切ったやり方ですね」

貴族からの反発がすごそうな計画だと政治に疎いジゼラでも理解できた。しかも、貧民街を一掃するに近いやり方は、あまりに強引だ。

「でも、それじゃあ今その区画に住んでいる人たちはどうするんですか？　住まいを急に奪われたら困るんじゃ」

「そんなこと俺の知ったこっちゃない、と言いたいところだが、ただ追い出すだけじゃ別のところで問題が起きるのは目に見えているからな。今住んでいる住民に関しては、俺が持っている領地に全員移動させる」

「全員ですか⁉」

「ああ。元々、都ではろくな生活ができなかった連中ばかりだ。開拓する土地を与えてもらってきっと感謝するに決まってる。そして俺は領民が増やせる。一石二鳥だろう？」

悪事を謀るかのような表情と口調で語るアーロンを、ジゼラはじっと見つめた。

言葉を聞いているだけなら、横暴で強引な政策だ。まさに極悪王子にふさわしいやり方と言える。

だが、本当にそうならこんな厚い書類は必要ないように思えてならない。

「そんなやり方をしたら、アーロン様へ反感を抱く人が増えるだけですよ。もっと穏便な方法があったのではないですか？　そうすればきっと、アーロン様の悪評だって……」

一瞬。アーロンから表情が消えたのをジゼラは見逃さなかった。自信に満ちた笑みも、傲慢な視線も、何もない。まるで少年のような素顔がこちらを見ていた。

だが、それはほんの瞬く間に消えてしまう。

「ペットが余計なことを気にするな。俺には悪役がお似合いなんだ」

アーロンの大きな手が乱暴にジゼラの頭を撫でた。せっかく結っていた髪が崩れてしまう。

「もう！　なんで……きゃっ！」

いろいろな文句をぶつけてやろうと口を開きかけたジゼラの腕を、アーロンは強引に引っ張っていく。

連れてこられたのは部屋の隅に置かれた大きな長椅子で、数日前ここでなし崩しに抱かれたことを思い出しジゼラは頬を赤くする。

「あのっ！　アーロン様、今日は」

「なにもしねぇよ。お前はじっとしてればいい」

「は？　え、ちょっ⁉」

おろおろしているまにジゼラはソファの端に座らされてしまう。

そしてアーロンは、ジゼラの膝に頭をのせる体勢でごろりと長椅子に横たわった。

手に持っていた書類は乱暴に床に投げ置かれる。ジゼラは音を立てて軽く広がったそれを呆然と見つめることしかできない。アーロンはと言えば、膝の上でもぞもぞと頭を動かし、落ち着く位置を探すような動きをしている。

「しばらく寝る。ヤンが来たら起こせ」

言うが早いか、アーロンは目を閉じてしまった。ジゼラがどう返事するか迷っている間に、呼吸音が浅く規則正しくなっていく。そして数秒のあと頭部がずんと重くなる。アーロンは本当に眠ってしまったようだ。

「な、なんなの……」

身勝手で横暴で。何を考えているのかまったくわからない。

のぞき込んだアーロンの顔色は、よく見ればジゼラよりも悪い気がした。疲れているのか、目の下には薄くクマができている。

普段は見せない疲れた顔に、胸がきしむ。油断した姿を見せてくれるほど信頼されているのだという自惚れと、心配と、見つからない答えがない交ぜになって心が苦しい。

「アーロン様。あなたはいったい何なんですか」

せめて、とジゼラはアーロンの頭を優しく撫でながら治癒の力を流し込んだ。汗ばむ手のひらに彼の疲れが取れていくのがわかる。顔色もよくなり、目の下のクマも消えた。きっと目が覚めたら、いつものアーロンに戻っているのだろう。

(やっぱり消えない)

これまでも何度も試したが、ジゼラの力ではアーロンの中に根付いた呪いに触れることすらできなかった。呪いの正体も効果も何もかもわからない。わかるのは、これがとても古く強力な呪いであるということだけ。もはや彼の一部とも呼ぶべきほどに魂と癒着した呪い。

（これ……いったい何なんだろう）

この呪いこそがアーロンを極悪王子と言わしめている原因なのではないか。そんな予感が頭をよぎるが、やはり答えは見つからない。

何かと必死に戦っているようでもあるその姿が、痛ましくて愛しくて。

「いつか、話してくれますか？」

眠っているとわかっていても、聞かずにはいられなかった。

もっと頼って欲しいと思うし、助けたいと願ってしまう。正体がわかれば、聖女である自分の力でどうにかできるのではないかという淡い期待すら抱いてしまう。

（何、考えてるのよ。私は彼のペットなのよ）

気まぐれに拾われ囲われているだけの短い関係なのに。どうして心が思い通りに行かないのだろう。

せめてこの人の傍にいる間は、なんとかして支えたい。

少しでもいい、呪いに手が届くように祈り続けよう。そんな思いが胸をいっぱいにしていく。

（本当。私って救えない）

家族のことも、聖女に選ばれた時も、いつだって自分より周りの選択を尊重する生き方しかできなかった。あるがままを受け入れて、いい子だと褒められる道を選ぶ。

きっとそうしなければ、捨てられる気がしていた。少しの掛け違えで、迷惑でいらない子だと指さされるのが怖かった。誰に何を言われたわけではない。ただ、庶子であったジゼラは周りの空気をずっと肌で感じていた。『些細な幸運で居場所を与えられた子ども』だという視線を全身に浴びながら生きてきた。

だから、ルイーゼが生まれた時本当に嬉しかったのだ。血を分けた自分の妹がいる。間違いなく両親から世界から愛され、必要とされる存在としてこの世に生まれたかわいい妹。そのことが、ジゼラをどれほど支えただろうか。だから、聖女になることもためらいがなかったし、身代わりになることだって平気だった。

それなのに、今ジゼラの心を占めるのはアーロンのことばかりだ。

ここで問い詰めれば、きっと自分は捨てられてしまう。それだけは嫌だった。だったら、もう心を隠すほかないじゃないか。

少し硬いアーロンの髪を撫でながら、ジゼラはこぼれそうになる涙をぐっとこらえるのだった。

第三章

極悪王子の秘密

草木たちの装いが、春から夏へとすっかり姿を変えた。肌を焼く日差しを日傘で遮りながら、ジゼラは青々とした芝生の上を早足で進む。

離宮の庭園は、王城のものとは少し違い自然に任せている部分が多いことから、余計に季節の移り変わりを感じることができる気がした。

暑さに弱い動物たちは、贅沢にも気温を安定させる魔術がかけられている温室で過ごしており、ジゼラも昼間はその恩恵にあずかっている。

そっと温室のドアを開ければ、外気よりも冷えた空気に肌を癒やされる。大理石の床に猫や犬たちがそこここに寝そべっており、思わず頬がほころんだ。

「お前も来たのか」

「アーロン様」

中央に置かれたガーデンテーブルには、すでに先客がいた。椅子の背もたれに寄りかかり、足を組んだアーロンが書類と睨めっこをしている。どうやら彼も避暑に来ていたらしい。

「ちょっと読書を、と思ったのですがお邪魔でしたか？」

「かまわん。そっちの椅子は空いてるから座れ」

「はい」

促され、ジゼラは向かいの席に腰を下ろした。

アーロンは先ほどから書類から目を離す気配はない。相変わらず、忙しい日々は続いているようだ。

こんなことならばお茶やお菓子でも持ってくればよかったと後悔しながら、ジゼラは手元の本に視線を落とす。

本を読む気はすっかり失せていた。本当は読書にかこつけて、考え事をしたかったのだから。

(まさか、このタイミングでアーロン様に会うなんて。これは話をしろ、という神様からの啓示かしら)

愛玩聖女という立場を得て、すでに三ヶ月が経っている。

離宮での暮らしにもすっかり慣れたし、使用人たちとの関係も良好だ。

本を読むふりをしながら、ジゼラはちらりとアーロンの顔を盗み見る。

(本当に、憎らしいほど美しい人)

未だに見慣れることのない造形美に、ひっそりと息を吐くことしかできない。

二人の関係は相変わらずで、恋人のような甘い空気になることはなかった。

疲れている時は肩や膝を貸し、癒やしを与えるし、ベッドの上では情熱的な時間を過ごしても、言葉を交わすことは少なかった。

身体のぬくもりだけを必要とされているような現状は、寂しくもあり、物足りない気もしたが、きっと今の形がジゼラに望まれているものなのだろう。

このまま物わかりのいいペットとしての日々を続けるのが、一番いいのはわかっていた。

（でも、もうそろそろお暇したほうがいい気がするのよね）

神殿に特に目立った動きはないらしい。

アーロンはジゼラの名前や聖女であることは伏せたうえで「癒やしの力を持った女を離宮に囲ってる」と宣言しているらしい。

それが、外でどんな噂になっているかジゼラに知る術はないが、きっと面白おかしく語られていることだろう。

効果は一応あったらしく、アーロン曰くあれ以来、毒を盛られてはいないそうだ。もう諦めた可能性が高いとジゼラは考えていた。

（神殿はアーロン様の傍にいる女が私だって気が付いているのかしら）

調べてもらったところ、ジゼラは未だに本殿の聖女として神殿の名簿に名前を連ねたままになっており、今は長い祈禱のために表に出てこられないことになっていると聞いて、かなり驚いた。

つまり、ジゼラが神殿を飛び出し、行方不明になったことは伏せられたままということだ。

（このまま神殿が何もしない、なんてことはないわよね）

王宮に匿われている以上、すぐに危険が及ぶと言うことはないだろうが、もしこのままジゼラが戻らなければ、いずれはシュタイエル家になんらかの害が及ぶ可能性も考えられる。

エドガーとルビナもなかなか神殿に戻らないジゼラに、何かを察しているらしい。届く手紙の端々には、大事ないかと案じる気持ちが表れていた。

とどめに、つい先ほど届いた手紙にはルイーゼから会いたいという一文まで添えられていたのだ。

潮時なのかもしれないと、ジゼラは思ってしまった。

神殿が何を考えているかわからないが、いちど家に戻り神殿に知らせを出すべきなのかもしれない。

正直に純潔を失ってしまったことを伝え、聖女を引退すると伝えてしまえば、案外すんなりと諦めてもらえる可能性だってある。

もしダメだった時は、一人でどこか遠くに逃げることもできるだろう。

とにかく、家族に被害が及ぶのだけは避けたかった。

アーロンの傍にずっといたいという気持ちはまだあるが、それはただの我が儘だ。これ以上、アーロンの世話になる理由はないに等しい。

(これだけ長い間、匿ってくれたのだもの。もう充分よ)

忙しいアーロンを気遣って、ジゼラは二人きりで過ごす夜には余計なことを言わないように気を付けていた。せめて自分の傍では羽を休めて欲しいという思いがあったからだ。

「……アーロン様」

「なんだ?」

書類から視線を外し、アーロンが顔を上げた。

真正面からぶつかった琥珀色の瞳は透き通っていて、心の奥底まで見透かされるような気がする。

「私、そろそろここを離れようと思うのですが」

「……!」

アーロンの座っていた椅子が奇妙な音を立てた。

「アーロン様？　大丈夫ですか」

「っ、ああ、大丈夫だが……突然、なんだ。ここの暮らしに不満でもあるのか」

「まさか！」

ジゼラは慌（あわ）てて首を振る。不満どころか、ここでの暮らしはいままで生きてきた中でもっとも平穏で贅沢なものだ。恵まれすぎていると言ってもいい。

「もう、ここでお世話になって三ヶ月を過ぎました。神殿もそろそろ私を諦めたのではないかと思うのです」

あくまでもジゼラの都合でここを出て行こうと考えていると主張すれば、アーロンが鼻の頭に皺（しわ）を寄せたのが見えた。

「神殿の動きは俺のほうでも監視している。確かに、変わった様子はないが、逆を言えば機をうかがっているのかもしれない。第一、お前を欲しがっているという男については何もわかっていないんだぞ」

「……それは、そうですが」

痛いところを突かれ、ジゼラは言葉を詰まらせる。

あの日、盗み聞きした会話の内容からして純潔でなくなったジゼラに興味を失っている可能性は高いが、絶対とは言えない。

「それにだ。俺がお前を匿っているのは俺のためでもあるんだ。癒やしの力を使える女がいなくなったと知れば、また狙（ねら）われるだろうが」

「う……」

確かにそれは懸念していた。ジゼラが離宮を出れば、アーロンを狙っている人間がまた動き出してしまうかもしれない。その時に傍にいられず、もしアーロンの身になにかあれば。

想像したくもなかった。全身の血が、ひやりと凍り付いてしまう。

「お前は、俺の傍にいればいいんだよ」

身勝手すぎる乱暴な言葉に、ジゼラはかちんと来た。

これまでは守られているという思いから、どんな言葉も甘んじて受け入れてきたが、ジゼラなりに考えての発言だったのだ。そんな風に切り捨てられていい気分はしない。

「でも、このままずっとというわけにはいかないじゃないですか」

思わずこぼれた反論に、アーロンが息を呑んだのがわかる。

「アーロン様はいいかもしれませんが、私はずっとここで生きるわけにはいかないんです！　家族も心配ですし、これ以上ご迷惑をおかけしたくありません」

これ以上傍にいたら、きっと取り返しが付かないくらいにアーロンを好きになってしまう。

今だって充分過ぎるほど惹かれていて、本当は抱かれるたびに胸が苦しくてたまらない。たくましい腕に抱きしめられて、口づけられて、熱を注がれて。

「……もう、充分ですから。狙われるのがご不安なら、影武者でもたててください……」

隠しきれないほどに震えてしまった声を隠したくて、言葉が尻すぼみになってしまう。

こんなにも湿っぽい感情が自分にあるなんて、ジゼラは知らなかった。知らないままでいたかったのに。

「ジゼラ」

優しい声で呼びかけられ、身体が震えた。

呆れられたかも知れない。見捨てられるかもしれない。

望んでいることなのに、心臓が痛みを訴えた。

「俺の聖女はお前だけだ」

「……え？」

聞こえた言葉の意味がわからず顔を上げれば、すぐ近くにアーロンが立っていた。

「他の誰にも俺の愛玩聖女は務まらねぇよ」

希うような声に、胸が苦しくなる。伸ばされた手が、ジゼラの手首を緩く摑む。

「俺は、一度拾った生き物は飽きるまで手放さない主義なんだ。お前が俺に飽きても、勝手に出て行くことは許さない」

「……横暴」

「言ってろ」

悪戯っぽく笑う顔に、頬が熱を帯びる。

「家族のことなら安心しろ。神殿が手出しをしないように、見張りと護衛を付けている」

「そんな……いつの間に」

「俺を誰だと思っているんだ？　アーロン様だぞ。敵に隙を見せるようなことするかよ」

どうしてそこまでしてくれるのだろうか。目の奥がツンと痛むが、泣くのは違うと必死で唇を嚙みしめて涙をこらえる。

「お前がここにいるのを迷惑だなんて思ったことはない。むしろ、こいつらはお前がいるのが当たり前って顔してるぞ。急にいなくなったら寂しがるだろうが」

アーロンが視線を向けたのは、床に寝そべっている動物たちだ。いつの間にか目を覚ました彼らは、遊んで欲しそうにジゼラを見つめている。すっかり仲間意識を持たれているらしい。

「何ですか、それ」

「ペットが余計なことを考えるなって言ってるんだ。安心して守られてろよ。ちゃんとかわいがってやるから」

無茶苦茶(むちゃくちゃ)だと、ジゼラは吹き出してしまった。

身勝手な暴君じみた言葉なのに、声音に滲(にじ)むのは隠しきれない優しさだ。

(ああもう。悔しいなぁ)

とどめを刺されてしまった気分だった。

好き、愛(いと)しい、大好き。その腕にすがりつきたくなってしまう。

「とにかくだ。余計なことを考えないで、大人しくしてろ」

大きな手がぐしゃりとジゼラの頭を撫(な)で回す。

「どうやら余裕が有り余っているみたいだから、今夜はしっかり抱き潰(つぶ)してやる」

「……ばか！」

言い返しながらも、ジゼラの胸を満たすのはアーロンへの止めどない恋心だ。

(敵(かな)わないなぁ)

悩んでいたのが嘘(うそ)みたいに心が晴れ晴れとしていた。

ここにいることへの折り合いがついたのか、心がずいぶんと軽くなっていた。

同じ時間を過ごすのならば、楽しんだほうがきっといい。たとえ報われなくても、これほどまでに誰かを好きになれたことは奇跡に違いない。

少しでもアーロンが楽になるように力を使おう。その身体を癒やし、少しでも呪いが解けるようにと祈りを捧げようとジゼラは密かに誓ったのだった。


穏やかな日々を重ねるうちに、暑い夏が過ぎ、季節は秋へと移ろっていく。

あんなに青々としていた木々が鮮やかに紅葉し、朝晩の風が肌を刺すほどの冷たさを孕むようになっていった。

そんなある日。昼食後、ゆっくりと自室でくつろいでいたジゼラの元に、いつもならば執務中であるはずのアーロンが突然やってきた。

その表情はいつもとは違い、本気で何かに苛立っているように感じられて、ジゼラは何かよくないことでも起こったのかと慌てて駆け寄る。

だが、アーロンが口にしたのは予想外の言葉だった。

「ジゼラ。今すぐ支度をしろ」

「へっ!?」

「父上と母上がお前に会いたいそうだ」

「!!」

ビックリしすぎて言葉を失ったジゼラをよそに、アーロンはメイドたちに何ごとかを言いつけている。

彼女たちはテキパキとした動きでジゼラを衣装部屋に連れ込んだ。

（アーロン様の、父上と母上って……ええ⁇）

ジゼラが事態を飲み込めずにいる間に、メイドたちは嬉々として手を動かす。

コルセットと共に普段は着ないような豪華なドレスを持ってきては、あれがいいこれがいいとジゼラの意思はそっちのけで、話し合っている。

結局彼女たちが選んだのは深いボルドーのドレスだった。とても上品で清楚なデザインではあったが、よく見れば小粒のルビーがふんだんに縫い付けられており、どれほど高価な品なのかと卒倒しかけた。

あれよあれよという間にドレスを着せられ、化粧を施され、髪を結い上げられる。

鏡の中で別人レベルに仕上がっていく自分を見つめながら、ジゼラは混乱のるつぼに陥っていた。

小一時間ほどかけてようやく準備を整えたジゼラを大人しく待っていたらしいアーロンは、じっくりとその姿を見た後「よし」と力強く頷いていた。

何が「よし」なのかと突っ込みたかったが、ジゼラには、そんな気力も残されていなかった。

少し休みたいと思ったものの、アーロンはよほど急いでいるのかすぐに離宮を出ると言う。

ジゼラはついて歩いていくのがやっとだ。しかも慣れない高いヒールのせいで足取りもおぼつかない。油断したらスカートの裾を踏んで倒れてしまいそうだった。

こちらを振り返りもせず先を行くアーロンの背中は遠く、せっかく着飾らせてもらったというのにまったく気持ちが弾まない。

「おい、遅いぞ」

「すみません……慣れなくて」

「……チッ」

（今、舌打ちしたわよこの人！）

聞き逃さなかったジゼラは、誰のせいだと思ってと眉をつり上げかけるが、それよりも先にアーロンが急に立ち止まり戻ってきたので怒るタイミングを逃してしまう。

「ほら、摑まれ」

「……？」

「ったく。ほら！」

半ば強引に手を摑まれ、たくましい腕に絡め取られる。それがエスコートの体勢だと気づいたジゼラは信じられない思いでアーロンを見上げた。

「今ここで転げられでもしたら、俺まで恥をかくからな。しっかり摑まってろよ」

口調は乱暴だったが、ジゼラを支えるアーロンの動きは優しい。歩調も、先ほどよりかなりゆっくりなものに変わり、ジゼラを気遣ってくれているのがわかる。

いつもより少しだけ距離の近い横顔に、現金な心臓がきゅんとなった。

安堵感と高揚感に満たされながら、ジゼラはアーロンと共に長い廊下を歩く。

そして辿り着いたのは謁見の間、ではなく王族だけが立ち入ることのできる居住区だった。

入っていいのだろうかと迷っているジゼラを、アーロンは組んだ腕はそのままに奥へと歩みを進めた。

気持ちの整理が付かないまま、ジゼラはアーロンの両親、詰まるところ、この国の国王と王妃に対面を果たしたのだった。

　落ち着いた内装の広い部屋の中央に、大きな一人がけのソファが二つ並んでおり、それぞれに国王と王妃が腰掛けていた。

「りょ、両陛下におかれましてはごきげんうるわしく……」

　ガチガチに緊張しながらぎこちなく挨拶するジゼラに、国王と王妃は優しく微笑んでくれた。その顔立ちや雰囲気はどことなくアーロンに似ており、彼らが間違いなく家族であることが伝わってくる。

「君がジゼラだね。息子が世話になっている」

「い、いえいえ！　とんでもないことでございます。こちらこそ、殿下にはお心を砕いていただいておりまして……」

　なんと言葉を返していいかわからず、ジゼラはあたふたと喋ることしかできない。淑女教育は幼い頃の一時と神殿から逃げだしてから短い期間で詰め込んだ程度だ。

　アーロン相手には貴族令嬢らしい振る舞いは不要だと言われているので気楽に対応できていたが、国王に対して失礼な言動をするわけには行かない。

　頭に残っている知識でなんとかしようとしているジゼラの横で、アーロンがあざ笑うかのように鼻を鳴らす。

「おいおい。なんだその変な言葉遣いは」

「う、うるさい……ですわよ」

「ぶはっ！」

これまでの不機嫌顔が嘘のように思い切り吹き出したアーロンを、ジゼラは涙目で睨みつける。

「ジゼラさん……」

「は、はひ!」

王妃に声をかけられ、ジゼラは慌てて背筋を伸ばす。

これは叱られる。絶対叱られる、とジゼラが冷や汗をかいていると、予想に反し王妃は今にも泣きださんばかりに目元を潤ませていた。

「ありがとう!」

王妃はおもむろに立ち上がるとジゼラの正面までやってきて、その両手を握った。絹のようになめらかで柔らかな王妃の手の感触に、ジゼラは同性だと言うことも忘れてドキリとする。アーロンと同じ、琥珀色の瞳がうるうると涙の膜の向こうで揺れていた。

「あなたがアーロンの傍にいてくれると知って、本当に嬉しいわ」

「は、はい」

「これからもどうぞよろしくね」

「はい……?」

会話の意図が読めず、ジゼラは助けを求めてアーロンを見たが、何故か顔ごと逸らされてしまいその表情はわからない。王妃の向こうにいる国王も、何故かハンカチで目元を押さえている。

「とにかく立ち話では何だ。あちらに席を設けてある」

「は、はぁ?」

国王に促され、ジゼラたちは窓際に用意されていた丸いテーブルを囲むように着席した。王妃とアーロンに挟まれる位置に座ったジゼラの正面には国王がいて、大層いたたまれない気分になる。

「さて、ジゼラ。今日君を呼んだのは他でもない。我が息子、アーロンに関わる大切な話を聞いて欲しいからだ」

「本当はもっと早くにお話ししたかったのよ。でもこの子がなかなか時間を作ってくれなくて」

「い、いえ、あの……！」

国王と王妃の言葉にジゼラは驚く。

この国のトップ二人に話をしたいと思われるようなことをした記憶はない。

片やアーロンは行儀悪くテーブルに肘を突いて、どこか諦めの滲んだ顔をしていた。視線で『どういうことだ』とジゼラが訴えても、目を逸らされてしまう。

「君はアーロンに呪いがかけられていることに気づいているそうだね」

「……！」

ゆっくりと口を開いた国王に、ジゼラは慌てて姿勢を正す。

その表情は苦しみをこらえるように険しく歪んでおり、隣にいる王妃はまた泣きそうな顔になっていた。

もしかして、知りたかったことを知ることができるのではないか。そんな期待が頭をもたげる。

「これから伝えるのは我が国最大の国家機密だ。君が聖女であり、アーロンの呪いに気がついているからこそ話すということを、心して聞いて欲しい」

重苦しい雰囲気に、ジゼラは唾を飲み込みながらこくりと頷いた。

アーロンは何故かずっと黙ったまま何も言わない。

「話は……このアーロンが赤子の頃に遡（さかのぼ）る。我が国では、王族に子どもが生まれると魔法使いたちを集め、子に祝福を授（さず）ける習（なら）わしがあるのだ」

「すごいですね」

ジゼラは純粋に驚き、声を上げた。

魔法使いからの祝福とは、その魔法使いが持つ属性の魔力で加護を与えるという上級魔法だ。加護が与えられればその属性に関するあらゆる法則からその身が守られる。

お金で買うこともできるが、大変高価なものだった。財産のある商家や高位の貴族たちでも滅多に行えない。そもそも祝福を使える魔法使いはほんの一握りだ。多大な魔力を消費するので、一度加護を与えてしまえばその魔法使いはしばらく魔法の類（たぐ）いが使えなくなるとも聞いている。それを赤子一人に複数とはさすがは王族だと。

「儀式は滞（とどこお）りなく進み魔法使いのほとんどが祝福を授け終わった時のことだ。王族への祝福は口外を禁じているため秘密裏に行われていた。にもかかわらず、その場に侵入してきた者がいたのだ」

「侵入者!?　いったい誰が？」

「北の森に住まう……魔女だ」

「魔女!?　ほ、本当に!?」

ぎょっとしたジゼラに、国王は重々しく頷く。

北の森の魔女。子ども騙（だま）しの伝説だと思っている人がほとんどだろうが、それは実際に存在するということを神殿にいたジゼラはよく知っている。

王国の北に広がる鬱蒼（うっそう）とした森の奥。人が決して足を踏みいれてはならないと言われている領域に暮らす、人の理から外れた存在。

神殿は森と人里との間に結界を作り、定期的に見張りまで付けている。祈りに来る信者たちにも決して近づいてはならないと言い聞かせてきた。

まさかここで、そんな森の話題が出てくるとは思わず、ジゼラは国王が次の言葉を口にするのをじっと待った。

「魔女は、我ら王族が森に侵入し精霊や動物たちを害したと言った。もちろん身に覚えはない。だが魔女は納得しなかった。怒りに狂った魔女は、王族が森で害した命と同じ数だけの呪いを赤子にかけると宣言したのだ」

「……!!」

アーロンはどこか怒ったような顔をして腕を組んだまま何も言わない。

理不尽すぎる魔女への怒りで、ジゼラは膝の上で両手を握りしめる。

「魔女はアーロンにいくつもの呪いを施し、その場を去って行った。最悪の状況だった。赤ん坊だったアーロンはそのまま死んでしまうのではないかと思われたが、その場でまだ祝福を与えていなかった魔法使いたちが尽力しいくつかの魔女の呪いを解くことに成功したのだ」

その時のことを思い出しているのか、国王の顔色は真っ青だった。テーブルの上で握りしめた拳は色をなくしている。王妃もまた、顔色をなくしたままうつむいていた。

「解術できなかったアーロンの呪いは三つ。一つは、傍にいるものに不幸が訪れる呪い。二つ目は、死ぬことができない呪い、そして三つ目は……」

「二十六歳になったらむごたらしく死ぬ呪いだ」

「……！」

国王の言葉を継いだのは呪いをかけられた張本人であるアーロンだった。

ひょうひょうとした表情でまるで何でもないことのように口にした言葉は、当然信じられる内容ではなかった。

「後からわかったことだが呪いの数は全部で二十六だったのさ。どうやら魔女の言う、害した命の数というのが二十六だったんだろう。散々苦しめて最後に待つのが死だなんて、まったく笑えない話だよ」

「待って!?　さっき、二つ目の呪いで死ぬことができないって……！」

目の前に国王と王妃がいることも忘れ、ジゼラは声を上げていた。

そんなジゼラにアーロンが琥珀色の瞳を向ける。そこには何の感情も映っていないように見えた。

「正確には、三番目の呪いが成就するまで死ねない呪いってやつだ。たとえ死ぬほどのことがあっても死ねない。眠るようにして命を失う薬を飲んでも苦しいだけで身体は無事。お前、俺が毒に苦しんでいるところを助けた時のこと、覚えているか」

「え、ええ……」

「あれは猛毒だった。本当なら、飲んですぐ動けなくなるような、な。だが俺は歩いていたし喋れていただろう。おかしいとは思わなかったか？」

「あ……」

不自然だと思った記憶がよみがえる。飲んだ量が少なかったからだとばかり思っていたが、やはりおかしかったのだ。

「苦しみや痛みは確かに感じる。だがそれだけだ。生命が脅かされることはない。あの時、お前が治癒してくれなくても数時間眠っていれば自然に治まっただろう。不眠不休で働いたって、倒れることもできない」

投げ捨てるようなアーロンの言葉に、ジゼラは顔色をなくす。その言葉が本当なら。

「じゃあ、私の治癒は不要だったのですか？」

こぼれた言葉は驚くほどに震えていた。

それが全て事実なら、あの日アーロンを追って治癒を施す必要なんてなかった。治癒の見返りに、城で保護してもらう必要も。疲れていた彼を癒やす時間は無駄だったのだろうか。

混乱に唇を震わせるジゼラに、アーロンが苛立たしげに舌打ちする。

その音に、心臓を摑まれたような気がした。

「苦しかったのは本当だ！　お前の力で楽になったのは嘘じゃないからな！」

「……っ」

口調は乱暴なのに、まるでジゼラを慰めるように叫んだアーロンに、墜ちかけていた心が浮かびあがる。

「ごめんねジゼラ。アーロンはどうしても人に素直に接することができないのよ」

「王妃様……？」

二人の間を取りなすように、王妃が優しい声をかけてくる。

「さっきも言ったけれど、アーロンは周囲を不幸にする呪いをかけられているの。アーロンとの関係が良好であればあるほど不幸が訪れてしまうという酷いものよ」

「不幸って……？」

信じられない気持ちで尋ねれば、アーロンが肩をすくめながら口を開いた。

「怪我や病気などさまざまだな。一番酷い奴は、落馬して両足を折ったはずだ。ああ、流行病にかかって三日三晩寝込んだ奴もいた気がするな」

語る表情や口調は皮肉めいていたが、遠くを睨む琥珀色の瞳には隠しきれない苦渋が滲んでいるのが見えた。

王妃が痛ましげに目を伏せた。国王もまた、うつむいている。

「幸いにも私や夫は祝福を受けているから長く一緒にいなければ平気よ。でも、普通の人はすぐに呪いの影響を受けてしまう。だからアーロンはああやって、傍にいる人を拒むような言動ばかりしてしまうようになったの」

「そんなっ！」

告げられた呪いの内容に、ジゼラは悲鳴を上げた。

そして、同時に腑に落ちた。離宮に暮らす人々が不自然なほどに病気や怪我をしやすいこと。アーロンが周囲に嫌われるような言動をとり続けていること。

それら全てが一つに繋がって胸が詰まる。

「じゃあ、アーロン様が極悪王子なんて呼ばれているの、は……」

「俺自身の意思だ」

「っ……」

声にならない呻きがジゼラの唇からこぼれた。

「呪いの効果がどれほどのものか、魔法使いたちにもよくわからないところが多い。だから俺はこういう態度を取ることにしている。俺に悪態をつかれた連中が尾びれ背びれを付けて広めた悪い噂を否定しなかったらいつの間にか、ってやつだな」

「そんなの……」

酷い、と言いたいのに唇が震えて上手く喋れなかった。瞳から自然に涙が溢れていく。

王妃の手がジゼラの肩をそっと撫でる。

「泣かないでジゼラ。あなたは優しい子ね」

「王妃様……」

「ありがとう。この子のために泣いてくれて……この話をするとね、だいたいは怖がってアーロンから逃げていくの。不幸になりたくないからって。あなたのようにアーロンのために胸を痛めてくれる人は貴重だわ」

ジゼラの目元を、王妃はハンカチで優しく押さえてくれる。

アーロンがこれまでどんな孤独を抱えていたのか。それを考えるだけで心が散り散りになりそうだった。

（ああ、そうか）

ジゼラはようやくアーロンが自分を傍に置きたがった本当の理由に気がついた。おそらくアーロンは呪いのせいで自分の傍に人を置けなかったのだろう。親しくなれば必ず不幸にしてしまうから。

だが、ジゼラは聖女だ。治癒の力はジゼラの心身をいつだって自動で癒やすし、少々の呪いであれば跳ね返せる。

アーロンは人肌恋しかったに違いない。そこにジゼラが現れた。どんなに近くにいても呪われない存在。だからこそ、ペットとして傍に置きたいと思ったのだろう。

「アーロン様……」

便利に扱われたような悲しみは確かにある。都合のいい相手だったからこそ、選ばれた。でも、同時にそんなアーロンに少しでも癒やしを与えられる存在でいられた自分が誇らしくて嬉しくて。

次から次に溢れてくるさまざま感情が言葉を詰まらせ、ふたたび涙がこぼれる。

涙の膜で揺れる視界で捕らえたアーロンの顔は、泣き出す前の子どものように歪んでいた。今すぐ駆け寄って抱きしめたい。そんな衝動がこみあげる。

「……くそっ……！」

絞り出すような声と共に、アーロンは勢いよく立ち上がり、そのまま部屋を出て行ってしまう。

後を追うべきかとジゼラは腰を浮かせたが、王妃によって腕を摑まれた。

「そっとしておいてあげて」

「でも……」

よく見れば王妃の目にも涙が滲んでいた。

きっと、呪いについて彼らは何度も話し合ったのだろう。そのたびに、見つからない解決策に苦しんでいたに違いない。

「きっとあなたが泣いたのに驚いたのね……あの子は本当はあなたに何も教えたくなかったのよ。でも私たちは、あなたにきちんと伝えておきたかった。知らないままのあなたを傍に置いておくことは、よくないと思ったから」

アーロンが拒んだのは当然だ。知られたいはずがない。酷い呪いだ。

「泣かせてしまって、ごめんなさい」

王妃の言葉に、ジゼラは頭を振ることしかできない。

理由のわからない涙が後から後から溢れ、渡されたハンカチを濡らしていく。

「でも驚いたのよ。あのアーロンが傍に人を、しかも女性を置きたいと言った時は」

少しだけ弾んだ声で話す王妃の声に、ジゼラは顔を上げる。

なんだか嫌な予感がしたが、追及してはいけない気がして言葉を発することができなかった。

「呪いのことは心配だったけれど、婚約者候補として登城してくれたお嬢さんの中にいた聖女だったなんて。そんな都合のいい話があるなんて最初は信じられなかったの」

「……まあ、そうですよね」

「でも、全部本当だった。アーロンは本当にジゼラが好きなのね。あなたを見つめるあの子の顔は本当に優しい表情で……あんな顔、久しぶりに見たわ。本当に感謝しています、ジゼラ。アーロンを見つけてくれてありがとう」

どうも王妃はアーロンとジゼラが恋人同士だと信じているような口ぶりだった。確かにジゼラはアーロンに心を寄せている。だが、それはジゼラが墓場まで持っていかなければならない身勝手な感情だ。肝心のアーロンはジゼラのことを便利なペットとしか思っていないのに。

盛大な誤解に気がつき背筋が冷えたが、王妃が次に発した言葉でそんな考えは吹き飛んでしまった。

「まるで神の采配ですね」

「……神……そうです、神です。王妃様！　どうして殿下は神殿においでにならなかったのですか!?」

アーロンを苦しめているのが呪いならば、一番の解決方法は神殿で聖女による癒やしを受ければいい。どうしてそのことに今まで気がつかなかったのだろう。

だが、王妃だけでなく国王が表情を暗くしたことで、ジゼラは自分の考えが甘かったことを悟った。

「……アーロンが呪いを受けた時、当時の神殿長も傍にいました。だが、神殿は魔女に呪われたアーロンを悪魔だと断じたのです。呪われた子どもは神殿に立ち入ることを許さないと」

「……そんな!!」

「幸いにも、祝福の儀式の参加者は、儀式に関することは絶対に他言できないという契約魔法を結んでいたの。だから当時の神殿長はアーロンの身に何が起きたのかを他の誰にも話せなかったはずよ。でも、王家に関わるなと言うことはできたわ」

ジゼラは思わず天を仰いだ。

長く不仲だと言われてきた王家と神殿。その原因を作ったのは他でもない神殿側だった。不運にも呪われてしまった王子を悪魔だと決めつけ、神殿から追い出した当時の神殿長への怒りが込みあげてくる。

「神殿は以前から王家の干渉を疎ましく思っていたのだ。だから、これ幸いと距離を置いたのだろう。彼らのやり方は狂信的だ。悪魔や魔女、呪いを罪悪と決めつけ断罪することで信者を増やし力を付けてきた。王家はそのような行いを正したいとずっと思っていたのだが……」

国王の苦しげな言葉に、ジゼラは唇を噛んだ。

神殿のやり方は嫌というほど知っている。彼らは自ら(みずか)を善と疑っていない。だからこそ、そんな横暴な行いができたのだと今のジゼラならわかる。自分たちの信条を守るためならば、ジゼラの人間としての尊厳を奪ってもかまわないと思っていたように、彼らは赤子だったアーロンを利用して王家を神殿から遠ざけたのだ。

「魔女に呪いを解いてもらうことはできないのですか？　魔女の怒りの原因は、誤解なのでしょう？」

「ああ。だが魔女は森の奥深くに隠れてしまい見つけることはできなかった。そうこうしているうちに神殿が森への侵入さえも禁じてしまったのだ」

「でも、今は神殿長が代替わりしているはずです。事情を説明し協力を求めれば……」

ジゼラの絞り出すような声に、国王が力なく微笑む。

「もし今になってアーロンが呪われていると知れば、きっとそれを理由に今度は神殿が王家に干渉してくるだろう。それこそ、政治にまでな。それにジゼラ、君は気がついているのだろう？　アーロンの呪いはもう完全に魂と癒着(ゆちゃく)しており、解呪はできないところまで育っていると。当時、すぐにでも聖女の癒やしを受けていればあるいは救いがあったかもしれんが……」

「残り少ないアーロンの日々にあなたが寄り添うことを選んでくれたこと、本当に感謝しています。あなたに甘えてしまう私たちをどうか許して」

国王と王妃の言葉に、ジゼラはきつく唇を噛んだ。

（アーロン様は今年の春に二十五歳になった……じゃあ、二十六歳なるまで、あと半年しかないってこと？）

　これから迎える静かな冬が、アーロンにとって最後の季節になるという事実に、心が凍りそうだった。

　いずれは別れる日が来るという覚悟はしていた。遠くからアーロンの幸せを願うことが、ジゼラにとっての余生になると信じていたのに。

　二度と会えなくなるかもしれないなんて、考えたくもない。

（なんで、どうして）

　話が終わって退室するジゼラを、国王と王妃は名残惜しそうに見送ってくれた。別れ際、アーロンを頼むと何度も言われても、曖昧に頷くことしかできなかった。

　騎士たちに囲まれ離宮に戻りながら、ジゼラは必死に得た情報を整理する。

　あまりにもいろいろなことを知ってしまったため、頭の中がぐちゃぐちゃで今すぐ眠りたいと思うほどに疲れ切っていた。

　だが、頭に浮かぶのはアーロンのことばかり。

（何から聞けばいいのよ……）

　呪いのことを黙っていた理由はわかる。事情や背景を考えれば聖女だというジゼラに簡単に告白することはできなかっただろう。だが。

（私を傍に置いた本当の理由がなんなのかくらい知りたい）

　あの日、ジゼラを抱いたのは本当にただの気まぐれだったのだろうか。それとも、最初から傍に置くつもりだったのだろうか。初めて巡り会った聖女だったというだけで、傍にいられるのだとしたら。

「っ……」

心に秘めておくつもりだった、恋心が悲鳴を上げた。

離宮に戻り、真っ先にアーロンの部屋に向かう。

部屋の前にいたヤンは何か言いたげな顔をしていたが、ジゼラを止めなかった。

「アーロン様」

ノックから間を置かずジゼラは扉を開いた。

鍵を掛けることもできたはずなのに、そうしていないというのが、きっとアーロンの答えなのだろうと勝手に判断して、部屋に入る。

ぴったりとカーテンの閉じられた薄暗い部屋の中。壁にもたれるようにして床に座り込んだアーロンの姿を見つけ、ジゼラは心臓を跳ねさせた。

琥珀色の瞳が淡く光り、じっとジゼラを見ていた。獰猛(どうもう)な獣(けもの)を前にしたような恐怖に身がすくむ。

「……どうした。ペットらしく慰めに来たか」

どこか嘲(あざけ)るような酷い言葉なのに、そこにこもる感情が痛いほどにわかってジゼラはアーロンへと近寄る。

手を伸ばせばようやく触れられるほどの距離に座り込み、アーロンの顔をじっと見つめた。

「慰めて、欲しいんですか」

問いかけに返事はなかった。ただ、ジゼラを見つめていた瞳が何かを諦めたように床に落ちる。

「……俺に失望したろ」

その呟（つぶや）きは普段の彼からは考えられないか細い声だった。

「お前の存在は都合のよすぎるものだった。傍に置いていても、他の人間みたいに不幸になって苦しまないとわかっていたから、俺は……」

　これまで周囲の人を不幸にしないために、極悪王子という仮面を被（かぶ）り生きてきた彼は、きっとずっと孤独だったのだろう。

　特定の人間を傍に置き続けることができない。親しくなれば親しくなるほど、呪いの力は強くなると教わっていた。

　でも、ジゼラは違う。どんなに触れても、側に置いておいても、不幸になることはない。

ずっと抱いておけるぬくもり。なんの気負（きお）いもなく繋がりを持てる相手。

それが目の前に転がり落ちてきて、手を伸ばした。どうしてそれを責められるだろうか。

「卑怯（ひきょう）な男だと軽蔑（けいべつ）したに決まってる」

　まるでそうであってくれと願うような口調に、胸が締め付けられる。

「してません」

「……嘘をつかなくてもいい」

「嘘じゃないです」

「じゃあ同情か。あと半年しか生きられない俺を哀（あわ）れに思ったんだろう。情けなく泣きやがって。望みなら、今すぐ捨ててやるぞ」

　苛立ちのこもった声なのに、ジゼラは何故かアーロンこそが泣いているように思えてたまらなくなる。

「だってアーロン様が死ぬって聞いて、泣くに決まってるじゃないですか。死んだら何もなくなる。死にたい人なんて誰もいないのに」

死んで欲しくない。心からそう思っている。もし、自分の命と引き換えに彼が助かるなら何だってすると思うほどに。

「……よく考えてみてください。私だって、あなたを利用したんです。神殿から逃げるために、あなたの噂を信じて処女をもらって欲しいなんて無茶なお願いをした。もしあなたに助けてもらわなかったら、私は一生神殿の籠の鳥でした。私たち、似たもの同士だと思いません？」

ジゼラはゆっくりと手を伸ばし、アーロンの頭に触れる。抵抗されないことを確かめながら、そのままそっとその頭を胸に抱き寄せる。

「アーロン様。私、あなたが望む限り傍にいます。どうか捨てないでください。ペットは最後までちゃんと飼うものでしょう」

「……お前は馬鹿だ」

アーロンの腕がジゼラの腰に回り、抱擁が強くなる。

「私があなたの支えになるのならば、喜んで傍にいます。私は聖女なので頑丈なんです。呪いだって平気ですし、あなたの周囲の人たちが苦しめばすぐに助けてあげられる。だから……」

もう、極悪王子のふりなんてやめて。そう続けようとした唇をアーロンの唇がすくいあげるように塞いだ。

優しく食むようなキスはだんだんと深くなり、舌が絡まる。甘えるようなキスだったのに、それはすぐにいつもの熱を帯びたものに変わっていき、腰を抱いていたアーロンの腕も不埒に動きはじめる。

「ん、んっ、アーロン、さま」

求められているのが嬉しくて、ジゼラもまたアーロンの肩に手を回し、爪を立てるようにしてすがりつく。

「ジゼラ……ジゼラ……」

キスの合間に呼ばれる声に、頭の芯がじんと痺れた。これまで抱かれていた時とは何もかもが違う。まるで本当に愛されているように錯覚してしまう。

「あなたのすきにして」

舌を差し出し身体を預け甘えながら囁けば、アーロンが獣のように喉を鳴らした。

「ああ、くそがっ」

優しいキスが突然噛みつくようなものに変わる。

乱暴な動きで唇を吸い上げられ、ジゼラが呼吸を乱している間に腰を抱えるようにして持ち上げられてしまう。

「きゃっ」

不安定な体勢が怖くなって、アーロンの頭を包むように抱きつけば、胸元に埋まった鼻先が柔らかな胸を弄ぶように探りはじめた。

「お前が煽ったんだから、責任を取れ」

「なに、を……ひゃっ！」

まるで放り投げられるようにジゼラの身体が寝台に落とされる。仰向けで沈み込んだ衝撃でスカートがふわりと広がり、無防備な素肌がアーロンにさらされた。

「や……」

恥ずかしさにスカートを直そうとするが、その腕はアーロンによって阻まれてしまう。

寝台に上がらず、床に立ったままのアーロンはその場に膝を突くと露になったジゼラの足に唇を近づけ、無防備な膝をべろりと舐めた。生暖かい舌はそのまま太ももへと向かい、さらにその先を目指していく。

「きゃっ……!?　え、なにを……？」

「かわいがってやるから、覚悟しろ」

「えっ、えっ……うそ、だめっ!?」

膝下に入り込んだアーロンの手がジゼラの足を大きく広げさせる。

身につけさせられている下着は、腰で両端を紐で結ぶタイプのものだ。その紐がするりとほどかれ、下着が剝ぎ取られてしまう。

露になった秘所をじっくりと眺められ、ジゼラは恥ずかしさに足をばたつかせるが、アーロンは平然とそれを押さえ込む。

「よく濡れてるじゃないか」

「やっ、だめぇ」

濡れた蜜口を熱い吐息がくすぐる。何をされるのか察して、ジゼラは首まで真っ赤に染めた。

「きたないから、だめっ、だめですっ……」

普段は湯浴みをして寝所に向かうが、今日はまだ身体を清めてはいない。

一日を過ごした身体は汗ばんでいる。下着で隠れていた場所がどうなっているかなんて考えたくもない。

「汚くねぇ。お前の匂いがする」

「やだぁ、あっつんんっ」

ぬるり、と濡れそぼった蜜口を舌がなぞる。その刺激にどろりと勝手に蜜が溢れた。厚くて長い舌が、あわいを舐め上げ先端で硬くなっている花芯をチロチロと弾いた。

「ひっ、あっあああん」

あまりの刺激にジゼラは腰を跳ねさせ、足を閉じようとするがアーロンにしっかりと両足を摑まれているためままならない。

蜜をすする音に頭の芯が焼けそうになる。花芯を舐られ、恥辱の形を確かめるように舌先が動くたびに腰から下が蕩けそうな快感に貫かれる。

全身から力が抜け、もう押さえ付けられてはいないのに、両足はみっともなく開きっぱなしだ。

腰を撫でていたアーロンの手がじわりと這い上がり、ジゼラの足の間に顔を埋めたまま器用にもドレスの胸元を探り当て豊かな胸を引きずり出す。

「ひ、ああっ!?」

空気に触れてふるりと揺れた胸をアーロンの指が不埒に弄くりはじめた。やわやわと揉みしだきながら硬くしこった先端を指で弾く。弱い場所を同時に責められ、ジゼラは甲高い声を上げることしかできない。

「やっ、だめ、いっしょにしちゃ、あっ、ああっもうっ……」

ひときわ強く花芯を吸い上げられ、ジゼラは背中を浮かせながら絶頂に喘いだ。

心臓が破裂しそうなほどに早く脈打ち、全身が汗で濡れていた。乱暴に押し上げられた身体に心が追いつかず、ジゼラは呼吸を整えるだけで精一杯だった。

遠くでアーロンが服を脱ぐ音が聞こえ視線を落とせば、彼はズボンの前だけをくつろげ凶悪なまでに猛った雄槍を取り出している最中だった。

「あ、だめ、いま……」

まだヒクヒクと痙攣している蜜口に、熱くて硬いものが押し当てられる。

これまで散々なぶられ慣らされたそこは、ジゼラの意思を無視するように嬉々としてその先端に吸い付いた。

「どうやら下の口のほうが素直みたいだな」

「ちが、んんんっ!!」

ずん、と根元まで一気に貫かれる。

その瞬間、さっきまでいた場所に再び押し上げられジゼラは身体をしならせた。

「またイッたのか。入れただけなのに」

「や、やぁ……」

「ほら。いいとこ突いてやるよ。好きだろう?」

「あっ、ううっぅ〜〜っ」

ぐるりと腰を回され、最奥を目指すように容赦なくずんずんとした律動を刻まれる。

ひと突きされるごとに目の前が真っ白になって、内壁が歓喜に打ち震えた。最奥をとんとんと優しく突かれるたびにお腹の中で何かが弾けたように錯覚してしまう。

強すぎる刺激にジゼラは喘ぎながら涙をこぼし、小さな子どものように泣きじゃくる。

「きもちいいなぁ、ジゼラ」

楽しそうな声に、ジゼラは潤んだ視線を向けた。

涙の膜の向こうに捉えたアーロンの表情は心底楽しそうで、彼がこの行為を楽しんでいるのが伝わってくる。極悪王子は演技ではなかったのかと叫びたくなるが、ゆるゆると身体を揺さぶられまともに喋ることができない。

「ひ、ひどぃぃ」

「お前が好きにしろって言ったんだろ」

「あぁっ！」

花芯をアーロンの親指が押し潰した。あまりの衝撃に、意識が一瞬飛んで世界が反転する。

高みへと押し上げられ痙攣した隘路が硬く猛った雄槍を愛しげに締め付けてしまう。

「んっ……んっ！　だめ、ぇ、いま、動かないで……だめぇ」

絶頂の余韻に浸る間もなく、アーロンが腰を揺らす。

ずっと一番高いところから降りてこられず、ジゼラは泣きながらがむしゃらに首を振った。

「……泣いてるお前はかわいいな」

繋がったまま上体をかがめたアーロンが、涙で濡れたジゼラの頬を舐め、そのまま噛みつくように唇を重ねてくる。

絶え間なく穿たれ、こね回され、揺さぶられ。

悲鳴のような喘ぎ声と荒い呼吸音が部屋の中にこだまする。

「っ……」

苦しげに呻いたアーロンが、ジゼラの身体を押し潰すように強く抱きしめる。

ひと回り膨らんだ雄槍が根元まで一気に押し入ってきて、一番奥を激しく突き上げた。

「ジゼラっ」

「あっんんっ!!」

お腹の奥ではじけた熱がジゼラの中を埋めていく。繋がった場所からとろりと溢れるほどに大量の子種を流し込まれた。

「あ、あああっ」

一滴残らず奥に注ぎ込むようにゆるやかな抽挿を繰り返すアーロンの動きすら、今のジゼラには毒のような快感だった。

少しだけ硬度を失ったものを引き抜かれる刺激に甘く鳴きながら、ようやく終わったと四肢を弛緩させる。

だが、予想に反して大きな手が腰を掴んできた。そして、そのままくるりと腰だけを高く上げた獣のような体勢にさせられてしまう。

何をされているのかジゼラが困惑している間に、再びアーロンの雄槍が蜜口に押し当てられる。その硬さと熱さは、先ほど以上だ。

「嘘、まだ……ひゃうっ」

再び一気に挿入され、ジゼラは悲鳴を噛み殺し損ねた。

二度目だからか余裕があるのか、抽挿はゆるやかだったが、先ほど吐き出された白濁と溢れる蜜が混ざり合ったせいか、激しくも淫らな水音が響き渡るものだから、鼓膜まで犯されているような気分になってくる。

「あ、ろんさま、あっ、あっ」

回らぬ舌でジゼラはアーロンの名前を呼ぶ。

腰を摑んでいたアーロンの手が、優しく背中を撫でる。気持ちよくて身体が溶けてしまいそうだ。

抱きしめるように回ってきた腕が、揺れる胸元を弄びはじめる。硬くしこった先端を摘まれると、アーロンを受け入れた隘路が喜びに震えた。

許されるなら、このまま一つになってしまえばいいのに。

そんな妄想に囚われながら、ジゼラはアーロンから与えられる熱に溺れていった。

第四章　聖女の憂いと王子の決断

雪化粧をはじめた庭園を部屋の窓から見つめながら、ジゼラは切なげなため息をこぼした。

「どうすればいいんだろう」

真実を知らされたあの日から胸を占(し)めるのは、アーロンのことばかりだ。

助けたい。だがどうすればいいかわからず、ただ時間だけが過ぎていくが辛(つら)かった。

己の運命を悟ったようなアーロンの表情を見るたびに、ジゼラは胸が締め付けられる思いだった。

「アーロン様」

名前を呼ぶだけでも滲(にじ)みそうになる涙を、きつく目を閉じてこらえることしかできないのが歯がゆい。

呪(のろ)いのことを告白したことで胸のつかえが取れたのか、あれからアーロンはいろいろなことを話してくれるようになった。

極悪(ごくあく)王子という仮面を被(かぶ)ることのない姿は新鮮で、さらに愛(いと)しさが増した。

「婚約者選びにはそんな事情があったのですね」

アーロンの寝台で何をするでもなく、抱き合うようにして過ごしていた夜のことだ。

そういえば、と問いかけたジゼラにアーロンはあの騒動の裏側について話して聞かせてくれた。

国中の貴族に声をかける形ではじまった婚約者捜しは、せめてアーロンが死ぬまでに世継ぎだけでもという王家の未来を憂う忠臣たちの強い進言がはじまりだったという。

酷い話ではあるが、王家を存続させるには必要なことなので、否定することはできない。

国王や王妃は渋っていたそうだが、最終的には同意したらしい。

恐らくは親心もあったのだろう。呪いのせいで長く生きられない我が子に、少しでも華やかな時間を過ごして欲しいと思うは当然のことだ。

だが、肝心のアーロンにはその気はまったくなかったらしい。

「考えてもみろ。下手に子どもを作っても、妊娠した女が腹の中の赤ん坊共々呪いで苦しむ可能性があるんだぞ。寝覚めが悪いにもほどがあるだろうが」

「でも、アーロン様に弄ばれたご令嬢がいるって噂が……」

「ああ？　あー……夜這いをかけてきた女が何人かいたな。何人かは体調を崩して逃げ帰ったし、邪険にしたらキレて出てった奴もいたから、そいつらの誰かが俺を恨んで噂でも流したんだろ」

心底煩わしそうなアーロンは相変わらずの乱暴な口調だ。

自分の前でまで悪態をつく必要はないのにと軽く咎めてみたが、幼い頃からの口調なので今更変えるのは面倒だと言い切られてしまった。

「怒らないんですか？　勝手に女遊びの酷い王子だって噂されて」

「知るか。まあ、どうせ死ぬんだからって、遊び歩いてた時期もあるから完全な嘘でもないしな」

「……」

ほんの少しだけアーロンの過去に嫉妬してしまう。だが、いずれ死ぬとわかっていて享楽に耽ることをどうして責められるだろうか。裏腹な感情にジゼラは胸を苦しくさせる。

つい黙ってしまうと、何故かアーロンは顔色を悪くし上体を起こしてジゼラの肩を掴んできた。

「い、言っとくが俺がこれまで相手にしたのは後腐れのない玄人ばかりだからな。普通の女には手を出してないぞ」

「……はぁ？」

いったい何をそんなに慌てているのだろうかと、ジゼラは首を傾げる。

アーロンが特定の相手を作っていなかっただろうことぐらいは想像が付いた。長く傍にいれば、きっと誰だってアーロンを好きになる。そしてきっと呪いの影響を受けてしまうだろう。

「わかってますよ。アーロン様は本当は優しい方ですからね」

「……ケッ」

どうやら照れているらしいアーロンは、ジゼラから手を離すとすっと顔を背けてしまった。

「婚約者捜しはそろそろ止め時だとは思っていたんだ。お前の妹みたいに、結婚するつもりのない女たちばかりになってきたからな。あんな死にそうな顔をした連中に毎回囲まれたってちっとも嬉しかないさ」

「ああ……」

最初のお茶会の空気を思い出し、ジゼラは苦笑する。

確かに葬儀のような重苦しい空気だった。

あれを何度も経験したアーロンには同情を禁じ得ない。

「だから俺が離宮にお前……女を引き入れたことを公言したことで、問題なく中止にすることができたんだ」

なるほど、とジゼラは頷く。

アーロンが特定の女性を囲い懐に入れた、というのはジゼラが考えていた以上に大切な事だったようだ。

これまで特定の相手と長い関係を持たなかったアーロンが、手元に置いた謎の女性。しかも癒やしの力を持っている。貴族たちの間では、ジゼラは謎の女としてずいぶんと噂になっているらしい。おそらく元聖女だから神殿との関係を考えると妃にするのは難しいのではないか、という当たらずとも遠からずな憶測がすでに飛び交っていると知らされて、ジゼラは笑うこともできなかった。

臣下たちは子どもさえ作ってくれればいいとさえ考えているそうだ。

「実際にはただのペットなんですけどね」

アーロンにとってのジゼラは何もかもが好都合な存在だ。避妊薬を飲んでいるから子どもだってできるはずもないのに。

離宮の使用人たちや、国王や王妃はジゼラをアーロンの恋人だと信じてるのが、少し辛い。

素性を明かさないのは神殿に追われているからだと知っているからか、過分なほどに優しくされて、いたたまれないのだ。

つい先日も、離宮に遊びに来られない代わりにと王妃からネックレスとイヤリングをプレゼントされた。アーロンの瞳によく似た琥珀の美しさに、愛情の深さを感じた。

「……なんだか、申し訳ないです」

ジゼラがアーロンの傍にいられるのは、聖女という身の上に産まれた奇跡のおかげなのに。自嘲めいた笑みを浮かべれば、アーロンはどこか難しい顔をして眉を寄せた。

何が気に食わないのかちょっと鋭い視線を向けられて、ジゼラは首をすくめる。

「な、なんです？」

「……なんでもねぇよ。ま、もし俺が死ねば、グラシアノ公爵が王位継承者になるからな。それをどうしても避けたかった連中の気持ちもわからなくはない」

「グラシアノ公爵？」

聞き慣れない名前にジゼラが聞き返せば、アーロンが口の端をつり上げる。

「本当に世間知らずな奴だな。グラシアノ公爵は俺の叔父にあたる男だ。立場で言えば王弟だな。俺が生まれるまでは王族として城に暮らしていたが、継承権が俺に移ったことから公爵になったんだ」

「へぇ」

「それにお前は一回会っているだろうが」

「え!?　いつです？」

「……俺と最初に会った場所で声をかけてきた奴がいたろう」

そういえばそんなこともあったと、ジゼラは記憶の引き出しからその時のことを引っ張り出した。

確かに、どこかアーロンに似ていると思った記憶がある。

「あの人が」

「奴と父上は母親が違うこともあっていろいろと確執がある。王位継承に関しては随分と血なまぐさいやりとりもあったそうだ」

「大変なんですね、王族って」

やんごとない身分の人たちが抱える深い闇(やみ)にジゼラはため息をこぼす。

「あいつは俺を心底嫌っているからな。その証拠に俺の傍に長くいてもぴんぴんしてやがる」

「それは……」

なんとも皮肉な話だ。

アーロンの呪いは彼の傍にいて彼と親しくなることが発動条件。逆を返せばどんなに傍にいても彼に対し親愛の情がなければ、何ごとも起きない。傍でニコニコとしている人間が、本心では自分を嫌っていることがわかるというのはどんな気持ちなのだろう。

「グラシアノ公爵は俺が死ぬのをずっと待っている。自分が王位継承権を握れるからな」

誰かに死を待たれている。アーロンの置かれた複雑な立場に、ジゼラは何も言えなくなった。

「なんでお前がそんな顔するんだよ」

黙り込んでしまったジゼラの頭をアーロンの手が撫(な)でる。

口調は乱暴なのに、指先は泣きたくなるほど優しくて。

「……呪いを、解くことはできないのですか？」

きっと、アーロン自身も誰かに問うたことがあるに違いない質問だ。残酷なことを聞いている自覚はあった。それでも、口にせずにはいられなかった。

「国中の魔法使いが研究したが不可能だった。他の呪いが解けたことが奇跡だったんだ。おそらく、事前にかけられていた加護が呪いを弱体化させたらしい。だが、俺はあと数ヶ月後にはむごたらしく死ぬ。それは誰にも変えられない。まあ呪いをかけた魔女なら解けるかもしれないが、会うこともできない相手に願うことはできないしな」

淡々と語るアーロンの口調に淀(よど)みはなかった。

きっと、もうずっと前に覚悟を決めているのだろう。

「心配するな。俺が死ぬ前には次の飼い主を見つけてやるから」

次なんて欲しくない。叫び出したくてたまらなかった。

今ジゼラがアーロンに恋心を伝えたところで何になるだろうか。彼の心を苦しめるだけではないだろうか。

返す言葉を見つけられなかったジゼラは、ぎゅっとアーロンにしがみつくことしかできなかった。

そのまままとろとろと眠りについた夜半、苦しげな声が聞こえた気がして意識が浮き上がる。

真っ暗な室内。自分を抱いていたはずのアーロンの腕がないことに気づき、ジゼラは慌てて身体(からだ)を起こす。

「う、うう……」

寝台の端で、大きな身体を丸めるようにして苦しんでいるアーロンがいた。

触れた背中は汗ばんでおり、やけどしそうなほどの熱を持っている。

「いや……だ……う……ぐ……」

もがくように唸(うな)るアーロンの背中をさすり、用意してあった布でその額を拭(ぬぐ)う。

「大丈夫ですよアーロン様。私が傍にいますから」

「ぐ……うぅ……もう、嫌、だ……」

普段の偉ぶった態度が嘘のように弱々しいアーロンの様子に、胸が痛む。

初めて二人で眠った夜、ジゼラはこれまでアーロンがことが終わるとすぐに寝室から出て行った理由を知った。

真夜中。何かから逃げるように苦しむアーロンの姿に、ジゼラは慌ててヤンを呼んだ。ヤンは慣れた様子で濡れた布でアーロンの汗を拭い、しばらくすれば落ち着くからと説明してくれた。

毎夜ではないが、アーロンはこうやって発作を起こすことがあるらしい。

呪いをかけられた心と身体が限界を迎え反動を起こしているのが原因。意識は覚醒しておらず、目が覚めた時に何を言ったのか覚えてないのが救いだと教えられた。

それ以来、ジゼラはアーロンが発作を起こした時は、献身的にその傍に寄り添って世話を焼いていた。

「アーロン様。あなたは優しい人です。私は知っています」

震える身体を抱きしめ、効果がないとわかっていながらも癒やしの力を注ぎ込んだ。

強ばっていた身体から力が抜け、ジゼラの胸にすがりつくようにアーロンが抱きついてくる。

「……ラ……ジゼラ……」

「はい」

名前を呼ぶ声に応え、大きな手に指を絡ませ手を握り合って、額に唇を押し当てる。

それを合図にアーロンの呼吸はだんだんと落ち着きを取り戻し、ふたたび静かな眠りに落ちていったのがわかった。

そしてジゼラもまた、ゆっくりと瞼を閉じたのだった。

窓の外を見つめたまま、ジゼラは再び長いため息を吐き出す。

助けたい。死なせたくない。かといって、ジゼラにできることは何もない。

あるとすれば、アーロンの求めるままに自分を差し出し、彼の傍にいる人たちに降りかかる呪いの影響を癒やすことくらいだ。

離宮にいる使用人たちは、アーロンの呪いを心得た上で傍にいる、ということもようやく知ることができた。

生まれた時からアーロンを知っている古参の者から、縁あってアーロンに拾われた人たち。彼らはアーロンを慕っているからこそ、呪いの影響が強くなりすぎぬよう距離をとり続けながらこの離宮に暮らしているのだ。

知れば知るほどにアーロンという人間の置かれている過酷な状況に胸が苦しくなった。何も知らず、彼を極悪王子だと思い込んでいた過去の自分を殴りたい。

自分という人間が神殿に奉仕していた聖女であるという事実も、ジゼラを苦しめていた。ジゼラ自身が何をしたわけではないが、神殿という存在がアーロンを苦しめる一因となっていたことは間違いないだろう。

もし、ルイーゼが婚約者候補のひとりに選ばれなければ。神殿長と閣下と呼ばれる男の密談を聞かなければ。何も知らずあのままのうのうと神殿で過ごしていたとしたら。神殿で王子の訃報を知ったであろう自分は何を思ったのだろうか。

「……最悪だわ」

何を考えても思考が行き詰まる。

せめて何かヒントはないかと城にある本を片っ端から読んではみたが、だいたいはとっくに魔法使いたちが調べているのでジゼラごときが新しい情報を得られるわけもなかった。

今のジゼラにできることはやはり、アーロンが望む限り傍にいることなのだろう。

大切な人の命の期限が迫っているのに、何もできない無力感でどうにかなりそうだった。

春なんて来て欲しくない。降り積もる雪が、この国の時を止めてくれればいいのに。

永遠の冬の中に囚われてしまえば、アーロンの呪いは発動しないかもしれない。

どんなに寒くてもいい。たとえ傍にいられなくても、アーロンの命が続いてくれるなら、この世界が氷に包まれたって構わない。

身勝手な願いが身を焦がす。

(何を考えてるのよ、私は)

出会う前は、家族が何よりも大切だったのに。こんな我儘な感情が、自分にあるなんて知らなかった。

憂鬱な気持ちを払うようにもう一度窓の外に目を向ければ、メイドたちが忙しそうに走り回っているのが目に入った。

焦ったような彼女たちの表情にジゼラは何かあったのではと立ち上がり、上着を羽織りながら庭園に向かったのだった。

「どうしたの？」

「まあジゼラ様。すみません、お騒がせして」

来てみればメイドたちはどうやら何かを探しているようだった。庭木の陰や茂みの奥などを必死にのぞき込んでいる。

「実は先日、殿下が連れ帰った仔猫が一匹見当たらないのです。どうやら窓から抜けだしたらしくて」

「まあ！」

「この庭にいればよいのですが、城側の庭園には番犬がおります。早く見つけてやらなくては」

「わかったわ。私も探しましょう」

アーロンの呪いの対象は「人間」に限定されている。だからアーロンは動物を集めていたのだと教えられ、ジゼラは離宮に住む動物たちに勝手に仲間意識を持っていた。

早く見つけてやらなければと、ジゼラはメイドたちと共に仔猫の捜索に加わる。

小さな仔猫は怯えて人の視線から隠れている可能性もある。

なるべく姿勢を低くして歩きながら、城の庭園のほうへ迎えば、みゃあと、か細い声が聞こえた。

「まあ……！」

王城と離宮を繋ぐ通路の左右に等間隔に植えられている低木の根元に、隠れるようにして丸まっている仔猫の姿があった。

焦げ茶色の毛並みは見事に花壇の土に馴染んでおり、よく見なければわからなかっただろう。雪混じりの土の上は寒そうで、ジゼラは慌てて近くに駆け寄る。

小さな仔猫はジゼラの気配に気づいたのか、ポワポワの毛を逆立て懸命に威嚇してくる。必死に生きようとしている姿はどこかの誰かに似ているようで、胸の奥がきゅんとした。

「大丈夫。おいで」

そっと手を伸ばし、ジゼラは仔猫の背中を撫でた。

冷えた毛皮に包まれた肉の薄い骨張った身体は小刻みに震えていた。

何度か撫でてやると、仔猫の鳴き声に甘えが混じる。もう大丈夫だと判断し、ジゼラはその小さな命を両手で包むようにして抱き上げげた。

「よしよし。怖かったね。一緒に帰ろう」

あなたの飼い主が待っているわよと微笑みかけると、仔猫はまるで応えるようにみゃあと鳴く。

「おや、ずいぶんとかわいい仔猫が二匹ですな」

「！」

突然背後から聞こえた声に弾かれたように振り返る。

とっさに仔猫を両腕で庇うように強く抱きしめてしまい、不満そうな鳴き声が響いた。

（この人……！）

そこに立っていた人物の顔に、ジゼラはひゅっと息を吸った。

黒を基調とした服装に妙に甘ったるい顔立ち。口の端だけをつり上げた笑い方だけは、皮肉なほどにジゼラがよく知る王子に似ていた。

「……グラシアノ公爵様……」

思わず名前を口にすれば、グラシアノ公爵はわざとらしく眉を上げた。

「おや？　初めましてかと思ったが……ああ、そうか。君が、そうなんだね」

まるで獲物を見つけた猛禽類のように目を細めたグラシアノ公爵が、ゆっくりとジゼラの方に一歩踏み出してきた。

同じ歩数だけジゼラが後ろに下がっても、すぐに距離を詰められてしまう。

「君がアーロンお気に入りの聖女殿か。ごきげんよう。会えて光栄だよ」

「……ごきげんよう」

口調は丁寧なのに、その声からは冷え冷えとした感情しか伝わってこない。目元は笑っているがその奥にある瞳は決して友好的な色を宿してはいない。

「何度も面会したいとアーロンには伝えていたのだが、ずっと断られていてね。こうやって会えたのも何かの縁だ。よければお茶など如何かな」

「ええと……」

断るべきなのはわかっていた。だが、断る理由が思い浮かばない。相手は公爵。立場の低いジゼラが意味もなく拒否できる相手ではない。

腕の中で仔猫がにゃあと困ったように鳴く声だけが耳に響く。

「さぁ」

差し出された手を見つめ、ジゼラは小さく喉を鳴らした。


公爵家の使用人たちが王城内に設けてくれたのは、皮肉なことに最初にアーロンと令嬢たちのお茶会が開かれた場所だった。

あの日から時間が経ったこともあり、咲いている花は様変わりしているが相変わらずよく手入れがされていて美しい。

その光景はあのとき同様にジゼラを癒やしてはくれなかった。

腕の中で仔猫が大人しくしてくれていることが唯一の救いだ。小さくて頼りないぬくもりを守るように抱きしめながら、ジゼラは目の前に座るグラシアノ公爵に視線を向けた。

(何を考えているのかしら……)

彼はアーロンの死を望む人間。言ってしまえばジゼラとは正反対の立場にいる。どんな理由があっても仲よくしたい相手ではないというのに。

「君がアーロンと懇意になったのは、彼が毒を飲まされ苦しんでいたのを助けたというが本当かね」

「……ええ、まあ」

「なんとドラマチックな出会いだろうか。まるで運命のようだね」

(何が言いたいのかしら)

会話の意図が読めず身構えることしかできない。

(それに、この声やっぱりどこかで)

最初に声を聞いた時にも感じた既視感に、ジゼラはじっとグラシアノ公爵を見つめた。

顔立ちはやはりどことなくアーロンに似ている。だが、アーロンのような温かみは一切感じられない。作った笑顔で誰もを見下していることを隠さない冷酷な人間。それがジゼラがグラシアノ公爵に抱いた印象だった。

とにかく一刻もはやくこの場を切り上げなくては。何か適当な理由を造ろうとジゼラは口を開く。

「あの……」

「あれはかなり強力な毒だったはずなのに。聖女の力とは恐ろしいものだな。あの小娘、恐れをなして量を減らしたのか？」

何かに酔いしれるようにグラシアノ公爵が口にした言葉は、どこか不自然なものだった。

その違和感に最初は気づけなかったジゼラだったが、まるでじわじわと毒が浸透するように含まれた意味を理解してしまう。

（この人が、アーロンに毒を……！）

信じられない思いで目を見開けば、グラシアノ公爵は満足げに微笑んでいた。

きっと隠すつもりなどなかったのだろう。むしろ気づかせるのが目的だったとしか思えない。

だが、どうしてなのか。いくら公爵であっても、王子暗殺を企てたとなればただではすまないはずなのに。

「彼はどうやら随分と幸運に恵まれているようだ。これまでもいろいろな危機に見舞われたが、毎回どういう訳か必ず生き残る。すごい男だ」

まるで、それら全ての原因を知っているかのような口調に、ジゼラは内臓を鷲摑みされているような恐怖を感じた。

「そしてとうとう聖女という最高のカードまで手に入れて……憎々しい男だ」

グラシアノ公爵の顔から笑みが消える。

感情のない仄い瞳に見つめられると、身体の芯が氷水に浸かったように冷えていく。

「君はこのままアーロンの花嫁にでもなるつもりかな？」

低く、あざ笑うような声音が鼓膜をざらりと撫でた。

〝花嫁〟

その一言に記憶の扉が開かれる。

『私の花嫁』

それは、神殿で聞いた言葉と声だ。あの日、神殿長と会話していた閣下と呼ばれていた男。

ジゼラが神殿を抜けだす最大の原因になった存在が、目の前にいる。しかも、アーロンの敵という最悪の形で。

(どういうこと!?)

意味がわからなかった。国王やアーロンから聞かされた話では、神殿はアーロンを悪魔の子と断じ王家との交流を断絶したはず。だがグラシアノ公爵は王弟だ。王家の一員でないのだろうか。

どうしてあの日、グラシアノ公爵は神殿長の部屋にいたのか。どうしてジゼラを花嫁にと話していたのか。

尽きせぬ疑問に心がぐちゃぐちゃになる。

「脱走聖女が愛玩聖女に鞍替えとは、驚いたよ」

「……!」

さらなる追い打ちにジゼラはとうとう立ち上がった。椅子が不自然な音を立てて倒れた。グラシアノ公爵から少しでも離れたくて、後退る。

突然の振動に、腕の中の仔猫が怖がるように鳴き爪を立てた。その小さな痛みが、ジゼラを少しだけ冷静にしてくれる。

どうやって逃げようかと周囲をぐるりと見回すが、いつのまに集まっていたのか何人もの兵士たちが周りを取り囲んでいるのがわかった。

逃げ道を塞がれ、ジゼラは唇を噛む。

「まさか私の花嫁になるはずだった娘が逃げだし、アーロンのものになっているとは……気に食わない」

のっそりと立ち上がったグラシアノ公爵が、ゆったりとした足取りで近寄ってくる。

これ以上後ろに下がることはできない。

「ど、どうして私を……」

「ん？　私は力の強い聖女がどうしても必要なんだよ。お前が逃げた後、他の聖女をと薦められたが、どうにも気が進まなくてね。純潔でないのは残念だが、やはり美しい女で楽しみたいのが男心というものだ」

「それは……どういう」

答える気はないらしく、グラシアノ公爵はにたりと笑うばかりだ。

「とにかく一緒に来てもらおうか」

「っ……！　誰か!!　誰か助けて！」

力一杯叫ぶが、周囲の兵士たちは微動だにしない。

誰かが助けに来てくれる気配もなく、妙に静かな周囲の空気にジゼラは青ざめる。

「面白いな。聖女殿は魔法には疎いらしい。こう見えて私は慎重な性質でね。子飼いの魔法使いに私たちの会話が外に漏れぬようにと周囲に防音魔法をかけてもらっている。つまり、どんなに叫んでも君の声は誰にも聞こえないんだ」

「な……」

つまり最初から、グラシアノ公爵はジゼラを捕まえる気だったらしい。

城の中なのだから、危ないことはないだろうとついてきてしまった自分のうかつさが悔やまれる。

「さあ聖女殿。少々順番が狂いましたが、私と一緒に行きましょう。アーロンのお古というのは気に食わないが、まあそれも趣があって楽しいかもしれない」

「い、嫌です!!」

「チッ……うるさい女だ。おい、連れて行け」

兵士の一人が駆け寄ってくる。もう逃げられないことを察し、ジゼラは腕の中の仔猫を地面に下ろす。せめてこの子だけでもアーロンの元に帰してやりたかった。

「おい」

だがその時、その場を切り裂くような声が響いた。

仔猫がにゃあ！　と嬉しそうな声を上げまっすぐに駆け出していく。

「俺のペットに何をしている」

「……アーロン！」

嬉しそうにじゃれつく仔猫を、大きな手が抱え上げる。

アーロンの琥珀色の瞳が、公爵を睨みつけていた。

「アーロン様！」

震えそうになる膝を叱咤しながらジゼラはアーロンの方へと駆け出した。

アーロンの後ろにはヤンや離宮で働く人々が控えている。探しに来てくれたのだと理解し、ジゼラは目の奥がつんと痛むのを感じる。

公爵が苛立ったような声を上げるが、さすがに王子の目の前で動くことはできないと察したのか兵士たちもジゼラを捕まえようとはしなかった。

仔猫のようにはできなかったが、アーロンの腕にすがるように身体を寄せる。

「ったく。勝手に出歩いてんじゃねーよ」

「……ごめんなさい」

シュンとうなだれたジゼラの肩をアーロンの腕が抱き寄せた。身体に馴染んだ体温に、安堵感がこみあげる。

アーロンに抱えられていた仔猫が、にゃあにゃあと嬉しそうに鳴きながらジゼラの腕に戻ってきた。柔らかなぬくもりに涙が滲み、ジゼラはぎゅっと目を閉じながら仔猫を抱きしめた。

「おい。いったい何だこの騒ぎは。私兵まで連れ込んで、俺のペットに何をしようとしていた」

「……私たちはそちらのご令嬢に用事があったのですよ。その仔猫がアーロン様のペットだったとは存じ上げませんでした」

「ふん、どうだかな」

睨み合う二人の間には剣呑な空気が流れていた。

肩を抱くアーロンの腕に力がこもったことに気づき、ジゼラはそっとその手に自分の手を重ねた。

「アーロン様。私は、大丈夫ですから」

まだ何もされてはいない。

ここで事を起こすのはよくないことだけはわかっていた。アーロンが来たことで魔法の効果がほ

どけたのか、周囲には人が集まりだしている。

グラシアノ公爵は一瞬だけ歯がゆそうに顔をしかめるが、すぐに笑顔を貼り付けた。

「どうも誤解があったようです。聖女殿、ぜひまたゆっくり」

大仰に腰を折ったグラシアノ公爵は、まるで何ごともなかったかのようにジゼラたちに背を向けてその場から去って行った。

(何が誤解よ……！　またなんてないんだからね！)

思い切り舌を出してやりたい気分だ。怖かったし、腹も立っている。何よりも、アーロンの命を狙ったことが許せない。

「あの人、大っ嫌い……！」

思わず出た言葉に、頭上から吹き出す声が聞こえた。

見上げれば、アーロンが口元を押さえて肩を小刻みに揺らしていた。

「お前……他に言いようがあるだろうが」

「だって……！」

あなたと違って誰かを罵倒したことなんてないのだからと言い返したかったが、いい加減身体が限界だった。遅れて込みあげてきた恐怖に膝が笑う。アーロンにしがみつく力を強くすれば、ふ、と優しい吐息がつむじをくすぐった。

「しっかり掴まってろよ」

「え？　きゃあっ！」

アーロンは僅かに身体をかがめると、ジゼラの膝下に腕を差し込みその身体をふわりと持ち上げた。

不安定な体勢にジゼラはとっさにアーロンの首に片手を回し、しがみつく。

「ちょ！　なんでそうひょいひょい抱き上げるんですか！」

「お前は俺のペットなんだから、どこで抱いたっていいだろう」

「言いかた！」

恥ずかしさに真っ赤になるジゼラは助けを求めるべく、ヤンや使用人たちに視線を向けるが彼らはどこか生暖かい視線でこちらを見るばかりだ。

下ろしてと叫ぼうにも、立って歩けるかと言われれば自信がない。ジゼラは大人しくアーロンに抱かれたまま仔猫と共に離宮に戻ったのだった。


ようやく部屋についた時には、腕の中にいた仔猫はすっかり眠ってしまっていた。起こさないように気を付けながらそっと床に降りたジゼラは、仔猫をメイドに手渡す。

離れていくぬくもりが少しだけ名残惜しく、メイドが部屋を出て行っても閉じたドアから目が離せずにいれば、アーロンが面白がるように片眉を上げた。

「なんだ？　あのチビが気に入ったのか？」

「気に入ったって言うか……妙な同族意識が……」

言いかけてジゼラは急いで口を閉じる。余計なことを言ってしまいそうで、恥ずかしかった。

それに今はこんな話をしている場合ではない。

「アーロン様、お話があります！」

「奇遇だな。俺もだ」

腕を組んだアーロンがジゼラを静かに見下ろしていた。

その態度に一瞬だけ気圧(けお)されるが、グラシアノ公爵と交わした会話を伝えなければという使命感に突き動かされる。

「あなたに毒を盛ったのはグラシアノ公爵でした！　それだけじゃありません、神殿で神殿長たちと会話をしていたのもグラシアノ公爵だったんです。彼は私を花嫁にするって……」

「……なんだと？」

アーロンの眉がつり上がる。怒りを滲ませた声に、身がすくんだ。

「どういうことだ。何故、あいつがお前を……？」

「理由はわかりません……でも、私が神殿から逃げたことを知っていました。あの人、おかしいです。それにアーロン様の命を狙うなんて」

「俺のことはどうでもいい。なんであいつがお前を……！」

「どうでもよくないです！　早く公爵を捕まえないと」

「俺のことはいい！　ったく、あのクソジジイ！　いったい何を企(たく)んでやがる……！」

アーロンは自分のことよりも、あきらかにジゼラのことでグラシアノ公爵に対して怒っているのが伝わってきた。

ブツブツ呟(つぶや)きながら大股に部屋の中を歩き回っている。

「俺のことはって……でも」

その様子に、ジゼラは戸惑(とまど)いを隠しきれなかった。自分のことを思ってくれるのは嬉しいが、それよりも公爵への対応を考えて欲しいのに。

「なんで…………もしかして、知ってたんですか」

こぼれた言葉に、アーロンが足を止める。こちらを振り返らない背中が全てを語っていた。

ジゼラがアーロンの傍にいることになった最初のきっかけ。そもそもはその犯人が見つかるまで傍にいるという約束だった。それなのに。

「なんで……どうして。犯人がわかってるなら、捕まえないんですか!? なんで教えてくれなかったんですか！」

気がつけば大きな声が出てしまっていた。

もっと早くに気がつくべきだった。アーロンに毒を盛る理由がある存在としてグラシアノ公爵ほど有力な容疑者はいない。あの日だって、毒を飲まされたアーロンの様子を見るためにあの場に来たのだとしたら。

彼との会話で名前を出された瞬間に、わかってもおかしくなかったのに。

「以前から、俺は何度も命を狙われてきた。いつだって容疑者リストのトップはグラシアノ公爵だったよ。だが、あいつは巧妙で絶対に尻尾を摑ませない。あの日、俺に毒茶を飲ませたメイドは姿を消した。家族もだ。意味がわかるか」

「っ……！」

ゆっくりとこちらを振り返ったアーロンの表情は真剣だった。

「あいつは俺の呪いについては断片的な情報しか知らない。だから俺が放っておいても勝手に死ぬことを知らない。そしてそれまでは決して死なないこともだ。だから、しつこく俺を殺そうとしてくるのさ」

絞り出すような声にはどこか悲痛さが滲んでいた。

グラシアノ公爵との会話でも同じようなことを聞いた記憶がある。アーロンは幸運な男だと。

それが指す意味は一つ。あの日の毒と同じように、ずっとアーロンの命を狙い、失敗してきたのだろう。

「ひどい……どうして、どうして」

アーロンが何をしたというのか。

どうしてそんな苦しみを味わわなければならないのか。

「あんまりだわ」

本当に苦しい時、人は泣けないものなのだと初めて知った。

あまりの悔しさでその場から動けなくなったジゼラへ、アーロンが近づいてくる。

そしてそのまま、覆い被さるように抱きしめられた。

たくましい腕に包まれ、厚い胸板に頬が押しつけられる。ジゼラよりも少し高い体温と少し汗ばんだ香り。昂ぶっていた気持ちが、ほんの少しだけ凪いだ気がした。

「お前が泣く必要ないだろうが」

「……泣いてないです」

「嘘つけ」

からかうような声に、ようやく瞳の奥がつんと痛む。指摘通り泣くのが嫌で、ジゼラはアーロンの胸に顔を押しつけた。大きな手が、優しく背中や頭を撫でてくれるのが心地よいのに、酷く切ない。

「あいつがお前を狙ってる理由はなんだ」

「……わかりません。でも私をというより聖女が欲しいようなことを言っていました」

あの時、グラシアノ公爵は具体的な理由を口にはしなかった。神殿での会話を思い出してみても、なぜ聖女が欲しいのかははっきりしない。神殿側はジゼラを繋ぎ止めておくために結婚させたいようだったが、公爵はどうして聖女が必要なのか。謎ばかりが積み上がっていく。

「ま、逃げたお前が、俺のお気に入りだとわかって奪いに来た、ってのが一番の理由な気がしてきたな」

グラシアノ公爵のことを知り尽くしているアーロンは、その考えをお見通しらしい。

「胸くそ悪い奴だ。神殿と繋がってるのも気味が悪い」

「グラシアノ公爵は、何をしようとしているのでしょうか……」

「さあな。だがろくでもないことだけは確かだ。奴が神殿に出入りしてるなんて情報はこれまで掴んでいない。隠れてコソコソしてるのが何よりの証拠だが……くそっ」

奥歯を噛みしめる音にジゼラは顔を上げる。怒りと苛立ちに歪(ゆが)んだアーロンの顔に、胸が痛くなった。

これ以上、彼を煩わせたくなんてないのに。自分にはいったい何ができるのだろうか。

「ジゼラ」

「……はい？」

名前を呼ぶ声は、どこか低くかすれていた。

身体を抱く腕の力が強まり、なぜだか嫌な予感が胸を満たす。

「お前にはここを出て行ってもらう」

全身の血が、まるで凍り付いたみたいな気がした。

つま先と指先が感覚を失い、頭の中が真っ白になる。

「え、なに、を」

「辺境を治めているエルディラ伯爵家の当主に嫁げ。安心しろ、伯爵はもう枯れた爺さんだから
お前に手を出すことはない。書類だけの婚姻だ」

何を言われているのかわからず、ジゼラは何度も目を瞬く。

目の前で喋っているのはアーロンのはずなのに、まるで幽霊でも見ているような気分だった。

「公爵と神殿のことは俺がなんとかしておいてやるから、お前はそこで静かに暮らせ。落ち着いた
ら離婚するなり、好きな男を愛人にするなり……」

「ま、待って!!」

悲鳴のような声がようやく喉からこぼれる。

「私のこと、捨てるんですか？」

いずれ、傍にいられなくなる日が来ることは覚悟していた。

でも、許されるなら最期のひとときまで傍にいたいし、最後の最後まで運命に抗いたいと願って
いるのに。

「責任もって飼ってくれるって……」

「手放す時は新しい飼い主を用意してやると約束したはずだ。エルディラ伯爵は信頼の置ける男だ。

お前を任すにはちょうどいい」

ジゼラの意思など完全に無視して勝手に話が進められていることに思考が追いつかない。

抱きしめてくれていたはずの腕が離れ、アーロンがゆっくりとジゼラから離れていく。

追いすがりたいのに足が震えてその場から動けない。

「明日にでも荷物をまとめて出立しろ」

「待ってください！　どうして急に!?　グラシアノ公爵が私に興味を持ったからですか！」

自惚（うぬぼ）れでなければ、ジゼラのためなのだろう。逃がしてくれようとしていることぐらいわかる。

でも、ずっと前からジゼラの行く先を決めていたような段取りのよさにだんだん腹が立ってきた。

「私、アーロン様の傍にいたい。ここがいいです。ずっと傍に置いてくださいよ」

本当は怒るはずだったのに、漏れ出たのは情けない言葉。

「お願いだから、捨てないで……」

気丈に振る舞いたかったのに、涙で震える甘ったれた声しか出てこない。

捨てないで、行かないで、側にいさせて。情けない言葉が次から次に溢（あふ）れて止まらない。

「っ……泣くなって言ったろうが！」

背中を向けていたくせに、勢いよく踵（きびす）を返して駆け戻ってきたアーロンの両腕がきつく抱きしめてきた。

先ほどよりも強い抱擁（ほうよう）に、骨がきしむ。

「お前は俺に言いくるめられて飼われてただけだろうが！　なんで泣くんだ！　逃がしてやるって言ってるんだぞ！」

逃がすと言いながらもアーロンの腕はジゼラを離さない。

ジゼラもまた、泣きながら必死でその背中にしがみつく。

「だって……だって……」

今、アーロンから離れたら二度と会えなくなる気がした。

一人になんかしたくなかった。夜、苦しみうなされる姿が瞼に焼き付いて離れない。

「離れたくないぃ……」

最初は確かに成り行きで、アーロンの口車に乗せられてはじめた関係だ。身体だけの関係から、いつの間にか情が生まれ、恋に落ちていた。

「くそ……何なんだよ、お前は。あの時だって……」

「え……？」

頭上で絞り出すように呻いたアーロンの声にジゼラが顔を上げる。何、と問いかけようとした唇はアーロンのキスで塞がれる。

「やっ、なに……？」

「黙ってろ」

ちゅっちゅと何度もついばむようにキスをされた。

なだめるようなキスに身を任せれば、のしかかってくる身体に押されるようにして壁ぎわへと誘導された。背中を壁に預けるような体勢になって、キスがどんどん深くなっていく。

与えられる快楽に慣れきった身体はすぐに溶けて崩れ落ちそうになるが、足の間に差し込まれたアーロンの膝がジゼラの身体をぐんっと押し上げる。

「あっ……！」

敏感なところを強く刺激され、ジゼラは艶っぽい悲鳴をこぼす。

その反応に気をよくしたのか、アーロンはわざと膝を揺らめかせて下着ごしにジゼラの秘所をなぶっていく。

ドレスの上から胸を揉まれ、硬くしこった先端を探るように弄ばれる。じれったくももどかしい感触に腰が揺れてしまい、ジゼラはいやいやと甘えるように首を振った。

「や、やぁ、ちゃんとしてぇ」

だがジゼラの願いは叶えられない。アーロンはジゼラの服を乱すことなく服の上から執拗な愛撫を与えるだけだ。濡れた下着が肌とこすれて卑猥な音を立てる。

アーロンのズボンが大変なことになっているだろうが、腰を揺らめかせるのを止められない。

「ひぁやっ！」

下着の中にアーロンの手が入り込む。

すっかりとぬかるんだ入り口に入り込んだ指先が、ジゼラの弱い場所だけを執拗に責め立てる。根元まで埋め込まれた指がバラバラに動いて、ほぐれた内壁を抉るたびにジゼラは甲高く喘ぐ。

「いい子にしてろよ」

「え、あっ⁉」

指が引き抜かれると同時に、身体を反転させられる。

壁にすがりつくしかなくなったジゼラのスカートが乱暴にまくられた。濡れて肌に張り付いた下着を乱暴にずらされ、熱くて硬いものが物欲しそうにひくつく蜜口に押し当てられる。

「あううっ……！」

ゆっくりとした挿入にジゼラは背中をのけぞらせる。

いつもとは違い、優しく馴染ませるように入り込んで来る動きに、膝が震える。

怖いほどに硬くて熱を持ったアーロンの雄槍(ゆうそう)が、隙間(すきま)なく体内に埋められ、頭の中が真っ白になった。

「すごいな……入れただけでイったのか」

「ん、あう、んんぅう……だめ、いま動いたらぁ」

敏感になった隘路(あいろ)をアーロンはゆっくりと蹂躙(じゅうりん)していく。

いつものように追い詰めるような抽挿(ちゅうそう)ではなく、子どもの背中を優しく叩(たた)くようなリズムで奥まった部分を穿(うが)たれ、ジゼラはぽろぽろと涙をこぼす。

「や、ぁん、ひ、なんで、そんな、ゆっくりっ！」

じっくりとした動きで弱い部分が的確にこすり上げられてたまらない。抜けていく時の切なさが際立ち、入り込んでくる瞬間の甘い痺(しび)れは重く腰を貫く。

「あ、あ、ああぅ」

口を閉じていられず、腰の動きに押し出されるような短い悲鳴ばかりが溢れて止まらない。

「やっ、アーロンさ、いやぁ……」

この行為の行き着く先がどこなのかわからず、何度もアーロンの名前を呼んだ。

だが、アーロンは一度もジゼラの名前を呼ばない。腰を強く抱く指先の感触と身体を貫く熱量だけしか与えてくれない。

「つ、ああぅ……ああ……」

永遠に続くような揺さぶりの中、ジゼラは哀れっぽい喘ぎをあげ続けるしかできなかった。

＊＊＊

「つ……く……」

柔らかな内壁に包まれた自身が震え、腰が蕩けそうなほどの快感が思考を真っ白に染めた。

最奥に熱を放てば、ほとんど意識を失っているはずのジゼラの身体がいじらしく震えて受け止めてくれるのがわかる。

「は……」

痛いほどに脈打っていた心臓が落ち着きを取り戻していくのを待ってから、アーロンは名残惜しさを押し殺しながらゆっくりとジゼラから己を引き抜く。

栓を失った蜜口が寂しそうに収縮し、吐き出したばかりの子種をこぼす。その淫らな光景に再びみなぎってくるものを感じ慌てて視線を逸らした。

崩れ落ちる身体を抱きかかえ、腕の中に閉じ込める。

柔らかな身体からは甘い匂いしかしなくて、手放すと決めたはずの決心が揺らぎそうになった。

「ジゼラ」

涙で濡れた目元は真っ赤だった。ずっと泣いていたのに、涙を拭ってやれなかった。泣き顔を見たら、離れられなくなるのがわかっていたから。

力の抜けきった身体をソファに運び、汚れた顔や身体を拭いてやる。本当は全部してやりたかったが、これ以上触れたらまた抱きたくなる。

「ヤンを……いや、メイドが先か」

わざとらしく呟きながら、寝息を立てはじめたジゼラを見下ろす。

長いまつげに彩られた瞼の奥に隠された青い瞳を思い出すだけで、胸の奥がじわりと温かくなってくる。

「ごめんな」

起きている時は絶対に伝えられない言葉だ。

一度でも口にすれば、アーロンはこれまでの行いに隠された自分の気持ちを全部伝えなければ気が済まなくなるだろう。

本当はこんな関係になるつもりなんてなかった。でも、手に入れる口実を得てしまったからには我慢なんてできるわけもなくて。

「……忘れてるお前だって悪いんだからな」

前髪を整えてやりながら不満げに呟けば、ジゼラはまるで聞こえているみたいに「んんっ」と小さな声を上げた。

どこか幼いその仕草に、懐かしさと愛しさがこみあげてくる。

ジゼラはすっかり忘れているようだが、アーロンは幼い頃のジゼラに一度だけ会ったことがあったのだ。

幼い頃から自分を取り巻く異常な状況に気づいていたアーロンは、十歳を迎えたその日に己の運命を知らされた。

どうして誰もが自分を見て哀れむような顔をするのか。傍に仕える使用人たちが頻繁に顔ぶれを変えるのか。どうして死にかけても死なないのか。

魔女を憎み、王家を恨み、世界を呪った。

周りを困らせてやりたくて、我が儘を言って乱暴な行いを繰り返した。叱られないのをいいことにどんどん増長して。駄目だとわかっているのに止まれなくて。

結局、十三歳を迎えてもアーロンは行動を収めることができないままだった。

あと少しで取り返しのつかないことになる。そんな予感で心が先に死にそうだったあの日、ジゼラに出会ったのだった。

王妃主催のお茶会が開かれている会場に足を向けた理由は、今も思い出せない。突然乱入したアーロンに王妃がどんな顔をするのか見てやりたかったのかもしれない。

着飾った女性たちとその子どもたちが楽しそうに集う姿に、腹の奥から黒いものがこみあげてくる。大切な存在に囲まれ笑い合う人々が憎かった。

茂みから脅かしてやろうと身をかがめ様子をうかがう。ぞろぞろと連れ立った連中が近づいてくる気配を感じ、アーロンはその場に腰をかがめた。

「よし……うわぁ」

今だと立ち上がろうとした瞬間、前日の雨でぬかるんでいた地面がアーロンの足を滑らせた。無様に茂みの中で転んだアーロンの腕や足を、枝がひっかき赤い筋を何本も作った。

鈍く染みる痛みに顔をしかめ、地面に座り込む。

そうしているうちに集団はその場から離れていった。

アーロンは取り残された悔しさと情けなさに、悪態をつくことしかできない。

泥にまみれた今の姿こそが本当の自分のようで、やるせない怒りで思考が真っ赤に染まった。

死ぬと決まったときまで何をしても死ねないのなら、いっそどこかに逃げてしまおうか。哀れまれながら生きていく惨めさにもがき苦しむくらいならば、誰も自分を知らない場所に行ったほうがいいのではないか。

身体と同じように、心までが泥にまみれていくようだった。

「大丈夫？」

そんなアーロンの顔に影が差す。少し舌っ足らずな声の主を探せば、女の子がアーロンを見下ろしていた。瞳と同じ青いワンピースに身を包んだ彼女は、アーロンをまっすぐに見つめていた。

「うるさい、どっか行け」

「まあ口が悪いのね。あら、怪我をしてるじゃない」

「お、おいっ！」

女の子はワンピースが汚れるのも構わず、地面に膝をつくとアーロンの身体についた泥を落とし傷を労るように撫でてくれた。

不思議なことに女の子が触れたところから、どんどん痛みが消えていく。小さく柔らかな指先が肌を撫でていく感触が心地よくて、アーロンはどうしてもその手を振り払えない。

「傷が汚れたら化膿することもあるのよ。気を付けてね」

自分より小さなくせに、やけに大人びた口をきく女の子から目が離せなかった。

こぼれそうな大きな瞳はかわいらしく、小さな唇は触れたくなるほど柔らかそうに見えた。風に揺れる髪からは甘い匂いがして、心臓が痛いくらいに脈打っていく。

「おま……」

「あなたも隠れてるの？」

「は？」

あなた『も』という言葉に引っかかりを感じアーロンは女の子を見つめた。

「私もね、あの人たちに囲まれるのが嫌で隠れてるの」

「……なんでだよ」

「いじわるされるから」

その言葉にアーロンは目を丸くする。自分とは違い、愛されて育ったとしか思えない女の子に誰がどんな理由で意地悪をするというのだ。

何故か今すぐその犯人を殴りつけたい衝動に駆られながらも、アーロンは辛抱強く女の子が続きを話すのを待つ。

人が何かをするのを待つというのが本当に久しぶりで、妙に昂揚していた。

「私のことが気に食わないんだって。本当はここにこられるような立場じゃないのに、当たり前みたいな顔をしてるからって」

青い瞳がほんの少しだけ揺らめく。自分の言葉に自分で傷ついている姿が、己に重なってアーロンは胸を掻きむしりたくなった。

「だから私が困るようなことばっかりしてくるのよ。本当、いやになっちゃう」

「……その場で怒ればいいだろう」

アーロンはいつもそうしてきた。感情のままに暴れて怒って。そうしなければ、立っていることもできないくらいに不安定で。

「そんなの、負け犬みたいで悔しいじゃない」

がん、と頭を殴られた気がした。

凜(りん)とした少女の顔から目が離せない。

「だから絶対にあの人たちの前で泣いてやらないの。なんでもないって顔して知らんぷりしているのよ。すごいでしょ、私」

ふふ、と悪巧(わるだく)みが成功したように笑う女の子が眩(まぶ)しくて。

心臓が痛いほどに高鳴っていた。これまでずっと抑圧されていた何かが弾けて、全身に血が巡り始めたような錯覚に世界が揺れる。

「……それで、いいのかよ」

「だってどんなに逆らったって私の立場が変わるわけじゃないもの。だったら、自分にできることを精一杯するだけよ」

まっすぐにアーロンを見つめる青い瞳の強さに、アーロンは言葉を詰まらせた。自分より小さな女の子が信念の元に生きているという事実が信じられなくて。

打ちのめされ、倒れ込まずにその場に座っているのがやっとだった。

「あ！　もう行かなきゃ。もう転んじゃ駄目だよ」

「まって……！」

伸ばした手が宙を掻く。

女の子はまるで蝶々みたいにワンピースの裾を閃かせ離れていった。光の中に溶けていくように遠くなる背中を見つめたまま呆然としていたアーロンは、彼女の名前すら知らないままだったことに気がつき、慌てて立ちあがり、そのあとを追う。

だが結局女の子は見つからなかった。

隠れて脅かそうとしていたことを知られるのが恥ずかしくて、あのお茶会に参加していた貴族の中にいたであろう女の子を探して欲しいと言い出すこともできなかった。

せめてあの子が自分の呪いで苦しんでいなければいいと祈った。でも、心の底ではほんの少しだけ苦しんで欲しいとも願っていた。あの子がアーロンのことを好ましく思ってくれていたのなら。

歪んだ欲求に、アーロンはこれが初恋だとようやく気づくことができた。

そして、それがアーロンを大きく変えた。

どんなに逆らっても立場が変わることはない。負け犬になるのは悔しい。あんな小さな女の子だってわかっていることを理解できていなかった自分が恥ずかしかった。

どうせ死ぬなら、それまでにやれることを全部やればいいと気がついた。

すでにアーロンの評判は地に落ちている。甘やかされて育った我が儘な王子様。今更その評価を変える必要はない。どうせなら利用してやればいい。

人前ではこれまで以上に横暴な態度を繰り返しながら、アーロンは必死に勉強した。

暴君のふりをして問題に首を突っ込み、嫌われ役を買って出た。わざと問題行動を起こし、王家のためになる家門や信頼の置ける人々を選別した。

自分一人、泥を被って解決するなら安いものだ。

たとえ人に好かれたところで、その人が苦しむのなら嫌われたままでいい。

生き方を変えてみると、不思議なことに世の中の見え方までが変わった。何故か自分を慕う人間が集まって、呪いのことを知ったうえで傍にいてくれるようになった。

呪いをかけた魔女や自分を見限った神殿への憎しみは消えなかったが、だから何かをしてやろうとは思わなかった。有限の時間をどう使うかだけを必死に考え、止まることなく動き続けて。

ひたひたと近づいてくる刻限を感じるたびに、目に浮かぶのはあの日の女の子だった。

もう一度でいいから会いたい、今の自分を見て欲しい。極悪王子だと恐れられたっていい。アーロンという人間を知って欲しかった。

だから、婚約者候補の令嬢たちを集めるという話が出た時、ほんの少しだけ期待をしていたのだ。あの子がいるんじゃないかと。

でも本当は知っていた。事前に調べて、あの少女に当てはまる条件の令嬢は誰もいなかったから。

もう諦めようとおもっていた。綺麗な思い出だけを抱えて死のうと。

だというのに、彼女は出会った時と同じようにアーロンの目の前に颯爽と現れてきた。

ドレスの色以外は違いがわからない女たちの中で、何故か彼女だけが輝いていた。

凛とした横顔、心根のようにまっすぐに伸びた背筋、飾り気のない柔らかそうな髪。奇跡のように交わった瞳は、あの日と同じ吸い込まれそうな美しい色と寸分違わない。

すぐにわかった。あの日の少女だと。

最初は、幻でも見たのかと思った。疲れすぎて白昼夢でもみているのかと瞬きしてみたが、消えてなくなることなくそこにありつづけた。

動揺しすぎて、その後の記憶は曖昧だ。表情に出さないようにするので必死だった。

あの瞬間、アーロンはふたたび恋に落ちたのだと思う。

「ジゼラ」

閉じたままの瞼にそっと触れる。

なめらかな頬と髪を撫で、そこにいるのを確かめるだけで、心が満たされていく気がする。

十二年ぶりに再会した彼女は、見た目こそ大人びた美しい女性になっていたが、その心はあの日のままでいてくれた。

ためらいなくアーロンを救うまっすぐな優しさも、柔らかな手も綺麗な青い瞳も全部あのままで。

しかも呪いの影響を受けないうえに、処女をもらってくれなんて、とんでもないことを口にしてきた。

ためらいは一瞬だった。我慢なんてできるはずがない。触れた柔らかなぬくもりに、理性が飛んで絶対に手放したくないと思った。

ほんのひとときの邂逅のはじまりだ。

人に話せばそんなことで？　と笑われるのはわかっている。

だが理屈じゃなかった。あの瞬間、間違いなくアーロンは救われたのだ。

そして二度目も同じように救われた。

どんな強力な毒に苦しんでも死なない自分の異様さにもがいていたあの時、ジゼラはアーロンをただの人として癒やそうとしてくれた。

拗れた淡い初恋は、再会で完全な恋となり、共に過ごす時間の中で執着めいた愛へと昇華して。

呪いのことを知ってもなお、ジゼラは態度を変えず、寄り添ってくれた。

都合のいい夢を見せられているような、幸せな日々。

「……お前をずっと俺だけのものにできたらいいのに」

呪いを解く方法よりも、ジゼラが欲しかった。

無茶苦茶な理論で繋ぎ止めて、ペットだなんてうそぶいて囲い込むしかできない自分が情けなかったが、諦められなかった。

だが、このまま王子の愛玩聖女として囲い続けていてもジゼラに未来はない。

アーロンを憎む者に狙われる可能性だってあるし、神殿が完全に諦めたとも思えない。何より、グラシアノ公爵までもが狙っているのなら、もうここでは守り切れないだろう。

いつかのために用意した安全な逃げ場所をこんなに早く使う日が来るだなんて、皮肉なものだ。

『離れたくない』

思い出すだけで心臓が潰れそうになる一言だ。

嬉しくて頬がゆるむのに、情けなくも涙が滲む。

「俺だって、離れたくねぇよ」

許されるなら、死の間際まで腕に抱いていたい。

本当ならすぐにでも結婚して子どもを孕ませて、自分の死後も永遠に縛り付けておきたい。

でも、それ以上に守りたい。何もかもから自由にしてやりたい。

ペットという立場を与えたのは、全部から守ってやれるし、いつだって手放せるからだ。

「愛してるジゼラ。だから逃がしてやるよ」

規則的な寝息を立てるジゼラの唇を指先で辿る。柔らかくて温かくて。アーロンの幸せは全てここにある気がした。

「元気でな」

手放せば、もう会えないかもしれない。残された人生はこれまで以上に灰色になるかもしれない。それでも、アーロンが死んだ世界でジゼラが生きていてくれるなら、きっとどんなむごたらしい死を迎えたとしても後悔しないと誓えるほどに、愛している。

だからお別れだと呟いて、アーロンはジゼラの唇に優しいキスを落とした。

＊＊＊

身体を揺らす不規則な揺れにジゼラは瞼を押し上げる。

「……え？」

横たわった視界の先に誰かが座っていた。それが男性だとわかったジゼラは急いで身を起こす。

「アーロン様！」

「残念ながら違います」

静かな声に、ジゼラは落胆する。

目の前に座っていたのはヤンだった。いつもの貴族らしい服ではなく、まるで旅人のような服装だ。そしてジゼラもまたドレスではなく落ち着いた雰囲気のワンピースを着せられ、厚い上着を羽織らされていた。

周りを見回せば、馬車の中にいるのがわかった。窓にはカーテンが付けられており景色を確かめることはできない。今が夜なのか昼なのかもわからない。

「なんで……」

「申しわけありません。眠っている間に出立させていただきました」

「出立？　まさか！」

「ええ。ジゼラ様。この馬車はエルディラ伯爵領に向かっています。少し時間はかかりますが、ついてしまえば安全です」

ああ、とジゼラは短く呻いた。

やはり眠っている間に連れ出されてしまったと。

「ヤン、お願い。城に戻ろう。このままじゃ、アーロン様が一人になる」

「……お気持ちはわかります。しかしこれは殿下(でんか)の命令です。逆らうことはできません」

ヤンの強い意志を秘めた表情に、ジゼラは何も言えなくなる。

本当に捨てられてしまった。悲しみで心が沈み込んでいく。

「あなたを守るための決断です。理解してあげてください」

何を言っても泣きそうだったから、ジゼラは乱暴に首を振るしかできない。

その様子に、ヤンが途方に暮れたような顔をする。

「……本音を言えば、僕はあなたには殿下の傍にずっといて欲しいと思っていました。あなたと一緒にいる時の殿下は、本当に幸せそうでしたから」

「ヤン……」

きっとヤンもこの状況を望んではいないのだろう。

苦しげに眉根を寄せた姿が自分に重なり、ジゼラは唇を噛むしかできなかった。

「そういえば、ヤンはアーロン様の傍にいてどうして平気なの？」

本当に今更な質問だ。

どうして今まで思い至らなかったのだろう。

「あなたは一番アーロンの傍にいるし、彼を慕っているはずよ。でも、あなたは体調不良で苦しんでる姿を見せないし、怪我さえしていない、どうして？」

ヤンは一瞬だけ目を丸くすると、苦笑を浮かべた。

「僕は獣人と人間のハーフなんです。アーロン様の呪いの対象は『人間』に限定されていますので、僕にはほとんど効果がないんですよ」

微笑んだヤンの瞳が、一瞬だけ金色に光った。

獣人。それはここよりずっと東の大陸に暮らす、人とは違う種族で、その数はとても少ない。話には聞いたことがあったが、その姿を見るのは初めてだった。

ヤンは確かにこの国の人間にしては色素が濃く、名前も特徴があると思っていた。だが、まさか獣人だったとは。ジゼラはまじまじとその姿を見つめる。

「獣人なの？」

「ええ。といっても獣人らしい特徴はこの瞳だけですけどね。おかげで殿下の傍にいられるんです」

「そうだったの」

「ええ。僕の母は獣人でした。ですが、人間である父と恋に落ち僕を儲けました。だが、それを理由に母は一族から追われこの地に辿り着いたんです」

その時のことを思い出したのか、ヤンが表情を曇らせる。

「獣人は己の血に誇りを持っています。他種族を受け入れた母を許せなかったのでしょう。母は身重で旅をしたことで身体を壊し、僕を産んですぐに命を落としました。父も流行病で。行き場をなくした僕は、人でも獣人でもない半端者として、死にかけていた」

「そんな……」

「でも、僕をアーロン様は拾ってくださいました。居場所がないなら使ってやると、従者にしてくれたんです。呪いの効果がないのはあとでわかったことでした。アーロン様は本当にただ純粋に僕を助けてくれたんです」

そう言って微笑むヤンの笑顔には、アーロンへの感謝と尊敬が滲んでいた。きっとヤンもジゼラと同じようにアーロンの本質を知っているのだろう。

「僕はアーロン様のために生きると決めています。だから、ジゼラ様。あなたのことは必ず守ってみせます」

「……アーロンのためを思うなら、私を連れて戻って。お願い。離れたくないの」

「駄目です。せっかく見つからないように城を抜けだしたのに」

「でも……」

なんとか説得しようと試みたジゼラだったが、どんなに言葉を尽くしてもヤンの意志を変えることはできなかった。

「グラシアノ公爵があなたを狙いはじめたのならば、離宮は安全とは言えません。それに、殿下が進める計画に反対している貴族が城内で騒ぎを起こしました。過激派が、殿下が寵愛しているジゼラ様に刃を向ける可能性もあります」

「計画って……あの、貧民街の……？」

「そうです。貧民街の治安悪化には一部の貴族が関わっていたんです。犯罪に加担し、上納金を得ていました。だが、殿下が貧民街を一掃すると言い出した上に費用まで請求され、貴族たちは大慌てですよ」

あの日、アーロンが持っていた分厚い書類の束を思い出す。

予想していた以上に反発が酷かったことを知り、ずんと身体が重たくなった。

「被害に遭っていた貧民街の住人たちはすでに大半の避難が終わっています。親のいない小さな子どもたちはエルディラ伯爵領で保護してもらっています」

「伯爵領に？　住民は殿下の領民になるのでは……」

確かアーロンはそう言っていた。ジゼラが首をひねっていれば、ヤンが優しく微笑む。

「殿下の持つ領地はこれから開墾していかなければならない大地です。親のいない幼い子は、馴染めない可能性が強い。それならば、と」

「ではエルディラ領の養護院に？」

「ええ。このたび、伯爵家が新設することが決まりました」

「それなら安心ですね……」

劣悪な環境にいた子どもたちが救われると知って、少しだけ心が軽くなる。

「ジゼラ様には、伯爵夫人としてその養護院をお任せしたいのです」

「……え？」

「神殿でも子どもたちの世話をされていたのでしょう？　どうか、幼子たちのよき導き手になって差し上げてください」

目の奥が焼けそうに痛んだ。

『私、子どもが好きなんです』

アーロンと出会ったあの日、たった一言だけこぼした言葉。

彼はそれを忘れずにいてくれたのだろう。

そして、ジゼラの居場所として用意してくれた。

「子どもたちは優しい先生が来ると心待ちにしているそうですよ」

「……そんなの……」

行きたくないなんて言えないではないか。

アーロンは本当に用意したのだ。ジゼラを絶対逃がさない新しい居場所を。

憎らしいほどに完璧でずるい、優しい檻を。

「あのっ……極悪王子っ……！」

ようやく絞り出した声は震えていた。

今すぐあの綺麗な顔を叩いて、馬鹿だと怒鳴りつけたかった。

「ジゼラ様。あと、こちらは殿下からの『餞別』だそうです」

「へ……？」

ヤンが差し出したのは小さな籠だ。何故か少し揺れている。受け取れば、中から聞き覚えのある鳴き声が聞こえた。

「にゃあ」

蓋を開け、姿を見せたのはあの仔猫だった。不思議そうに周りを見回し、にゃあにゃあと誰かを探すように鳴いている。

「ごめんね。ここにアーロン様はいないの。私たち、一緒に捨てられちゃったみたい」

不満そうに鳴く仔猫を撫でながら、ジゼラはぽろりと大きな涙をこぼした。

本当に酷い男だ。ジゼラの心を全部奪っていった。そのくせ、絶対に捨てられないものを押しつけたうえで手放して。

「ジゼラ様。殿下の望みは、あなたの幸せです。どうか、あの方の最後の願いを叶えて差し上げてください」

ヤンもまた、目元を赤くしていた。彼も、アーロンの運命に苦しんでいる仲間なのだろう。

「……でも、でも……」

最後まで諦めたくない。まだ、何か手があるはずだと信じたかった。

「ヤン、やっぱり……きゃあっ！」

城に戻りたいと言いかけた言葉は、突然揺れた馬車のせいで途切れてしまった。

その拍子に、籠の中から仔猫が飛び出す。

「何ごとだ」

窓を開けたヤンが、従者に声をかけた。

僅かに見えた景色から察するに、どこかの森沿いの街道を走っていたらしい。

「………そうか。ジゼラ様。どうやら森から何か動物が飛び出してきたようです。馬が興奮しているので、少し休ませます」

ヤンの説明に頷くほかないジゼラは、足下で匂いを嗅いでいる仔猫を捕まえようと手を伸ばした。

だが。

「あ、だめよ！」

馬車の様子を確認するために扉が開かれた音に驚いたのか、仔猫は跳ねるよう飛び上がり、ヤンの足下をすり抜けるようにして馬車の外に飛び出してしまった。

「しまっ……！」

驚いたヤンが体勢を崩した隙間を縫い、ジゼラもまた馬車の外に飛び出す。

冷たい冬の空気が頬を叩いた。吐き出した息が白く視界をかすめたあとに現れたのは、薄雲のかかった曇天と、その下に広がる鬱蒼とした森だった。

人気のない街道は、ここが王都からずいぶんと離れた場所であることを悟らせる。

地面に降り立った仔猫は、きょろきょろと周りを見回すと、目の前の森の中へと向かって走って行ってしまう。

「まって！」

鬱蒼と生い茂る木々のせいで先の見えぬ薄暗い森は、来る者を阻むような雰囲気に包まれていた。

流れ出てくる空気は冷たく、見るからに深いのがわかる。

ここに入れれば、迷ってしまうかもしれないという恐怖に身体がすくんだ。

（……助けなきゃ）

だが、躊躇いは一瞬だった。

あの小さな命は、アーロンが自分に託してくれた大切なものだ。絶対に守らなければならない。

ジゼラは両の拳をきつく握りしめ、森の中へと走り込んだ。

「お戻りください！」

制止の声が聞こえたが、止まれなかった。

「ごめんなさい！　すぐに戻るから！」

「いけません、その森は…………」

木々に阻まれて、ヤンの声が遠くなる。木の枝で日光が遮られて視界がちらつく。重たい空気が身体を包む。それでも、足を止める気にはなれなかった。

「……お願い。どこにもいかないで！」

その叫びは誰に向けたものなのか。手が届かないところにいる愛しい人と、逃げてしまった仔猫が重なって、涙が滲む。

背の高い木々が視界を遮り、まっすぐに歩くことはできない。根が張り巡らされた地面はでこぼこしていて、油断すれば足を取られそうだった。

遠くに見える仔猫は止まる気配をみせず、奥へ奥へと進んでいく。まるで何かに導かれているように歩く小さな毛玉を見失わないようにするだけで精一杯だった。

ジゼラは必死に、仔猫の姿を探し、森の中を進み続けた。

「はぁ……はぁ……もおっ！」

どれほど走っただろう。額に滲んだ汗を拭いながら薄暗い森の中を見回すが、仔猫の気配はない。

つい先ほどまでは視界に捉えていたのに、ほんの一瞬で見失ってしまった。

「仔猫ちゃーん。一緒に帰りましょう」

呼びかけてみるが、返事はない。こんなことなら名前を付けておくんだったと途方に暮れる。

闇雲に走ったせいで、自分がどこから来たのかもわからない。あの時、ヤンたちが追ってくる気配もなかったから、ジゼラが戻ってくるのを待ってくれているのかもしれない。

だが、元いた場所に戻るのも難しくなっている現状に、ジゼラは頭を抱えたくなった。

仔猫を逃がし、養護院にも行けない。なんと役立たずだろう。

姿を消したことを知ったアーロンは怒るかもしれない。

（いい気味だわ。困ればいいのよ。手放してくれたことを後悔してくれれば……）

「って……もう！　何考えてるのよ、私」

浮かんでしまった酷い考えを振り払うように、ジゼラは首を振る。

「とにかくあの子を探さないと。こんなところにいたら、死んじゃうかもしれないし……あれ……？」

一歩足を踏み出した瞬間、森の空気が変わったのがわかった。

あんなに冷え冷えとしていた空気が、僅かにぬくもりを帯びている。さきほどまでは薄暗かった世界が、明るさを取り戻し、足元には苔に似た見たこともない植物が生い茂っていた。

まるで一瞬にして違う場所に来てしまったような違和感に、ジゼラは息を呑む。

「……！」

視線の先に、まるでそこだけ樹木が全て取り払われたようなぽっかりとした空間があった。

何かに誘われるように、そこに向かって勝手に足が動く。

遮るもののない青空には雲一つ浮かんでいなかった。吸い込まれそうなほどに高く澄んだ空から降り注ぐ光には、春の匂いが混じっている。

(嘘。さっきまであんなに寒かったのに)

まさか気づかぬうちに死んで、死後の世界に来てしまったのだろうか。

そんなありもしない想像をしてしまうほどに、そこは美しく、異質な場所だった。

足元には、色とりどりの花が咲いている。柔らかな風にそよぐ花々の甘い香りにくらりと目眩がする。

(なんなの、ここ)

ぐるりと視線を巡らせたジゼラは、この空間の中央に大きな岩があることに気づいた。黒い歪な形をしたそれは、やけに艶めいた表面をしている。不思議なことに、花や苔に覆われてはいない。

吸い寄せられるようにジゼラはそれに近づく。そして、気づいてしまった。

「……な!!」

岩に見えたそれは、大きな龍だった。

真っ黒な鱗に覆われた龍が身体を丸めて眠っているのだ。

(うそ、でしょ)

一瞬、作り物かと思ったが、その大きな背はゆるやかに上下しており、間違いなく生きている。

耳をすませばどこか苦しそうな呼吸音が聞こえてきた。花の香りに混じって、大きな生き物独特の生臭さ（なまぐさ）が鼻の粘膜（ねんまく）をくすぐった。

「な、な……」

驚きで、ジゼラは身体を震わせた。

龍。それは、今では伝説となった存在を指す言葉だ。

彼らの鱗はどんな金属よりも硬く、吐息はどんな物質も溶かすとされていた。大きな翼で空を舞い、どんな山をも飛び越える力を持つ、最強の生物。

数百年前は人間と共存していたらしいが、だんだんと数を減らし、姿を見ることができなくなったという。

今では絶滅したと論じる学者もいるほどだ。

「にゃう」

「!!」

聞き覚えのある鳴き声に目をこらせば、なんと仔猫が龍の傍で花の蜜に誘われて集まっている蝶にじゃれていた。

血の気の引いたジゼラは、小声で「おいで」と呼びかけるが、仔猫はまったくこちらを見ない。

「……ああ、もうっ！」

危険だとはわかっていたが、仔猫の命には代えられない。ジゼラは意を決して足音を殺しながらゆっくりと龍へと近づいていく。

だんだんと距離が近くなるにつれ、奇妙な匂いが鼻をついた。何かの熟（じゅく）したような、生臭いような。

「ほら、おいで」

ようやく仔猫の傍まで来たジゼラだったが、その視線が蝶ではなく龍に向いていることに気がついた。何を見ているのかと辿れば、龍の身体には大きな傷があった。痛々しくも生々しい傷からは鮮(あざ)やかな血が流れていた。

「ひどい……！」

龍が怪我をするなど聞いたことがないが、これはあきらかに重傷だ。

仔猫がジゼラを見つめ、まるで治してあげてと求めるようににゃあと鳴いた。

「どうしよう……治せるの……かしら……？」

動物にも癒やしの力は有効だが、龍相手にも効果があるのだろうか。

迷いは一瞬だった。

たとえどんな生き物でも目の前で痛い思いをしているのなら、癒やしてあげたい。

「怒らないでね」

ジゼラはそっと龍の傷に手をかざす。そしてゆっくりと癒やしの力を流し込んだ。

体中の力が根こそぎ奪われるような感覚に襲われ、だんだんと傷が塞がり小さくなっていく。

時間はかかったが、なんとかジゼラは持てる力の全てを使って傷を癒やすことができた。

「は、あぁ……」

途方もない疲労感にジゼラはその場に座り込む。

こんなに力を使ったのは初めてだった。

「にゃあぁ！」

そんなジゼラの頑張りを褒め称えるように仔猫がじゃれついてくる。小さな頭を撫でながらほっと息を吐いていると、ガサリと背後で物音が聞こえた。

「おどろいた。まさかこの子の怪我を治したのかい」

「え？」

突然聞こえた声に振り返れば、そこには一人の女性が立っていた。

燃えさかる炎のような赤い髪とエメラルドのように輝く瞳。真っ赤な唇は蠱惑的な弧を描いていた。不気味なほどに白い肌をしたほっそりとした身体を包むのは漆黒のローブ。

そしてその全身を包む、禍々しいまでの魔力の波動。

誰に教えられなくても、彼女が『そう』だと理解できた。

人の身でありながら強い魔力を持つものを人は魔法使いと呼ぶ。そして魔法を極めた魔法使いは、時に人の理から外れてしまう。

そうして悠久の時を生きる存在になった魔法使いは、人里離れた場所で他者との関わりを絶ち、己の研究に没頭すると言われていた。

この森の摩訶不思議な雰囲気と、目の前の女性。

その組み合わせが、ある一つの答えを導き出した。

「……魔女様？」

「ご名答」

女性は美しい笑みを浮かべた。

魔法を極めた魔法使いの中でも、特に力の強い女性は魔女の称号を冠されるのだ。

龍に続いて、さらに伝説めいた存在に巡り会ってしまったことに、ジゼラは呆然とする。

「お嬢ちゃん、私が二十年以上かけても治せなかった傷を治すなんて、アンタ何者だい？」

魔女は不思議そうに小首を傾げながら、ジゼラをじろじろと見つめてくる。

年齢はジゼラとそう変わらないように見えるが、彼女たち魔女は膨大な魔力のせいでほぼ不老だと聞いたことがある。口調からも、ずっと年上なのが察せられ、ジゼラは思わず背筋を伸ばした。

「えっと……」

自分は聖女であり、先ほど龍に使ったのは癒やしの力だと言いたいのに、緊張で乾いた唇が上手く動いてくれない。

それを悟ったらしい魔女は、ふわりとあどけない笑みを浮かべる。

「まあいいわ。方法は何であれ、アンタは私のかわいい子の恩人だ」

エメラルドの瞳を細めた魔女は、ジゼラにゆっくりと手を差し出したのだった。


お礼がしたいと言う魔女に連れてこられたのは、森の中の小さな小屋だった。

小屋の中はこれまで見たことのないような道具に埋め尽くされており、ジゼラは椅子に座るのもやっとだった。

「君は紅茶。チビすけにはこれをあげよう」

「にゃあ！」

魔女はジゼラには紅茶の入ったカップを、仔猫には小皿にミルクを注いでくれた。

仔猫は嬉しそうに鳴きそれに飛びつく。その無防備な様子をハラハラ見ていたジゼラだったが、仔猫は特に苦しむ様子もなくミルクを必死に舐めている。

自分は紅茶を飲むべきかとジゼラが迷っていると、それを見透かしたように魔女が肩をすくめる。

「安心しなよ。毒なんて入ってないから」

そう言われても素直に、はいそうですかと飲めるわけもない。

ありがたいことに魔女はそれ以上薦めてくることもなく、ただじっとジゼラを見つめていた。

「ところで、君は何者だい？　あの子の怪我はとても根深くてね。私もずっと手を尽くしていたんだ。それを一瞬で治すなんて」

「私はジゼラと言います。実はその……聖女なんです。癒やしの力を持っています」

魔女が目を丸くしジゼラを凝視してくる。

信じられない、と顔に書いてあるのがわかって落ち着かない。

彼女が驚くのも当然だろう。何故なら、魔女と神殿は犬猿の仲なのだ。

自然と神を崇拝する教会にとって、人の理を外れた魔女は異端者に他ならない。過去には神殿が主導して、魔女を排除しようとした歴史もあるほどだ。魔女にとっても、神殿は仇にも等しい相手だろう。

そんな神殿に属する聖女が魔女のいる森に迷い込み、魔女と縁のある龍を治した。

ジゼラ自身も、どうしてこんなことになったのか理解できないのだから、魔女が動揺するのも当然だろう。

「なるほどね……それで私の結界や迷いの術にかからなかったわけか。そしてあの子の元にまっすぐ辿り着いた。気に食わないが、よくできた話だ」

「すみません。勝手なことをして」

「いや。あの子を癒やしてくれたことには感謝している。長く苦しんでいたからね。そうか……聖女か……ふうん……」

魔女は何を考えているのかじっとジゼラを見つめたままだ。

その圧に、背中を冷たい汗が流れるのを感じながら、ジゼラはいったいどうすればいいのかを必死に考えていた。

(魔女は人に友好な者とそうでない者がいる。もし彼女が人嫌いの魔女なら……ああ、どうしてこんなことに)

ジゼラはただ仔猫を連れ帰りたかっただけだ。龍のことだって、偶然目にした怪我を癒やしてしまっただけ。早くヤンたちの元に戻らなければ、きっと心配しているだろう。

「あの……実は森の外に人を待たせてまして。帰ってもイイですか？」

「ん？　ああ、森の入り口でうろうろしているのは君の連れか。なるほど、いいとも送っていってあげよう」

快諾(かいだく)してくれたことにほっとすれば、魔女がジゼラに手を差し出してきた。

「そういえばまだ名乗ってなかったね。私は北の森の魔女、イブリット。あの子は私が卵から孵(かえ)した龍なのさ。あの子に代わって礼を言うよ、ジゼラ」

「……北の森の、魔女？」

「そうさ」

にこりと笑うイブリットには何の邪気も感じられない。

「イブリット様……ここは、北の森、なのですか」

「そうだよ。まさか知らずに迷い込んだのかい？」

イブリットが大きく目を見開く。

(ここが、北の森？　だからヤンは危険だと叫んだの？)

北の森は何人も侵入できない結界で守られているのではなかったのだろうか。

(まさか……結界があったからヤンは追ってこられなかったの？)

強い力を持つジゼラは魔法や呪いを無効化する特性がある。侵入を拒む結界が反応しなくても、おかしくはない。だが、ヤンや従者にそれが有効だったとしたら納得できる。

(だったら余計に心配してるわよね……でも、今はそれよりも……)

ジゼラはゆるゆるとイブリットを見つめた。

不思議な空気をまとった、美しい魔女。こちらを見つめるエメラルドの瞳には何の敵意も悪意も感じない。信じたくない、という気持ちと、まさか、という思いが絡み合う。

「……あなたの他に、北の魔女はいます、か？」

「おかしなことを聞くねジゼラ。この数百年、北の森の魔女を名乗っているのはこのイブリット様だけさ。私の名を騙る奴がいれば話は別だが、もしそんな奴がいたら八つ裂きにしているよ」

からりと笑いながら恐ろしいことを口にするイブリットに、ジゼラは全身の血が凍り付くような恐怖を感じた。

間違いない。このイブリットがアーロンを呪ったのだ。

生まれたばかりの何の罪もない赤ん坊のアーロンにたくさんの呪いをかけ、孤独にし、苦しめた、張本人。

冷え切っていた身体が一瞬で熱を持つ。怒りで目の前が真っ赤に染まった。

「どうして!!」

気がついた時には叫んでいた。

「どうしてアーロン様を呪ったんですか！　どうして！　何もしていないのに！　あの人は、何も悪くないのに!!」

「ちょ、藪から棒にいったい何なんだい？　アーロン？　そいつは誰だよ」

「知らないなんて言わせないわ。あなたが二十五年前に呪ったこの国の王子よ！　あと数ヶ月しか生きられない、私の……私のっ……」

荒ぶる感情が涙腺を弱らせる。滲んだ涙で視界がぶれた。

思い浮かぶのは、ちょっと意地悪な顔で笑うアーロンだ。

ジゼラが、この世界で一番好きになった人。

「お願い……アーロン様の呪いを解いてよぉ…………！」

悲鳴のような泣き声を上げながら、ジゼラはその場にうずくまる。

嗚咽交じりにアーロンについて説明すれば、イブリットはようやく事態を悟ったらしい。

ああ、とどこか呆れたような声が聞こえた。

「なるほどね。あの王子、まだ死んでなかったのか」

悪びれもせずそう呟く声に、ジゼラは顔を上げ、眉をつりあげた。

「ひどい……！」

「そう睨むな。私にだって事情があったんだ」

「どんな事情ですか！　生まれたばかりの赤ん坊を呪うほどのどんな理由があったんですか」

「……随分と責めるね」

「当たり前です」

アーロンがどれほど苦しんだか。孤独の中で、どんなに寂しい思いをしたか。

「うーん……」

怒りをみなぎらせたジゼラの態度に、イブリットが困り果てたように頭を掻きむしる。

「だってさ、聞いておくれよ。二十五年前、王家の連中は兵隊を連れてこの森に侵入したんだ。しかも私の留守を狙って。そして森に住まう精霊と使い魔、あわせて二十五体を殺して連れ去った。そして、あの龍の子は大怪我を負ったんだ。鱗をごっそりと剝がされてね。私が帰ってくるのがもう少し遅かったら、きっと殺されていただろう」

あまりに凄惨な話に、ジゼラは言葉を失う。

それが全部本当ならば、イブリットの怒りはもっともだ。

みなぎっていた怒りが身体から抜けていく。

「でも、国王陛下はそんなことしてないって」

「嘘だね。この森を荒らした連中は堂々とあの国の紋章を掲げていたよ。国王陛下の名の下にと叫んで蹂躙していった」

「そんな……」

「私は逃げ帰った連中を追いかけてあの城に着いたんだ。そうしたらどうだい？　奴らの長はのんきにも我が子が生まれた祝いをしていた。気がついた時には私は全ての力を使って赤ん坊を呪っていたのさ」

イブリットの拳に緑色の炎が宿った。

それが、怒りを起源にした恐ろしい呪いの術であることが見ているだけで伝わってくる。

誰も知らなかった魔女の怒りの理由に触れたジゼラは、やり場のない思いに唇を噛む。

「……あなたの怒りはわかりました。でも絶対におかしい。国王陛下も王妃殿下もあなたが言うような出来事には本当に心当たりがないようでした」

「はっ！　人間は善人面をして、いともたやすく残酷な行いをする生き物だ。欺き嘘をつくのが大好きじゃないか」

「っ……でも、理由がないわ！　どうして王家が森の精霊や龍を狙ったのですか!?」

叫ぶようなジゼラの問いかけに、イブリットが目を細め拳の炎を消す。

「理由？　そんなの簡単さ。何らかの呪術の材料にしたんだろう。人間はいつだって同族を呪いたがる」

「そんな」

「龍の子を襲ったのも素材欲しさだろう。龍の血肉や鱗には膨大な魔力が含まれているんだ。強力な魔道具だって作れるし、どんな病も呪いも無効化する万能薬の材料にもなる。自分たちで使わなくても売り飛ばせば金になる」

おぞましい、と唾棄するように呟いたイブリットの顔は怒りで歪んでいた。

だがジゼラは彼女が語った言葉に引っかかりを感じ、なんども瞬く。

「……まって。今、なんて言いました」

「だから、売り飛ばせば金になると」

「その前です。龍の鱗は万能薬なんですか？」

「そうだ。だから龍は人前に姿を現さない。自分たちの命が脅かされることを知っているからね」

「だったらやっぱりおかしいわ！　もし陛下たちが龍の鱗を持っているなら、アーロン様の呪いを解いたはずよ!!」

「……！」

イブリットがさっと顔色を変えた。ジゼラもまた、興奮した面持ちで立ち上がる。

「陛下たちは苦しんでいるアーロン様のために泣いていた。ずっと呪いを解く方法だって探してたのよ。もし本当にここを襲ったのが陛下たちなら、鱗を使えばよかったのに……！」

「ま、まってくれ。でも、隠してる可能性だって……いやでも、そんな、まさか……」

先ほどまでの勢いはどこに消えたのか、イブリットはおろおろと部屋の中を歩き回りはじめる。

「じゃあほんとに……？　でもアレは王家の兵隊だった。誰かが私を欺くために……？　ああくそ！　何が本当なんだ！」

赤い髪を両手でわしわしとかきむしるイブリットの足元に、ジゼラは膝をついた。祈りを捧げるように両手を組み、声を震わせ懇願（こんがん）する。

「お願いしますイブリット様。どうかアーロン様の呪いを解いてください。私はあの人が死ぬなんて耐えられないの」

「う……ああもうっ！」

ジゼラのすがるような視線に、イブリットは荒っぽく吠えた。

「君はあの子の恩人だ。魔女は恩には必ず報いる。君がそこまで言うのならば、あの王子にかけられた死の呪いは解いてあげるよ!!」

「イブリット様！」

「ただし、解くのは死の呪いだけだ。他の呪いはあの事件の事実がわかるまで保留だからね！」

そう叫ぶと、イブリットはポケットから小さな小瓶を取り出した。

イブリットが何ごとかを呟くと、小瓶は青い炎に包まれる。

「これを王子に飲ませなさい。多少反動はあるだろうが、死にまつわる呪いは消えるはずだ。その代わり、王子と一緒に必ず真犯人を見つけてくるんだよ!!」

差し出された小瓶をジゼラは両手で受け取る。

小さいのにずしりと重いそれはアーロンの命を救う妙薬。

(これさえあれば、アーロン様は死なない？)

安堵感に身体の力が抜ける。小瓶を抱きしめたままその場にへたり込んだジゼラをイブリットがじっと見つめる。

「まったく。不思議な子だね。そんなにその王子が好きなのかい」

「……はい」

「恋なんて苦しいだけなのによくやるよ」

そう呟いたイブリットの表情はどこか優しいものだった。

＊＊＊

「ヤン！」

「ジゼラ様!!」

森から飛び出したジゼラの姿に憔悴しきった様子のヤンが駆け寄ってくる。

「ああ、ご無事で何よりです！　仔猫は見つかりましたか？」

「あの子は預けてきたの。どうも龍が気に入ったみたいで……」

「龍？　いったい何を……」

「ヤン、お願い。今すぐ私を連れて帰って！」

様子を確認してくるヤンにジゼラはすがりついて叫ぶ。

「アーロンに呪いをかけた魔女に会ったの。薬を飲ませれば、呪いが解けるかもしれない」

「なっ」

表情を強ばらせたヤンは、ジゼラを凝視し、信じられないとでもいうように、眉間に深い皺を刻む。

ジゼラは、森の中に迷い込んでからのことをかいつまんで説明した。

そして、龍を癒やした対価として呪いを解く薬を手に入れたと。

「確かにここは北の森に近いですが……そんな都合のいい話があると？　魔女に騙されたのではないですか」

「ちがう。イブリット様は約束してくれたわ」

「イブリット……魔女の名前。でも、本当に？　あなたはいったい、何をしてきたんですか」

「お願いよヤン。私はアーロンを死なせたくないの」

簡単に信じてもらえる話ではないとわかっていた。ジゼラだってイブリットを全面的に信じたわけではない。でも、信じるしか方法がない。

「お願い。アーロンのところに連れて帰って」

決意を秘めたジゼラの言葉に、ヤンもまた何かを覚悟したように小さく頷いたのだった。

第五章　全て愛に救われる

Gokuaku Ouji no Aigan Seijo

王城にある執務室で、アーロンはグラシアノ公爵と向き合っていた。

その背後には複数の貴族たちが連なっており、その全てがアーロンを憎々しげに睨みつけている。

「殿下。さすがに今回の施策は横暴が過ぎますぞ」

「多勢に無勢で王子の部屋に押しかけてる連中に言われたくないな」

睨み返してみてもグラシアノ公爵たちの態度が変わることはない。

国王と王妃が揃って不在の日を狙って押しかけて来たことを考えても、ただの嘆願ではないことは察せられる。

（どうやら本気みたいだな。ジゼラを逃がしておいてよかった）

今回の貧民街を一掃する計画では大きな反発が起きるだろうとは覚悟していた。自分たちの資金源を潰す計画に、素直に金を出すはずはないだろうから。

すでに何人かの貴族が雇ったらしい者が暴れたり脅迫まがいの行いをしてきている。

（まあ金のことで騒いでいる間に住人のほとんどは逃がし終わった。あとはこいつらの悪事をどう暴くか、だが……）

アーロンの瞳がグラシアノ公爵を見据える。

（まさかこの男が貴族連中の側につくとはな。金でも積まれたか？）

相変わらず何を考えているのかわからない男だった。

血縁的に言っても叔父だが、生まれた時から憎まれていることしかわからなかったので深い関係を築いてはこなかった。

何度となく命を狙われたこともあり、アーロンにとっては天敵とも言える相手だ。

王位を狙っている割には政治に興味がないのか、政策に口を出してくるようなことはなかったのに今回はどういう風の吹き回しなのか。考えが読めず、不気味だった。

「何を言われても俺は考えを変える気はない。治安悪化はお前たちの監督不足もあるんだ。払った金の分、整地した土地を渡してやると言っているのに何の不満がある」

「無茶苦茶だ……!!」

「横暴が過ぎますぞ殿下！」

貴族たちはグラシアノ公爵という味方を得たことで強気の様子だ。虎の威を借りて喚く薄汚い小物の姿に、アーロンは鼻を鳴らす。

「横暴なぁ？　お前たちだって横暴だろうが。逆らう術のない貧民街の連中を押さえ付けて、随分お楽しみだったんだろう？　もう充分稼いだはずだ。そろそろ手を引け」

「ぐっ……」

貴族たちの顔色がさっと変わる。

彼らは自分たちの膝元にある貧民街を隠れ蓑に、さまざまな犯罪行為に手を染め非合法に金を集めていたのだ。

最近、庶民の間に出回っている怪しげな魔道具もこの貧民街で作られている可能性が高い。一刻も早く叩かなければ、いずれ大きな事件が起きるだろう。

不審な死人も増え、親を亡くした子どもも随分と多かった。

一度でもゴミ捨て場になった場所はどんなに取り繕ったところで、汚してもいい場所だと認識され元に戻ることはない。貼り付けられたレッテルのように。

「これ以上放置すれば、いずれ王都全体の治安が悪化する。今なら金で解決してやると言っているんだ。大人しくこれまでの蓄えを手放すんだな」

低く唸るように告げれば、貴族たちが怯えたように後ろに下がった。

だが、グラシアノ公爵だけは余裕めいた笑みを浮かべアーロンを見つめていた。

「はは。まるで聖君のような采配なのに、あなたが言うと悪事にしか聞こえませんな」

「お前がどう思うか知ったことか。グラシアノ公爵。だいたい、今回の件はお前には何の関係もないはずだが？」

「いや、そうでもないのですよ。私にもいろいろ都合がありましてね」

グラシアノ公爵がゆっくりと立ち上がる。

見下ろしてくる表情は、まるで鏡をのぞき込んだように自分に似て見えてアーロンは吐き気を感じた。

「あそこはいろいろと作るのに都合のよい場所だったんです。今更他の場所をと言われても困るんですよ」

「……なに？」

「神殿の連中も、あなたの横暴にはほとほと困り果てていました。まさか大事な聖女を奪うなんて」

「お前、いったい……？」

聞いてもいないのにペラペラと喋り出したグラシアノ公爵に、アーロンは初めて恐怖を感じていた。これまで何度となく命を狙われたが、怖いと思うことはなかったのに。

いま目の前にいる男は恐ろしい『何か』に思えてならない。

にたり、とグラシアノ公爵が口元を歪める。

「だが、よいタイミングだったかもしれません。随分と時間がかかりましたが、試作を重ねた甲斐あってようやく完成しました。そしてこの場にあなたを恨むものがこんなにもいる。しかも、ずっと私が欲していた聖女まであなたの手のうちにいた」

ゆったりした動作でグラシアノ公爵が懐から何かを取り出す。

「……なんだ、それは？」

真っ黒な水晶の塊にしか見えないそれは、何故か淡く光っている。視界に入った瞬間、身体の奥で何かが疼いたような感覚が湧き上がった。

懐かしさとおぞましさがアーロンの身体を貫く。

「うあああああ!!」

一瞬、己が叫んだのかと思ったアーロンだったが、叫んだのはグラシアノ公爵の後ろに控えていた貴族たちだ。

喉を掻きむしりながら、次々に床に倒れていく。

「なにが……!?」

「ああ。こいつらは生け贄です。呪いの発動にはある程度の代償が必要でね。まあ、少々寿命が縮まるくらいですから」

何でもないことのように微笑みながらグラシアノ公爵は黒い水晶を掲げてみせる。

「殿下。あなたはどうも妙な幸運に恵まれているようだ。しかし龍の力を使った呪いでは防ぎようがないでしょう」

「龍、だと？　お前、おかしくなったか」

「ははっ……殿下は知らないかも知れませんがこの国には龍がいるのですよ。魔女が慈しんだ、最強で万能の龍。これはその鱗を使った魔道具です。あなたを殺すためのね」

「は？　なに、を……ぐっ……!!」

黒い水晶が鈍く光る。その光に呼応して、アーロンは心臓を直に握られたような痛みを感じた。胸を押さえ、身体を折り曲げて苦しんでいれば、頭上でグラシアノ公爵が嬉しそうに笑う。

「苦しいですか殿下？　しかし、やはりあなたの強さは異常ですね。これまで試した連中はすぐにくたばってくれたのに」

「てめぇ、なに、を……」

「言ったでしょう。あなたに死んで欲しいんですよ。そうすれば次の王位は私のものになる」

「くそがっ……！」

気を失いそうな痛みに襲われる。全身から嫌な汗が噴き出し、まともに目を開けていられない。だが、身体の奥にこびりついた死なない呪いがグラシアノ公爵の呪いと拮抗しているのか、ギリギリのところで意識を保つことができた。

「まだ死んでいないのか？　驚きだな……まあいい。身動きさえ取れなければこちらのものだ」

アーロンが気絶したと思い込んでいるのか、グラシアノ公爵は何やら使用人に指示を出しはじめた。

「聖女を探せ。もしかしたらどこかに逃がしているかもしれないが、手がかりくらいはあるだろう」

（……やはり狙いはジゼラか。でもどうしてだ？）

グラシアノ公爵がアーロンを狙う理由は単純に王位だろう。だがジゼラを狙う理由がまったくわからない。単純に聖女を妻に欲しているのならば、神殿には他の聖女だっているはずだ。何故、ジゼラなのか。アーロンへの意趣返しにしては、固執しすぎのように思える。

「殿下。あなたの大切な聖女殿は私がきちんとかわいがってあげますよ。彼女は私の計画に欠かせぬ存在ですからね」

恍惚とした声音でそう呟くグラシアノ公爵の顔は見えなかったが、きっと死ぬほど腹の立つ顔をしていることだろう。

「殿下は離宮に運んでおけ。下手な傷はつけるな」

物扱いしてくる口調に、神経が逆撫でされる。

（ぜってぇ殴る）

何があっても思い通りになどならない。ジゼラだって絶対に守ってみせる。

アーロンは生まれて初めて自身の呪いに感謝しながら、こぼれそうになる呻き声を噛み殺したのだった。

ヤンと共に帰城したジゼラは、王城を取り囲む異常な雰囲気を感じ取っていた。

普段は最低限の人員しかいないはずの場所に、複数の兵士たちが配置されている。彼らの顔は、皆一様に強ばっていた。

「ヤン、これは一体」

「グラシアノ公爵が何か行動を起こしたのかもしれません」

「そんな……」

「正面から戻るのは危険です。こちらに」

人目のつかぬ場所に馬車を止めたヤンは、ジゼラを伴い城の裏手にある林に向かった。

こんなところにいったい何があるのかと不思議がっていたジゼラは、茂みに隠されていた涸れ井戸にヤンが入っていこうとするのに驚いた。

「あなた何を……!?」

「これは隠し通路なんです。離宮の裏手に続いています。さあ、ジゼラ様も」

「わかったわ」

アーロンの元に戻れるのならばとジゼラはためらわずにヤンに続く。

ヤンの言葉通り、涸れ井戸の中は通路になっており、しばらく歩くと慣れ親しんだ離宮の裏手に出た。しかし、城門と同じく見たことのない兵士たちが徘徊しており、物々しい空気だ。

「やはり殿下の身になにか……」

焦りを帯びたヤンの言葉に、ジゼラはイブリットから預かった小瓶を握りしめる。

(アーロン様……どうか、ご無事で)

呪いによりアーロンが死ぬことはないだろうが、痛みや苦しみを感じないわけではない。よくないことが起きていないのを祈ることしかできないのがもどかしい。

「ジゼラ様、こっちです」

慣れた動きでヤンが離宮の方へジゼラを誘導してくれた。中に入れば、見慣れたはずの離宮の中は何故かがらんとしていた。

「誰もいない……？」

嫌な予感が確信へと変わっていく。

顔を見合わせたジゼラとヤンは無言のままに頷き合い、アーロンの部屋を目指した。

（部屋の前に、見張り……？）

アーロンの部屋の前には数名の兵士が張り付いており、近づけそうもない。どうすればいいのだろうとジゼラが逡巡していると、ヤンが地面を蹴り兵士たちの方へと飛び出していった。

「ヤン！」

危ないわ！　と叫ぼうとしたジゼラだったがヤンは瞬く間に兵士たちをのしてしまった。床に転がった屈強な男たちを蹴飛ばし、扉の前からどけていく。

「……ヤン、強いのね」

「一応獣人ですからね。これくらいは」

そうだったと驚きつつ感心していたジゼラだったが、それよりもアーロンだと急いで部屋の扉を開ける。

「……!!」

まるで物のように床に転がされたアーロンの姿に、ジゼラは声にならない悲鳴を上げてすがりついた。

「アーロン様！　アーロン様‼」

「殿下！」

脂汗を滲ませ、苦痛に呻くアーロンは意識を保てていないように見えた。触れた身体は燃えるように熱い。

「どうして、こんな……」

「ジゼラ様、治せますか？」

「やってみるわ……！」

何が起こっているのかわからないがジゼラはアーロンに癒やしの力を流し込む。だが、その癒やしは何かによって弾き返されてしまう。

反動に痛む手のひらを見つめ、ジゼラは愕然とした。

（なんなのこの呪い）

アーロンの魂を縛る呪いと同格かそれ以上の呪いだ。禍々しくて恐ろしくて。触れているだけで自分の魂までもが凍り付きそうだと錯覚してしまう。

「おやおや。探す手間が省けましたな聖女殿」

「っ……！」

入り口から聞こえてきた声に振り返れば、グラシアノ公爵が歪な笑みを浮かべてジゼラたちを見つめていた。

「ひどいじゃないですか聖女殿。いつまでも昔の男にしがみついて。さぁ、私と行きましょう」

「っ……いやよ！　誰があなたなんかと！」

「クク……そんなことを言っていいのかな？」

グラシアノ公爵は懐から奇妙なものを取り出した。黒い水晶にも見えるそれは不気味に光っており、ジゼラとヤンは思わず身構える。

「グ、アアッ……！」

「アーロン様!!」

腕に抱いたアーロンが苦しみだし、ジゼラは悲鳴を上げた。

「これは殿下の命を奪うために作った魔道具なんです。ここまでの精度のものを作るのに、随分の龍の鱗や精霊の亡骸を無駄にしました。高くつきましたが、おかげで効果は絶大ですよ」

「……え？」

聞き覚えのある単語にジゼラはグラシアノ公爵を見つめた。

「あなた、今、龍の鱗って……どうして……」

龍の鱗。精霊の亡骸。それらはいったいどこで耳にした言葉だろうか。ドクドクと心臓が嫌な音を立てて脈打つ。

「まさか……北の森を、襲ったのは……」

最悪の想像が思い浮かぶ。

二十五年前、いったい誰が王家の兵士を伴い北の森を蹂躙したのか。どうして精霊や使い魔を殺し、龍を傷つけたのか。

「あなたが、犯人なの？　あなたが北の森で精霊を殺し、龍を傷つけたの⁉」

悲鳴のようなジゼラの糾弾に、グラシアノ公爵の表情が初めて曇った。気味の悪いものを見るような目でジゼラを見つめ、眉間に深い皺を刻む。

「どうしてそれを……」

全身の毛が逆立つような怒りに、ジゼラは身体を震わせる。

（こいつが全ての元凶だった。アーロン様が呪われたのも、全部……！）

「それとも知っていたのか？　お前は聖女だからな。神殿がいったい何をしているのか、知っていたから私のことにも気づけたのか？」

「……何を、言っているの」

口調を変えたグラシアノ公爵の言葉は脈絡がなく理解できない。

怒りで頭に血が上り、まともに考えることもできなかった。

「呪いのことだよ。神殿は自分たちの地位を高めるために、呪いを振りまく道具を私と共に作っていることを知っていたのではないのか？　おかげで神殿はいつだって盛況だったろう？」

「なっ……‼」

想像もしていなかった事実に、ジゼラは言葉を失う。

確かに日々神殿には呪いに苦しめられている信者が来ていた。粗悪な魔道具が出回ったせいで、本当に些細なことで人が人を呪うようになっていた。アーロンはそれは貴族にも広まりつつあると。

「呪いを、神殿が作っていたというの……？」

「なんだ知らなかったのか」

グラシアノ公爵は酷くつまらなそうな顔をした。

それから、まるで幼い子どもに世の中の常識を教えるような口調で語りはじめる。

「先代の神殿長が突然に王家との絶縁を宣言して以後、神殿はじわじわと権威を失っていたのだよ。王家に媚びたい貴族はゆるやかな疎遠を選んでいたからな。そこで私が知恵を貸したのだよ。病が流行すれば医者が儲かるように、神殿に頼らざるをえない状況を作ればいい、とね」

ジゼラを見つめるグラシアノ公爵の笑みは、それが最善だと疑わぬものだった。

なんと傲慢でおぞましい考えなのだろうか。

「幸運にも私の手元には北の森で手に入れた潤沢な素材があった。魔法使いを雇い魔道具を作るのは簡単だったよ。そして広めるのも。そしてその見返りとして、私は神殿に聖女を一人欲しいと願ったのさ。聖なる力が強い若く健康な娘を、と」

グラシアノ公爵は、己の唇を肉厚な舌でべろりと舐めジゼラを見つめた。

「な……」

「私の提示した条件に当てはまったのは、君だよジゼラ・シュタイエル」

ジゼラは思わずアーロンの身体をきつく抱きしめていた。

「どうして、そんな」

「もちろん、龍を手に入れるためだ」

「……龍？」

森の奥で深手を負って苦しんでいた龍の姿が思い浮かぶ。ジゼラの力で傷が治った龍は、仔猫と楽しそうに戯れていた。

「二十五年前。私は偶然、あの森に魔女が孵した龍がいると知った。どうしても龍の心臓が欲しかった私は歓喜したよ。だから兄上の兵を借り、あの森に行った。だが、精霊や魔女の使い魔に邪魔されてね。散々な目に遭ったよ。素材がたくさん手に入ったのはよかったが、まさかあんな強い結界を張られるとは思わなかった」

イブリットが作った森の結界。ヤンたちは入れなかったが、ジゼラは身体に聖なる力を宿しているから、効果がないと言われたことを思い出す。

出揃いはじめたいくつかの欠片が不気味な音を立てて組み上がっていくのを感じながら、ジゼラは悦に入っているグラシアノ公爵を睨みつける。

「知っているか？　龍の心臓には不思議な力があってな。心臓を食べれば、最盛期の肉体に若返り、なおかつ不老不死になれるのさ。だから私はどうしても心臓が欲しい」

うっとりと微笑む公爵の視線は、ジゼラを見てはいない。

彼の頭の中にあるであろう理想の自分をうつろな瞳で見つめていた。

「結界を壊すには魔女を殺すしかないが、魔女は姿を見せない。だから私は魔女を呪おうと思ってね。でもそのためにはどうしても贄が必要なんだ。残酷に殺され絶望に沈む贄が」

「……にえ？」

「そう。魔女と相反するとびきりの聖なる力を持った存在。君がそうだよ、かわいい私の花嫁」

水晶を掲げたグラシアノ公爵がゆっくりとジゼラに近寄ってくる。

「どうせ弄ぶならば清らかな乙女をと思っていたが、アーロンが執着した娘というのは想像以上に楽しそうだ。神殿の連中は世間知らずで扱いやすかったよ。他の貴族たちのように私が本気で聖女を愛人に欲しがっていると思い込んでいた。私が永遠の命を手に入れれば、目障(めざわ)りな神殿など真っ先に潰してやるというのに」

うっとりと語り続けるその瞳には狂気(きょうき)が宿っていた。

「聖女殿、大人しくついてきてくれたまえ。そうすれば、せめてもの情けにアーロンは苦しまずに死なせてやろう。もし逆らうというのならば、アーロンはもっと苦しむし、君の家族も大変なことになるだろうね」

人は、恐怖と怒りが最高潮(さいこうちょう)に達すると逆にどこまでも冷静になれるということを、ジゼラは身をもって理解した。

最低最悪のおぞましい存在を目の前にして、今の自分に何ができるのか。どうすればこの男に最も重い一撃(いちげき)を与えることができるのか。どうすればアーロンを助けることができるのか。

腕の中のアーロンはまだかろうじて生きている。公爵の作った呪いは、イブリットの呪いには勝てていないらしい。

「……ヤン。アーロン様をお願い」

「ジゼラ様!?」

アーロンの身体をヤンに預けながら、ジゼラはイブリットから預かった小瓶をその手に握り込ませる。触れたヤンの手が小刻(こきざ)みに震えているのがわかった。彼の怒りが、ジゼラの決意をさらに強める。

拳(こぶし)を強く握りしめながら、ジゼラはゆっくりと立ち上がった。

「わかりました。あなたについていきます」

意識のないはずのアーロンが行くなとでも言いたげな、短い呻き声をあげる。

後ろ髪をひかれる思いだったが、今ここでグラシアノ公爵を刺激してアーロンに何かあったら、ジゼラは一生自分を許せないだろう。

振り返りたいのを必死でこらえながら、促（うなが）されるままに部屋を出た。

離宮の廊下（ろうか）は静まりかえっており、使用人たちの気配（けはい）はない。みんな無事でいるだろうかと不安になりながら周りを見回していれば、少し先を歩いていたグラシアノ公爵が低く笑った。

「聖女殿は随分お優しい」

心を読んだような言葉に、苛立（いらだ）ちが募る。意地でも返事をしてやるものかと、ジゼラは唇を引き結んだ。

広い玄関ホールにもやはり誰もいなかった。護衛（ごえい）の騎士すら連れてきていないことに、グラシアノ公爵の驕傲（きょうごう）さが感じられる。

「さて」

大扉の前で足を止めたグラシアノ公爵は、まるで役者のような仕草（しぐさ）で大げさに両手を広げながらジゼラに向き直った。

完全に勝利を確信し、この世の全てを手に入れたような笑みに吐き気がこみあげる。彼の手のひらに大切そうにのせられた黒い水晶が、ジゼラをあざ笑うかのように鈍（にぶ）く光り輝いていた。

「我が聖女殿。先ほども伝えたが、君にはこれから私の願いを叶（かな）えるための贄になってもらおう」

陶酔（とうすい）したような口調で語られる言葉は、返事など求めていないのがよくわかる。己の願望に囚（とら）われ、身勝手な欲望を叶えようとしているグラシアノ公爵は、目の前にいるジゼラなど人間とは思っていないのだろう。

「魔女はその強大な力故に、たくさんの制約を己にかけている。人前に姿を見せたがらないのもそのためだ。君が持つ、聖なる力。それは魔女にとって最高の毒なんだよ。君も、愛しい王子を呪った魔女を殺せるのだから、嬉しいだろう？　喜びたまえ」

（……許せない）

アーロンに呪いをかけたイブリットに、思うところがないわけではない。どうして、という憤りは拭い切れず心の中でくすぶっている。だが、決して憎んでも恨んでもいない。復讐したいなんて考えすらしなかった。

「そのためには少々辛い思いをしてもらわなければならないのが、心苦しいよ」

心にもないことを嘯きながら、グラシアノ公爵が口の端をつり上げた。

「あの小僧が入れ込んだ身体、しっかり楽しませて貰うとしよう」

喜色に塗れた笑みを浮かべ、まるで本当に花嫁を迎えるかのごとくジゼラの肩に手を回してくる。

引き寄せてくる力に逆らわず、ジゼラは素直にグラシアノ公爵に身体を寄せる。

「素直な女は美しくて好ましいものだ」

喉をならしながら二の腕を撫でるように手を動かし、楽しげに目を細める姿はどこまでも醜悪だった。

「……私は、卑怯な人間が大嫌いよ！」

吐き捨てるように叫びながら、ジゼラはグラシアノ公爵の手首を摑んだ。

「なっ……！」

渾身の力で、ジゼラはその身体を引っ張る。まさか女相手に引きずられるとは思ってもいなかったらしい公爵は体勢を崩した。

「絶対に許さない!!」

握りしめていた拳を開く。中には小さな黒い刃のようなものが握られていた。ジゼラはそれをまっすぐにグラシアノ公爵が抱えていた黒い水晶に振り下ろした。

「なっ……!!」

ガンッと硬質な音が響き渡る。

刃が、水晶を砕きグラシアノ公爵の手に突き刺さった。

黒い破片が、音を立てながら床に散らばる。それと同時に禍々しい波動が完全に消滅し、部屋の空気がふわりと軽くなった。

水晶を媒介にして発動していた呪いが、消えたのだ。

「ぐ、あああっぁっあ!!」

グラシアノ公爵はその場に倒れ込み、貫かれた己の手を握りしめていた。膝をつき、身体を丸め、哀れっぽく叫ぶ姿は、どこまでも無様だった。傷口から滴り落ちる血が、床を汚していく。

よろめきながら立ち上がったジゼラは、もがくグラシアノ公爵を冷めた瞳で見下ろした。

「ああぁっ、な、なんだこれは……ああっ、なんなんだっ！」

「龍の爪よ！　北の魔女から預かってきたの。本当の犯人を見つけたら、目印に使えってね!!」

「なっ!!　龍の!?」

驚愕に目を見開いたグラシアノ公爵は、己の手に突き刺さった龍の爪を見つめる。鋭い切っ先は公爵の肉に食い込み、引っ張っても外れる気配はない。

ジゼラはあの森で薬と共に龍の爪を託された。数年に一度生え替わる龍の爪は膨大な魔力を秘めており、それだけで一つの魔道具になると教えられた。

意志を持って突き刺せば、どんなものも砕き、目的を果たすまでは外れない目印となる。

イブリットは二十五年前の犯人を見つけたら、これを刺せと言った。

だからジゼラは迷わなかった。

「私は絶対にあなたの花嫁なんかにはならないわ！　あなたのせいでアーロン様はずっと苦しんだのよ！　国王陛下も王妃様も!!　たくさんの人があなたの身勝手な欲望のせいで苦しんだ！　絶対に許さない!!」

「ぐっ、この小娘がぁぁ!!」

吠えるグラシアノ公爵は床にうずくまったままジゼラを睨み上げた。

その瞳に宿る恐ろしい光に、ジゼラは思わず後退る。

「この私に傷を……殺してやる!!」

どこにそんな力が残っていたのか、グラシアノ公爵は勢いよく立ち上がると懐から小刀を取り出し振りかぶった。

「ひっ……！」

顔めがけてまっすぐに振り下ろされる白刃が見えた。

鈍色の残像を焼き付けた瞼を、とっさにきつく閉じる。

だが、その瞬間、一陣の風がジゼラの髪を揺らした。

待ち構えていた衝撃は来ぬままに、懐かしい匂いが鼻をくすぐる。

「……？」

恐る恐る目を開ければ、目の前に誰かが立っているのが見えた。

揺れる銀色の髪。見上げるほどのたくましい背中。

目の奥が熱を持つ。喉の奥から熱いものがせり上がってくる。

「アーロン、さま？」

「……ったく、お前は俺に守られてろって言ったろうが」

ずっと聞きたかった声に、鼓膜が震えた。

みっともないとわかっているのに、涙が溢れて頬を伝う。

「なっ……なぜ、ここに！」

狼狽えきった声を上げるグラシアノ公爵の手首を、アーロンがしっかりと掴んでいた。

「てめぇの呪いが消えたおかげで動けるようになったぜ」

不敵に笑うアーロンに、グラシアノ公爵がぎりりと奥歯を噛みしめる。

おそらくジゼラたちに気づかれぬように、ずっと後を追ってきてくれていたのだろう。

「よくも俺の女に手を出しやがったな。こいつを泣かせていいのは俺だけなんだよ！」

「やめっ、ぐあああぁ！」

鈍い音が響き、情けない悲鳴がこだまする。

突然後方に飛んだグラシアノ公爵の身体は床に落ちるように倒れて、ピクリとも動かなくなる。

「あ……」

まさか殺してしまったのかとジゼラが青ざめれば、ものすごい勢いでアーロンがこちらに振り返った。

琥珀色(こはくいろ)の瞳がたたえる真剣な眼差(まなざ)しに、心臓が締め付けられる。

「ジゼラ！　このばかっ！」

「ひえっ!?」

勢いのままにたくましい腕がジゼラをしっかりと抱きしめる。骨がきしむような強さに痛いと感じたが、それ以上に全身が喜んでいた。

「なんで帰ってきたんだ！　なにやってんだよ！」

ぎゅうぎゅうとジゼラを確かめるように抱きついているのに、その口調はあきらかに戻ってきたことを怒っている。抱きしめてくる腕が細かく震えていることに気づき、胸の奥がぎゅっと締めつけられる。

ちぐはぐなアーロンの姿に笑いながら、ジゼラはその背中に手を伸ばす。

ジゼラよりも体温の高いたくましい身体と、汗ばんだ身体の匂い。

ほんの少ししか離れていなかったのに懐かしさで胸がいっぱいになった。

「勝手に捨てるのが悪いんです。だから勝手に戻ってきました」

「お前なぁ……！　何回俺を助ければ気が済むんだよ、ばか！」

「なんですか、それ」

強まる腕の力に応(こた)えるように、ジゼラはアーロンの胸板(むないた)に顔を押しつける。

滲んだ涙を拭うように頰を寄せて、この世で一番大切な人の存在を必死に確かめたのだった。

「殴って気絶させるとか王子のやることじゃないですよね」

「うるせぇ。身体が動くようになったら絶対殴るって決めてたんだよ」

悪びれないアーロンはまさしくいつも通りの姿で、ジゼラは頰を緩ませる。

グラシアノ公爵はアーロンに殴られたショックで気を失ってしまっており、完全に伸びていた。

「とりあえず縛っておきますね。僕は他の使用人たちの安否を確かめてきます」

手際よく公爵を縛り上げたヤンは、足早に離宮の奥へと戻って行った。

急に静かになったことに落ち着かない。

アーロンはジゼラをまだ腕に抱えたままで離れるそぶりを見せない。ジゼラもまた、離れがたくてぴったりとくっついたままだ。

「まったく。いったい何がどうして北の魔女から龍の爪を預かれるんだ」

「聞いてたんですね」

「お前たちの声を頼りにここまで来たからな。ヤンが支えてくれたとはいえ、歩くだけで体がバラバラになりそうなくらい痛かったんだぞ。あ〜思い出したら腹が立ってきた。もう一発殴っとくか」

凶悪な顔で唸ったアーロンはジゼラをようやく解放すると、床に転がったグラシアノ公爵に向かっていこうとする。

ジゼラは慌ててその腕にしがみついて押し止めた。

「もう！　そんな場合じゃないでしょう！　アーロン様こそいったい何があったんですか！」

アーロンは舌打ちを一つすると、ジゼラを送り出した後にグラシアノ公爵が貴族たちを伴い押しかけてきたところからの話をはじめた。

貧民街での実験や貴族たちの寿命を生け贄にアーロンを殺そうとしたことを知ったジゼラは、怒りのあまりグラシアノ公爵を思いきり蹴飛ばそうとした。

もちろん、アーロンに止められ未遂に終わったが。

「やめとけ。お前の靴が汚れるだけだ」

「でも！　あんまりですよ!!　なんて酷い！　外道の極みじゃないですか！　それに、こいつのせいでアーロン様は魔女に呪われたんです。全部こいつのせいで……」

言いながら涙が出てきた。

アーロンがぎょっとした顔をしてから、少し困ったように眉根を寄せる。

「泣くなよ」

「悔し涙です!!」

「泣いてんじゃねぇか」

軽口の叩き合いに、強ばっていた心と身体が少しだけ軽くなる。

グラシアノ公爵のことは憎くてたまらなかったが、アーロンが無事だったことが嬉しい。

またこうやって会話ができる幸せに、胸が弾む。

「生まれて初めてこの死なない呪いに感謝したぜ。これがなかったら、あいつの呪いでくたばってただろうな」

皮肉だなと笑うアーロンの横顔を見つめ、ジゼラは眉を下げる。

本当に嫌になるくらいに皮肉な話だ。

「……アーロン様、聞いてください。あなたの呪いにまつわる話を」

ジゼラは北の森でイブリットから知らされた全てをアーロンに伝えた。グラシアノ公爵がこの場で語った話と会わせれば、二十五年前に何が起きたかは想像するにたやすかった。

「つまり俺は勘違いで呪われたってことか」

「そういうことになります」

「チッ……北の森の魔女もとんだポンコツだな。ろくに調べもしねぇで俺の人生を台なしにしやがって」

「その点については申し訳なく思ってる。最大限の詫びはさせてくれ」

「!?」

唐突に会話に紛れ込んできた声に、ジゼラとアーロンは顔を見合わせた。

「龍の爪が使われた気配を感じてきてみれば……なるほど、そういうことだったのか」

「イブリット!!」

玄関ホールに、どこから現れたのかイブリットが立っていた。

エメラルドの瞳が気絶したままの公爵をじっと見下ろしている。

「へぇ。お前が北の森の魔女か。ようやく面が拝めたぜ」

冷え冷えとしたアーロンの言葉に、イブリットが気まずそうに視線を泳がせる。

アーロンにしてみれば人生を台なしにした敵そのものだ。

怒りのままに怒鳴りつけて殴りかかるんじゃないかとジゼラはハラハラしていたが、予想に反しアーロンは冷静な様子でイブリットを見ていた。

「おい。どうやら俺が呪われたのは盛大な手違いだったみたいだ。どう責任を取る？」

「間違いは認める。君には何の非もなかった。心から詫びよう、王子よ」

「それだけか？　魔女ってのは誠意の示しかたも知らねぇのかよ」

まるで悪人のような態度でイブリットに絡むアーロンの袖をジゼラは引っ張る。

「もう！　落ち着いてくださいって！」

「いいんだジゼラ。彼が言うように、あきらかに私の失態だ。君の人生を台なしにしてしまった償いは必ずさせてもらう。まずは呪いを解かせてくれ。ジゼラ、あの薬はもう飲ませたかい？」

「あ！　薬！」

ヤンに手渡したままだったことを思い出し、ジゼラはさっと青ざめる。

「どうしよう。ヤンが……」

「薬ってのはこれか？」

「！」

アーロンが懐から青い小瓶を取り出した。

「ここに来る途中でヤンが手渡してきたんだ。薬か？」

「ああそうだ。私が作った君の呪いを解く薬だ。飲めば君の死にまつわる呪いは全て解除される」

「へぇ」

面白がるような顔をしてアーロンはためらわずに小瓶の蓋を開けると、中身を一気に飲み干した。

あまりの思い切りのよさにジゼラとイブリットは目を丸くして固まってしまう。

「うげぇ。まっず！」

「飲んだ！　えっ⁉　飲みました？」

「なんというか、凄い子だね君は……どれどれ」

イブリットがアーロンの身体に向かって手をかざす。

「ああ……うん。死に関する呪いは無事に消えたようだ。君は二十六歳になっても死なないし、毒を飲めば死ぬ身体になったよ」

「最後が余計だな。死なない呪いってのは残してもらってもよかったんだぜ？」

「残念ながら私はそんな器用な解術はできないんだよ。さて、残りの呪いだが……まいったね、随分と複雑化してるじゃないか」

眉間に深い皺を刻んだイブリットがまじまじとアーロンを見つめた後、ジゼラに視線を向けた。

「ジゼラ。君、彼の呪いを解こうとしただろう」

「え、ええ」

「本当に力の強い子だね。おかげで彼の呪いはほとんど朽ち果てかけている。しかも、すっかり変化してしまっているから私じゃもう解術できないよ」

「そんな！」

「おい」

慌てるジゼラと低く唸ったアーロンにイブリットは肩をすくめる。

「話は最後までお聞き。私が王子にかけた呪いは多岐にわたる。そのほとんどは魔法使いどもが解いてしまったようだが、強力なやつだけ残っていたようだね。『愛の呪い』が随分とやっかいな形に変化してしまってる」

「……『愛の呪い』？」

なんだか随分とロマンチックな響きに思わず呟けば、イブリットがにやりと口元を緩めた。

「愛に憎まれ愛に疎まれる呪いだ。愛した者との間に深い障害が生まれるようになる。魔法使いどもの解呪のせいで、些細な好意にまで影響するように変化してしまっているがね」

「……えげつねぇな」

「まあね。随分と弱くされてしまったせいで妙な歪み方をしているが、この呪いを解く正式な方法までは変わっていないらしい。それをすれば、王子は晴れて完全に自由の身になれると思うよ」

「どんな方法なんです？」

前のめりになったジゼラにイブリットが意味深な笑みを向けた。

「心から愛する相手に告白し受け入れてもらえばいい。呪いを上回るだけの愛が全てを救うのさ」

「……！」

心から愛する相手。つまりはアーロンが好きな相手に告白すればいいのだろう。

ちらりと視線を向けたアーロンは驚愕の表情を浮かべ、イブリットを見つめていた。

（ああ……）

ジゼラは直感した。アーロンには想う相手がいると。

動揺で揺れる琥珀色の瞳と赤くなった目元に滲むのは、隠しきれない期待と喜びだ。

（アーロン様の、好きな人）

一瞬だけもしかしてという期待が灯る。強く抱きしめられた名残が、身体を疼かせた。

だが、アーロンはこちらを見ようともしない。何かを噛みしめるように拳を握りしめ、遠くを見つめながら瞳を輝かせている。

それは、ここにいない誰かを想っているようにしか見えなくて。

(私じゃない)

心臓を針で刺されたような痛みを感じる。

アーロンにとって、ジゼラはあくまでもペットなのだ。

呪いのせいで、誰かを愛することも、愛されることも許されなかったアーロン。

そんな彼が、一途に思っている他の誰か。嫉妬と悲しみがない交ぜになって、ここから逃げ出したくなった。

呪いも随分弱まっているというし、アーロンが極悪王子という仮面を捨て誠実に告白すれば、どんな女性だってすぐに応えるだろう。

もうジゼラで誤魔化さなくてもいいのだ。

今更に、ジゼラの全てはアーロンのものなのに、アーロンの何一つもジゼラのものではないことに気づく。

アーロンを救えたことで報われたはずの心が、暗闇に放り出されたように途方に暮れていた。

「さて。君や王家への償いはまた後日でいいかな？　私はこれから少々忙しくなりそうなんだ」

イブリットは何やら袖まくりをすると、凶悪な笑みを浮かべ床に転がったままのグラシアノ公爵を見下ろした。

「こいつには報いを受けさせなければならない。苦しんだ私のかわいい子たちのぶんだけね。連れて行っても構わないだろう？」

「好きにしろ。そいつがいてもいなくても、こっちはどうにかなる」

「ありがとう王子。そして本当にすまなかった。謝って済むことではないが、何度だって謝らせてもらおう」

「謝罪はいいから、ちゃんと態度で示せよ」

「わかってるよ。ジゼラ、君は私の可愛い龍を助けてくれただけではなく、間違いまで正してくれた。深く感謝している。どうか幸せに」

「イブリット様……」

「ああ、そうだ。あの仔猫だが私がもらってもいいかい？　龍の子がどうも気に入ってしまったらしくてね」

「もちろんです。かわいがってあげてくださいね」

「ありがとう！」

嬉しそうに微笑んだイブリットが指を鳴らすと、まるで魔法のようにその場から二人の姿が消えてしまった。実際魔法を使ったのだろうが、あまりに一瞬過ぎてジゼラはあっけにとられてしまった。

最初から何もなかったように広くなった空間は、まるでこの先に待つ自分の未来のように見えてジゼラは切なくなった。

ジゼラは横に立っているアーロンへと視線を向ける。

彼は腕を組んだままイブリットとグラシアノ公爵がいた場所をじっと見ている。感情の読めない琥珀色の瞳を見ていると、どうしてだかこの場から逃げ出したくなった。

「……あの、アーロン様」

「ったく。こうもあっけなく終わられると俺の人生は一体何だったんだって気分だぜ。ジゼラ、お前の部屋に行くぞ。ここじゃ落ち着かねぇ」

「えっ!? あ、はい……うわっ」

歩き出したアーロンについていこうとするが、緊張が解けたせいか身体がふらつく。

その身体を抱き留めたアーロンはふっと小さく笑うと、ジゼラの身体をひょいっと抱き上げた。

息がかかるほどに近くなった顔に、ジゼラは頬を赤くする。

「も、もう！　また！」

「いいじゃねぇか。大人しく抱かれてろ」

楽しそうに笑いながらアーロンは、まるで甘えるようにジゼラの頭に頬ずりをした。

その優しいぬくもりのせいで反論の言葉を失ったジゼラは、仔犬のような声を上げて大人しくアーロンに身体を預けたのだった。


抱かれたまま運び込まれたジゼラの部屋。

アーロンは寝台の上にジゼラをゆっくりと下ろしてくれた。乱れた髪を優しく指で撫でられ、靴まで脱がされる。

まるで大切な宝物のように扱われ、恥ずかしさに顔が赤くなった。

「あの……」

「ん？」

アーロンはぴったりとジゼラにくっついたまま、離れていく様子はない。

愛する女性の元に駆けつけなくていいのだろうかと戸惑っていると、アーロンは更に距離を詰めてきた。

「ジゼラ」

腰に回った腕で背中を丸く撫でられると、お腹の奥がきゅんと疼いた。

いつもより優しい色に染まった瞳に見つめられ、どうしてだか逃げ出したくなる。

「んっ」

熱い吐息が頬をくすぐる。

少し乾いた唇がねだるように鼻先をかすめたあと、そっと重なってきた。

ちゅっちゅと何度も角度を変えながら優しくキスされて、唇をついばむように食まれると、背中がぞくぞくと震えて身体の力が抜けてしまう。入れてほしいとねだるように唇を舐められれば、自然と口が開いて熱い舌を迎え入れていた。

「んっんぅう！」

舌を絡められ唾液をすすられる。食べられるみたいなキスで体中の力が抜け、ジゼラはアーロンの服をぎゅっと握ってその身体にすがりつく。

大きな手がジゼラのうなじを撫で、髪をまさぐるように動きながらキスを深めてくる。

逃れられないキスの嵐に、ジゼラは甘えるように鼻を鳴らす。

「すっげぇやらしい顔だな」

お互いの唾液で濡れた唇のままに笑うアーロンの顔は意地悪だ。

(すき……アーロン様、好き)

最初は成り行きからはじまった関係だけれど、もうアーロン以外愛せないくらいに心は囚われている。

この先、アーロンが愛する女性と結ばれ呪いが解けることを望んでいるはずなのに、想像するだけで死んでしまいたくなるほどに悲しい。

これが最後かもしれない。そんな予感にジゼラは勇気を振り絞りながらアーロンの首に腕を回し、自分からキスの続きをねだった。

「なんだよ、甘えただな」

「だって……」

「いいぜ。いくらでもキスしてやるよ。でも、その前にっと」

「ひやっ!」

両脇に腕を差し込まれ、力の抜けきった身体をひょいっと持ち上げられる。そしてアーロンの膝に乗せられ、ジゼラは子どものように抱き込まれてしまった。

密着する身体に、心臓がきゅんと跳ねる。

「ジゼラ、愛してるぜ」

耳に囁き込まれた言葉に、ジゼラは瞳がこぼれ落ちそうなほどに目を見開く。

「うそ」

思わず返してしまった返事に、アーロンが唇を尖らせる。

「嘘（うそ）じゃねぇよ。ずっと愛してた。お前だけがずっと欲しかったんだ」

「ずっと、って……」

いつから、と聞くこともできずアーロンを見つめていれば、眩（まぶ）しそうに目を細められる。

「お前に、転ぶなって言われた日から」

「……は？」

いつそんなことを言ったのだろう。記憶にないと頭を振れば、アーロンが楽しげな笑い声を上げた。

「泥だらけだった俺に手を差し伸べてくれたろう？　あの時、お前は俺の心の汚れまで落としてくれたんだ」

泣きそうな笑顔に、遠い記憶が蘇（よみがえ）る。

聖なる力があると判明する少し前のことだ。ルビナに連れられ、王城のガーテンパーティに参加したことがあった。

体裁（ていさい）を気にする大人と違い、純粋な貴族として育った少女たちは、庶子（しょし）であるジゼラをいないものとして扱った。いつものことだと諦（あきら）めつつも、やはりやり場のない悲しさが抑えきれず、その場から離れることを選んだジゼラは、バラの低木（ていぼく）の近くで、一人の男の子に出会った。

「あの時、の……？」

ぬかるんだ地面に座り込み泣きそうに顔を歪ませていた彼は、何かに絶望していた。

大人ぶりたかったジゼラは、どこかで聞いたような言葉を偉そうに口にしたような記憶があった。

「そんな、私……」

偉そうに語ってしまった過去に恥じ入っていると、アーロンはますます笑みを深くした。

「ようやく思い出したか」

熱っぽい唇が、ジゼラのこめかみを撫でた。

「信じられないかもしれないが、あの日、俺は変われたんだ。負け犬なんかにはならない。二度と転んでやるもんかって」

存在を確かめるように頬を撫でられる。

「好きだ。この世界で一番愛してる。お前だって、俺が好きだろ？」

断定的な物言いをしながらも、その瞳は少しだけ不安そうに揺れていた。触れている指が僅かに震えているのが伝わってくる。

どうしようもない愛しさが胸を満たした。

あふれる愛しさが涙になって、こぼれ落ちる。

「……私も、愛しています」

ずっと伝えたかった。この恋は実らないと覚悟したときから、隠すつもりだった気持ちは、一度口にしてしまえばとまらなくなってしまう。

「好きです。アーロン様が好き。大好き」

「ジゼラ……！」

痛いほどに抱きしめられながら、ジゼラは大きな背中に手を回す。

二度と離れたくない。離れるものかと誓いながら、しっかりとしがみついた。

「もうぜったい捨てないで」

「捨てるもんか！　逃がしたのだって、お前を守るためだ。俺が死んでからじゃ、もう守ってやれないから」

「……うん、うん……」

「もうぜってぇ離してやらねぇ。ずっと俺の傍にいろ。一生、愛するって約束するから」

「わ、たしも――」

愛してる、という言葉は荒々しいキスで奪われた。

その瞬間、アーロンの中にあった呪いの残滓が崩れていったのが伝わってくる。

(ああ、もう大丈夫だ)

イブリットの言葉通り、愛の告白をもって呪いは完全に消滅したらしい。

望んで悪役になる必要もないし、悪夢にうなされる夜も終わったのだ。

これからは、ただ幸せになるだけでいい。

「ん……んっう……」

早く教えてあげたいのに、アーロンのキスは止む気配がない。

後ろ頭にさし込まれた大きな手が、息継ぎさえも許さないというように口づけを深くする。

口の中を余すところなく舐め回され、舌先を弾かれる。混ざり合った唾液が溢れて、口の周りを濡らしていく。

「つあ……あ、ろん、さま」

痺れた舌がうまく動かない。伝えたいことが沢山あるのに、熱を孕んだ身体が疼いてどうしようもない。

「かわいいジゼラ。俺だけの聖女だ……髪の毛一本だってほかの奴に触らせるもんか」

「ひゃうぅ！」

ぬろりと耳朶を舐められながら、熱烈なのにどこか物騒な甘い言葉を吹き込まれる。

ワンピースの上から胸を揉まれ、ジゼラは艶っぽく喘いだ。ドレスとは違いコルセットを身につけていないから、ダイレクトにアーロンの指を感じてしまう。包み込むように揉まれ、先端をしごくように摘まれると、お腹の奥からとろりと蜜が溢れて下着を濡らしていく。

「や……あうぅ……まって、おねがっ……」

「待たない。ようやく本気で手を出せるんだ」

スカートの上から足を撫でていた手が、するりと中に入り込み、すっかり汗ばんだ内股を撫でながら奥まった部分へと進んでくる。

下着の上から濡れたあわいを撫でられ、腰を跳ねさせれば首筋にキスをしていたアーロンが吐息で笑う。

「すげえ濡れてる。お前も欲しかった？」

「ひっ、だめっ……んんっ」

じらすように布ごしに花芯を引っかかれると、頭の中が真っ白になった。アーロンが欲しい。それだけしか考えられなくなっていく。

下着の中に入り込んできた指が、花芯を撫で回しジゼラの中にいともたやすく入り込む。ゆっくりと出入りする動きに合わせていやらしい水音が響いてくるのが恥ずかしいのに、気持ちよくてたまらない。

足が勝手に開いて、アーロンの指をもっともっととねだるように腰が揺れてしまう。

蜜ですっかり濡れそぼった隘路が、ゆったりと抽挿される指先を愛しそうに締めつけて、その存在をありありと伝えてくる。

「あ、あぅん、あーろん、さまぁ」

「ジゼラ……ああ、くそ、かわいいなお前はっ……！」

「ひっ、あっ！」

指が勢いよく引き抜かれ、ころりと寝台に転がされた。

荒い呼吸を吐き出しながら、アーロンは勢いよく上着とシャツを脱ぎ捨てる。あらわれた鍛え上げられた上半身は、これまで何度も見てきたはずなのに眩しくて直視できない。

「お前も……」

胸元のリボンがほどかれ、引き破りかねない勢いでワンピースを剝ぎ取られた。濡れて貼りついていた下着も脱がされ一糸まとわぬ姿にされてしまう。

素肌に触れるシーツのさらりとした感触に、うっとりと目を細めていればアーロンがゆっくりと覆い被さってきた。

啄むような優しいキスをされながら、素肌の胸をやわやわと揉まれ、ジゼラはくうんと仔犬のように鼻を鳴らす。

「どこもかしこも柔らかくて、まるで砂糖菓子みたいだ」

「なんですそれ……やっ」

肉づきの薄いアーロンの唇が顎を辿り首筋を撫でる。鎖骨を辿った舌が、ふっくらとした胸から下を辿り、心臓の上をめがけるように口づけを落としはじめる。

ひとつ、ふたつ、みっつと赤い花びらが肌に残っていく光景に、胸の奥から甘やかな喜びが湧き上がってくる。両の胸を寄せるように持ち上げられ、くっついた先端を同時にぱくりと食べられてしまう。

「んんっ……あああ……！」

わざとらしく音を立てながら吸い上げられ、腰が浮き上がる。硬く立ち上がった先端は、熱い舌でぞろりと舐められ弾かれるために充血して痛いほどに気持ちいい。

何も出るはずがないのに、このまま吸い続けられたら何かが出てしまいそうな気分になってくる。

「そ、そんなに、すわないでぇ」

「やだね。こんなに美味いのに……ああ、いい声だな……もっと聞かせろよ」

「つん、ううう……」

意地悪く甘噛みされ、甲高い悲鳴が漏れた。濡れて充血した乳嘴を指先で摘まれ、痛みを感じないぎりぎりの強さで引っ張られる。

「やあぁ……！　だめ、だめぇ」

「かわいいな……ぜんぶかわいい」

これまでも何度も閨を共にしたが、こんなに喋るアーロンははじめてだった。卑猥な言葉を言わせられたり、聞かされたりすることはあったが、今日告げられる言葉は全部が甘ったるい。

肌を撫でる吐息にすら愛が籠もっているのがわかる。

お腹の奥が熟れて、蜜が溢れて太ももの裏を濡らした。もう欲しくてたまらない。

「アーロンさ、ま……も、おねがい」

たすけて、とねだるようにジゼラはアーロンの腰に手を伸ばす。先ほどからずっと存在を感じていた、怖いほどに硬く昂っている部位を優しく撫でれば、アーロンがぐるりと喉をならした。

「ジゼラっ」

怒りすら感じさせるような声音で名前を呼ばれ、噛みつくように口づけられる。

大きな手が、膝を掴み力の抜けきった足を広げさせ固定した。

乱暴にベルトを外す音が聞こえただけで、期待でお腹の奥が疼く。アーロンが必死に自分だけを求めてくるのが伝わってきて、ますます蜜が溢れてきてしまう。

全てを脱ぎ終え、裸になったアーロンが開いた足の間に身体を捻じ込み、腰を寄せてくる。

硬い切っ先が性急な動きで、ジゼラの蜜口に押し当てられた。触れあった瞬間に混ざる水音に、肌が粟立つ。

「あんっ！」

そのまま根元まで一気に挿入され、ジゼラは背中を浮かせ喉を反らせた。

みっちりとお腹を埋める質量に全身がじんと痺れて、頭の中が真っ白になる。

怖いほどに熱くて硬い雄槍が、震える隘路をゆっくりと掻き混ぜる。性急だった挿入とは裏腹な、なだめるような腰使いに、衝撃で強ばっていた内壁はすぐにとろりと蕩けてしまった。

最初はさぐるように浅かった抽挿は、すぐに激しさを増していく。

「あっ、ひ、ああんっ、ああっ」

肌と肌がぶつかる音が部屋のなかに響きはじめる。太ももを掴まれ広げられた足の先が、あわれっぽく揺れている。お腹の奥をとんとんと小突かれるたびに、赤く染まった爪先がきゅうきゅうとまるまった。

「ジゼラ……ジゼラ……！」

激しい揺れに、寝台が壊れそうにきしむ。

これ以上、中に入らないところまで腰を進められ、最奥を穿たれ、内壁を抉られて。ジゼラの弱いところを知り尽くした動きで、容赦なく攻め立てられる。

汗ばんだ肌が重なる感触がとてつもなく心地いい。

お互いの心と体がちゃんと重なっているのがわかる。

どこかに飛ばされそうなほどの快楽と同時に与えられる、泣きたいほどの多幸感。

これが愛して愛されることなのだと、苦しいほどにわかった。いや、わからせられてしまった。

アーロンを包んでいる隘路がジゼラの気持ちを訴えるように必死に収縮する。

「く……そんなに締めるな……」

「だって……あっ……！」

身体が言うことを聞かない。アーロンがもっと欲しいと勝手に叫んで訴えている。

「アーロンさ、まっ、あっ、あっ！」

組み敷いてくるアーロンの顔は汗に濡れ、恐ろしいほどの色気をまとっていた。

情欲で火照った頬と、獣のような視線。それら全てがジゼラに向けられていると痛いほどに感じる。

歓喜した隘路がアーロンの動きに合わせ、雄槍を包み込む。それに呼応して熱っぽい呼気を吐き出しながら、心地よさそうに目を細める表情が綺麗で、もっと見たくなる。

「……すき」

「あ？」

「アーロンさま、だいすき」

ろくに回らぬ舌でうわごとのように呟いて、ジゼラはアーロンに腕を伸ばす。力の入らぬ指先で、その肩にしがみつき、不安定な体勢のままにしがみつく。

抱きしめてほしいし、抱きしめたくてたまらなかった。

尖った乳嘴がアーロンの胸板にこすれて、痺れるような愉悦を生んだ。はしたないとわかっていても、自分からこすりつけてしまう。

「っ、おまえなぁ！」

「あう!!」

突然質量を増したアーロンの雄槍が、ごりごりと最奥を押し潰す。

隘路を押し広げ、どこまでも容赦のない律動を早めていく。腰を打つ淫らな音とお互いの荒い呼吸が絶え間なく混ざり合って、まるで世界に二人だけしかいなくなったみたいだった。

「はっ、あ、んっあああっ」

あっという間に高められた身体はばらばらになってしまいそうで、ジゼラは必死にアーロンにすがりつき、アーロンもまたジゼラの身体を強く抱きしめた。

激しく穿たれ、腰を使われ、何度も高みに押し上げられる。その度に溢れた蜜のせいで、交わった場所がはしたないほどに濡れそぼり、ぐちゃぐちゃと音を立て泡立っていくのがわかった。

「くっ……!!」

色っぽい呻き声がジゼラの鼓膜を揺らす。

ひときわ硬く張り詰め膨らんだ雄槍の先端が、子宮を押し潰した。

「んぅう〜〜〜〜」

たっぷりと吐き出された熱い飛沫を感じ、ジゼラの身体も再びの頂へと追い詰められる。

「あ、あっ……やぁ」

隘路を満たした子種を擦り付けるように腰を揺すられ続け、ジゼラは余韻に身体を震わせながら、短く喘いだ。

繋がったまま汗みずくの身体で抱き合っていると、鼓動が落ち着くのに合わせて心も少しだけ平静さを取り戻してくる。

まだ膣内に収まったままのアーロンの肉棒は少し硬さを失っているが、萎えてはいない。ジゼラの内壁もまた、いかないでと訴えるように甘く収縮している。

「……えっと……」

恥ずかしさをこらえながら、ジゼラはアーロンをちらりと見上げた。あんなに激しく抱かれたのに、足りないだなんておねだりをしても許されるのだろうか、と。

視線がかち合えば、アーロンも何か言いたげな顔をしていた。上気した肌と、潤んだ瞳。どこかあどけない表情に、きっと気持ちは同じなのだとわかった。

ようやく繋がった気持ちを、もっと確かめあいたくてたまらない。

こみ上げてくる愛しさのままに背中を浮かせ、鼻先にキスをすれば、アーロンがひゅと喉をならした。

「あっ!?」

中に埋まったままの雄槍がぐんっと硬さを取り戻し、琥珀色の瞳が獰猛な光を宿す。

「……煽ったのは、お前だからな」

獣じみた唸り声と共に動きはじめたアーロンに、ジゼラはひえっと情けない声を上げた。

「あ、んぅ！」

繋がったまま、身体の位置を入れ替えられる。寝台に寝そべったアーロンの身体をまたぐような体勢で貫かれ、ジゼラは低く喘いだ。

自重で自然に深まった繋がり。先ほどまでとは違う場所が刺激され、腰が抜けてしまう。

「だめ、これ、だめぇ」

「嘘つけ。腰が揺れてるぞ」

「ひん！」

ずん、と下から突き上げられ、ジゼラは身体をしならせる。全身を貫く甘やかな痺れに思考が溶け、瞳からぽろぽろと涙が溢れた。

「……なんだ、もうイったのか？」

「んっあ……だってぇ」

「残念ながら俺はまだだ。しっかり付き合ってもらうぞ」

「あっ、あああっ……ん」

玩具のように揺さぶられながらも、ジゼラはアーロンと指を組み交わすように手を繋いだ。この繋いだ手を離すことは二度とないだろう。

与えられる熱に、逆らうことなく蕩けていく。

二人で一つになった甘い行為は、夜が明けるまで続いたのだった。

＊＊＊

ようやく全ての苦しみから解放されと知ったアーロンは、ジゼラの腕の中で少しだけ泣いた。

大きな身体を抱きしめながら、ジゼラもまた静かに涙を流したのだった。

事実を知った国王と王妃の怒りはすさまじく、グラシアノ公爵家が行っていた悪事を白日の下にさらした。二十五年前の悪事に荷担していた者たちや、魔道具を作っていた魔法使いたちには重い刑罰が下されたのだった。

呪いを利用していた神殿も追及を逃れることはできず、神殿長をはじめとした上位の神官たちは一掃されることになった。

それをきっかけに、神殿が長く隠していた悪事も露見した。

なんと聖女不足というのは真っ赤な嘘で、彼らは聖女という立場に希少性を与えるために、力の弱い女性たちは聖女と名乗らせずに過酷な労働を与えてこき使っていたのだ。

ジゼラが予想していたとおり、神殿はこれまでにも聖女を金で貴族に売り渡していたことも発覚した。癒やしの力欲しさに彼女たちを虐げていた貴族たちは処罰され、苦しめられていた聖女たちは自由になれた。

神殿の空気はこれから大きく変わっていくのだろう。

諸悪の根源であるグラシアノ公爵は、イブリットが連れて行ったため、国王が直接裁くことはできなかったが、魔女の怒りを買って無事でいられるわけもないだろう。

対外的にはアーロン王子を狙った反逆罪で幽閉されていることになっている。

また、グラシアノ公爵に追随してアーロンに直訴していた貴族たちは慌てて態度を改め、自分たちの罪を認めている。

この騒動には、一つオマケが付いてきた。

グラシアノ公爵と神殿の非人道的な行いが表沙汰になったことで、貴族や国民が手のひらを返したようにアーロンのことを賞賛しはじめたのだ。

悪事を暴くため自ら汚名を着ていた王子として、彼の評判は上向き始めている。

今では極悪王子どころか、英雄王子だなんて二つ名で呼ばれはじめた。

現金な奴らだとアーロンは悪態をついていたが、本心ではほっとしていることにジゼラは気づいていた。

そして。


「で、これが魔女の償いなぁ」

窓にもたれるように外を見つめ、どこか呆れたような口調でアーロンが呟いた。

雪が溶け、芝生の新芽が姿を見せ始めた離宮の中庭に、山のように積み上がっているのは、龍の鱗や爪などの貴重な素材だった。あまりに大量すぎて城に運び込むことができず、城仕えの魔法使いたちが必死に選別している最中だ。

百年に一度しか手に入らない精霊の涙まであり、歓喜のあまり気絶した者までいるという。

「イブリット様も豪快ですよね」

「まったくだよ。魔女ってのは本当にわけのわからねぇ生き物だ」

複雑そうなアーロンの横顔を見つめ、ジゼラは小さく笑う。

イブリットは本当に反省しているらしく、アーロンや国王たちに正式に謝罪しに来た。

森を蹂躙された怒りで我を忘れていたのだというイブリットの言葉に、国王は複雑な面持ちながらその謝罪を受け入れたのだった。

アーロンが呪いで苦しめられた日々は消えないが、そのきっかけは王族の不始末でもある。

「魔女殿。あなたの大切な森を荒らしたのは、私の愚弟だ。私からもあなたに謝らせてくれ」

そう言って頭を下げる国王の姿に、イブリットは慌てたように首を振った。

厳格な魔女はまるで叱られた少女のようにうなだれ、ぼそぼそと言葉を紡ぐ。

「君たちは無関係だった。本当にすまない。あの男には私が直接制裁を与えている」

「……あやつは、どうしているだろうか」

「死ねないことに苦しんでいるよ。少なくとも、王子が呪いに囚われていた期間と同じだけ実験動物になってもらうつもりだ。そのあとは気が向いたら考える。まあ心が無事かどうかは約束できないがね。必要なら身体だけでも返そうか？」

「いや結構だ。あやつはもうこの国には不要な存在だ」

すっぱりと身内を切り捨てる言葉に、イブリットは満足気に微笑んだ。

そして大量の魔法素材と、この百年間はこの国を守護するという約束を残して北の森へと帰っていったのだった。

「父上も、百年といわずもう少しふっかければよかったんだよ」

「またそういうことを言う。アーロン様。もう悪人ぶる必要はないんですから、もっと丁寧（ていねい）な口調で話してください」

指摘すれば、アーロンはめんどうくさそうに唇を尖らせた。

子どもじみたその仕草がかわいくて、ジゼラは頬をほころばせる。

「今更、大人しくしろって言われてもな。まあ、おいおいだな」

「もう……」

「お前の方はもういいのか」

「ええ」

ジゼラは久しぶりに家族と再会し、これまでの事情を全て説明した。

愛玩（あいがん）聖女として囲われていたことは伏せ、神殿の悪行（あくぎょう）から守ってもらっていたと告げれば、シュタイエル家の面々はアーロンを誤解していたことを詫び、心から感謝してくれた。

極悪なのはアーロンではなく、正直に窮状（きゅうじょう）を告白しなかったジゼラだとルビナには泣かれ、エドガーには叱られた。

家族なのにどうして頼らなかったと涙を滲ませながら怒るエドガーの姿に、ジゼラまでつられて泣いてしまったのはアーロンには秘密だ。

ジゼラもまた、勝手に自分の立ち位置を決めて、家族に素直に甘えることができないまま大人になったことを思い知らされてしまった。これからは、もっと普通の家族として仲良く過ごしていけるような気がする。

また、アーロンがジゼラの避難場所として用意していたエルディラ伯爵領の養護院には、これまで不当な扱いを受けていた聖女たちが向かうことになったらしい。

今まで苦しんでいた人たちが少しでも穏やかな日々を送れることを心から願っていた。

「じゃ、そろそろ結婚するか」

らしくない表情を一変させ、いつもの自慢げな笑みを浮かべたアーロンがジゼラに向き直る。

もう決まったことのように告げられた言葉に、ジゼラは目を丸くした。

「……は!? え、でも、私は庶子です、よ？」

庶子は貴族であって貴族ではない。

王族、しかも未来の国王と結婚などできるわけがないではないか。

「関係あるか。この俺がいいって言ってるんだ」

「うわぁ……」

「だいたい、今やお前はこの国を救った大聖女だろうが」

「う……」

そう。アーロンが英雄王子と呼ばれるようになったついでに、ジゼラは大聖女と称されるようになってしまった。

グラシアノ公爵が作った多くの呪いを解呪して回ったことがきっかけで、どういうわけか英雄王子の大聖女として色々ともてはやされている。

「愛玩聖女が大聖女に昇格とは大出世じゃねぇか。ついでに未来の王妃になるくらい楽なもんだろ」

情緒の欠片もない尊大なプロポーズに呆れつつも、それが彼の最大級の愛情表現なのだと理解しているジゼラは、しかたがないなぁと頬を緩ませる。

愛玩聖女としてはじまった関係だったのが嘘みたいだと思う。

いつのまにか愛するようになっていたし、本当はずっと愛されていた。

この奇跡を世界中に知らしめたくなる。

「嬉しいだろう！」

断られるなんて欠片も想っていないアーロンの自信に満ちた笑みに、結局は弱い。

きっとこの先も、こうやってほだされて、全部許してしまうのだろう。

ジゼラを愛して甘やかして、ダメにしてしまう極悪な王子様。

「わかりました。ふつつか者ですが、よろしくお願いいたします」

ここまで来たらもう度胸だと、ジゼラはアーロンに自分から抱きついた。

＊＊＊

我ながらどうかと思うプロポーズから数日後。

アーロンは、ジゼラに結婚が認められたことを報告した。

「そんなわけで、今日からお前は俺の婚約者だ」

温室で動物たちと戯れていたジゼラは、てっきり色々と反対されるかと思っていたのにと、困惑の表情を浮かべている。

「だから言ったろうが」

「なんでそんなに偉そうなんですか」

今日のジゼラは春らしい若草色のワンピースを身にまとっている。大きく開いた胸回りの光景は非常に魅力的だが、この姿で離宮から温室まで歩いて来たのかと思うと少し腹立たしい。

帰りは自分の外套(がいとう)を貸そうと考えながら、アーロンはジゼラの隣に腰を下ろした。

「議会は満場一致だったぞ」

信じられないと首を傾(かし)げる仕草はとびきりかわいらしく、いますぐに離宮に連れ帰ってベッドに引きずり込みたくなる。

つい先日それをやらかして数日間お預けを食らったばかりの頃を思い出しながら、アーロンはその細い腰を抱き寄せるだけに留めた。

「でも驚きです。本当にいいんでしょうか」

「俺がいいって言ってるんだからいいんだろ。今の議会に俺に逆らうような馬鹿はいないさ」

「そういうの、圧力って言うんですよ……」

ジゼラの冷たい視線に肩をすくめながら、アーロンは口の端をつり上げた。

本人は知らないが、ジゼラは今やこの国で最も人気のある女性になっている。

家族のために神殿に身を投じ、呪いに苦しむ人々を救った奇跡の聖女。

しかも庶子でありながら、いまや王子の恋人だ。市井(しせい)ではジゼラを主人公にした物語まで作られているらしい。

グラシアノ公爵と神殿の悪事で失墜しかかっていた国の威信を取り戻すのに、力の強い聖女であるジゼラを未来の王妃として迎えるという提案を、誰が反対できるだろうか。

（ま、それだけじゃないけどな）

ジゼラと結婚するためにアーロンが用意したカードは二枚だ。

まず一つは、後継者問題。

アーロンは魔女に長く呪われていた反動か、身体に膨大な魔力を所有していることがわかった。夫婦間で魔力量に差がありすぎると、子どもが生まれにくい。つまり、アーロンと同等の魔力を所持している女性でなければ、王妃にはなりえない。

この国でアーロンと子をなせるだけの魔力量のある適齢期の女性は、ジゼラをおいて他にはいないだろう。

もう一つは、この国で長く問題になっていた庶子の扱い。

以前から、親の都合で生まれてきたにもかかわらず、貴族として生きていくことも許されず、平民として生きていくことも難しい庶子という立場はひとつの社会問題だった。

この状況にわだかまりをもつ貴族は少なくなく、何度も議題に上がったものの、古くからあるしきたりを覆す大義名分が長いことみつからないでいたのだ。

そこに、ジゼラという存在が現れた。

聖女として国民から慕われ、アーロンの恋人である庶子。彼女を問題なく王家に迎えるために、しきたりを変えると発表してしまえばいい、と。

そうして、アーロンは議会でジゼラとの結婚承認を勝ち得たのだった。

国王と王妃は、最初から諸手を挙げてジゼラを歓迎していたから、障害にもならない。

ずっと娘が欲しかったとずいぶんと浮かれているらしい。

これまで呪いのせいで一緒に過ごせなかった時間を埋めるようにせっせとアーロンの元に通ってきては、早く孫を作れとせっついてくる始末だ。

まだ影も形もない赤ん坊のために、子ども部屋の準備までしていると知ったら、ジゼラはどんな顔をするだろう。

（俺の為に、父上も母上も子どもを作らなかったんだよな）

優しい両親は、呪われた息子を孤独にしないため、新たな子どもを作るという道を捨てた。

もしアーロンの命が助からなかった場合は、血筋を遡って養子を迎えればいいと考えていたらしい。

面と向かって愛せない自分のために、どうしてそこまでと憤った日もあった。

死にゆく息子のことなど忘れ去ってしまえばよかったのに、と。

だが、今なら少しだけ両親の気持ちがわかる気がした。アーロンが両親の立場でも、同じ決断をしただろう。

身代わりを作らないと決めた両親の、深い愛情と真摯な決断に、胸が詰まる。

そう思えるのも、全てジゼラのおかげだ。

本当に、何度アーロンという人間を救えば気が済むのだろう。

「これで国の許可は下りた。次は、お前の家だな。どんな手を使うか……」

「そんな……戦いに行くんじゃないんですから」

（似たようなもんだろうが）

心の中で毒づきながら、アーロンはジゼラの父と義母、そして妹と弟の顔を思い浮かべる。

彼らは総じてジゼラを深く愛している。愛情の強さで負ける気はしないが、血の繋がりは侮れない。なにより、ジゼラは家族に弱い。

（下手をしたら数ヶ月、いや数年のロスになるんだぞ）

十歳で神殿に入ったジゼラを、シュタイエル家の面々はかまい倒したくてしようがないらしい。

父親であるエドガーは離れていた間の家族旅行をやりなおしたいとはりきっているし、義母のルビナはドレスを沢山仕立ててやりたいと息巻いているそうだ。

一番厄介な妹のルイーゼは、一緒に買い物に行ったり夜会に参加したりと姉妹水入らずの時間を過ごしたいとジゼラにねだっているらしい。

末の弟だけは一緒に過ごした期間が短いこともあり、そこまでジゼラに執着はないようだが、逆にジゼラの方がかわいい盛りに構えなかったことを後悔している節があり、一緒に過ごすことを楽しみにしているようで気に食わない。

「結婚には反対していないんですよ？　ただ、少しだけ家族水入らずで過ごしたいって言っているだけなんですから」

その水入らずの期間が問題だということに、ジゼラはまったく思い至らないらしい。

家族全員が満足したらすぐにでも結婚式を挙げようと軽く言うが、あの様子ではそう簡単には満足しないだろう。

「いやだね。俺は明日にだって結婚したいんだ」

細い腰を抱き寄せ、腕の中に閉じ込めた。

ほっそりとしているのに、どこもかしこも柔らかくて信じられないくらいに甘い匂いがする。

肉付きの薄い首筋に唇を押し当てながら、アーロンは低く唸った。

「お前と毎晩一緒に寝たいし、朝を一緒に迎えたい」

「……もう！」

首筋まで赤くして睨み付けてくるジゼラは凶悪なまでにかわいい。

「い、今だってほとんど一緒にいるじゃないですか！」

「でも、しょっちゅう帰ってるだろうが」

「う……」

「なぁ、ジゼラ……いいだろ？　実家に戻るなんて言わないで、早く結婚しようぜ」

「あっ……！」

腰に回していた腕に力を込めて、更に距離を近くする。柔らかな髪に鼻先を埋め、甘えるようにすりつけば、ジゼラがぐずるような声を上げた。

鼻腔をくすぐる甘い匂いは、温室に来る道すがら咲いていた春の花々の香りだ。

本当なら、アーロンはこの春に死ぬ運命だったなんて今や誰も信じないだろう。

死を覚悟して、一度は手放した愛しいジゼラ。

二度と会えなくても、どこかで幸せに生きていてくれればそれだけで充分だと思っていた。

だが、今は違う。絶対に手放せるものか。もし死病に冒されたとしても、今際の際まで傍に置いておくだろう。

「もう……！」

恥ずかしそうに唇を尖らせながらも、ジゼラは抵抗する気配はない。

それどころか、大人しく身を寄せてくるのが、いじらしくて愛らしい。

もし結婚を承認しなければ、極悪王子を名乗っていた時代にかき集めた情報で貴族たちをまとめて脅すつもりだった。

大聖女という冠を手に入れたジゼラの価値は果てしない。

うまくすれば、いまは曖昧な立ち位置になった神殿さえも、ジゼラの威光で手に入れることができるかもしれないのだから当然だ。

神殿長をはじめとした多くの神官が一掃された神殿は、今は王家の管理下にある。

長く絶縁していた間に腐り果てていた内部を入れ替え、これから聖女となる女性たちに相応しい場所になるまでは責任を持つというのが国王の考えだ。

大聖女という呼び名を得たジゼラも何かと協力していることもあり、ジゼラの配偶者がいずれは神殿長になるのでは、という憶測すら出ていたくらいだ。

(誰が神殿になんか渡すかよ)

正式に妻に迎え、未来の王妃という揺るぎない地位を与えなくては。

もし面倒くさい横槍が入ってジゼラを奪われたら、アーロンは今度こそ本当の悪人になってしまうだろう。

「とにかく、今度は絶対にほだされるなよ。もし先延ばしにしてみろ、離宮から出さないからな」

「怖いこと言わないで下さいよ」

ぎょっとしつつもジゼラの表情は柔らかい。アーロンが本気でやるとは思っていないのだろう。

(できるなら、他の誰にも見せたくねぇんだからな)

絶対に怒るし抵抗されるのがわかっているからやらないだけで、叶うならばアーロンはジゼラを離宮に監禁したいといつも考えている。

食事だって自分が用意したものしか食べさせたくないし、この笑顔が他の人間に向けられているのを見るだけで腹が立つのだ。

煮えたぎる激情は、言葉にして伝えても、態度でわからせても、尽きることなく湧き出てくる。大事にしたい、愛し尽くしたい。でも泣かせてみたいし、困らせたい。

愛してるなんて言葉じゃ足りないほどに大切で。

「ジゼラ」

我ながら情けない声で名前を呼べば、ジゼラは腕の中で照れくさそうにはにかんだ。

静かに閉じられた瞼の動きを了承と捉え、唇を重ねる。

その甘さに泣きたくなりながら、恋しい身体をきつく抱きしめたのだった。

＊＊＊

それから半年後。

真っ白なウエディングドレスに身を包んだジゼラは、かつて聖女として長年過ごした本神殿の聖堂に、花嫁として立っていた。

となりに立つのは同じく真っ白な正装に身を包んだアーロンだ。

銀色の髪をしっかりと撫でつけ、精悍な顔を隠さぬ風貌は眩しいほどに美しい。

参列している両親とルイーゼは、見ているこちらが恥ずかしくなるほどに泣きじゃくっている。

最前列に座った国王夫妻も同様だ。流す涙の意味は、少しだけ違うようではあったが。

「つらくはないか？」

耳元に唇を押し当てるようにして囁かれ、ジゼラは、ひうと情けない声をあげる。

人目があるのに何をしてくれるのだと軽く睨んでみるが、当のアーロンはまったく気にしている様子もないのが少し腹立たしい。

「大丈夫ですよ……もう、心配性ですね」

「心配もするだろ」

手袋に包まれたアーロンの手が、ジゼラのお腹を優しく撫でた。

今、ジゼラの身体には二人の愛の結晶が宿っている。

すぐにでも結婚をしたいというアーロンの執念、もとい深い愛情が実を結んだのだ。

子どもができたとなれば、シュタイエル家の面々も結婚を先延ばしにしろとは言えなくなってしまった。まだまだ一緒にいたいのにとごねる家族をなんとかなだめ、ジゼラはアーロンの妻となる許しを得たのだった。

反対に国王夫妻の喜びようは尋常ではなかった。

それこそ王妃はその場で泣き崩れ、何度もジゼラにお礼を言ってくれた。一度は諦めた息子の命を救ってくれただけではなく、孫まで与えてくれてありがとう、と。

その言葉にジゼラも一緒になってわんわん泣いて、アーロンと国王をたいそう困らせることになった記憶はまだ新しい。

結婚証明書にサインだけしておいて、挙式は子どもが生まれてからでもいいのではないかという声もあったが、アーロンは頑なに譲らず、王族の結婚としては異例の早さで式の日を迎えることになった。

すでに暮らしの拠点はあの離宮に移っているので結婚式は一つの区切りでしかないと思っていたジゼラだったが、神の御前で誓いを上げたことでアーロンの気持ちがわかってしまった。

「これで、ジゼラは間違いなく俺の妻だ。神にだって渡さない」

ジゼラだって同じ気持ちだ。

たとえ死がお互いを別つ日が来ても、ジゼラの夫はアーロンだけだ。

きっと来世でもジゼラはアーロンを見つける自信があるし、アーロンだって探しに来てくれると確信できた。

「幸せになりましょう、アーロン様」

誰のためでもない。

自分のため、お互いのために。

そしてこれから生まれてくる、愛しい未来のために。

エピローグ

Gokuaku Ouji no Aigan Seijo

ノルトハイム王国に新たな国王が即位して三度目の春が来た。

王宮内のローズガーデンには色とりどりの花が咲き乱れており、甘い香りに包まれた広場では多くの動物たちと二人の子どもが駆け回っている。

少し離れた場所にある東屋に座ってそれを見守るのは、菫色のドレスに身を包んだジゼラだ。

二児の母となり、ますます柔らかくなった顔立ちには聖母のごとき慈愛が滲んでいた。

「ルーチェ、ソル。怪我をしないように気をつけるのよ」

「はい、お母様！」

元気よく返事をしたのは姉であるルーチェだ。

銀色の髪と、真夏の海のような深い青色の瞳。好奇心に満ちあふれたはつらつとした笑顔がよく似合うおてんばな王女は、机に向かって勉強するよりも、愛犬と駆け回るのが大好きで、よく家庭教師を困らせている。

「待って姉上！」

その後を必死に追いかける弟のソルは、ルーチェと違い半べそをかいていた。

焦げ茶色の髪を仔猫にぐしゃぐしゃにされ、琥珀色の瞳に涙を滲ませる姿に、ジゼラはつい苦笑してしまう。顔立ちはアーロンそっくりなのに、眉を下げてばかりな王子の気弱さにはいつもやきもきさせられっぱなしだ。

　空を見上げれば、もうずいぶんと日が高い。

　ゆっくりと立ち上がったジゼラは、二人に向けて再び声をかけた。

「二人とも、そろそろ準備なさい。おじいさまたちが待っているわよ」

「はーい」

　揃って返事をしたルーチェとソルは、律儀にも傍にいる動物たちにそれぞれ声をかけ、頭を撫でている。

　動物好きなところまで父親にそっくりな我が子の姿に、ジゼラは笑みを深くするのだった。

　先代の国王が健勝にもかかわらず退位を宣言したのは、ジゼラがソルを出産した翌年だった。

　弟であるグラシアノ公爵の起こした様々な事件に胸を痛めていた先代国王は、後継の誕生を機に表舞台から降りることを決意していたらしい。

　退位後の今は、北の森に近い場所に立てられた別邸で妻と静かな余生を送っている。なんと、北の森に住まう魔女イブリットと茶飲み友だちになっているのだから驚きだ。

　お互いにわだかまりがないわけではないだろうが、やはり長く生きた分だけ許す力もあるのだろう。見習うべき先人たちの姿に、ジゼラはいつも感銘を受けていた。

　そんな彼らは、孫であるルーチェとソルを目に入れても痛くないほどにかわいがってくれており、二人もその愛情を深く信頼して懐いている。

　今日はそんな祖父母と孫が水入らずで過ごす休暇のはじまりの日だった。

約束の刻限より随分早くやってきた迎えの馬車に瞳を輝かせる子どもたちは、親から離れることをまったく憂えていない様子だ。そのことが少し寂しくはあるが、誇らしいとも感じていた。

「おりこうにしているのよ」

「わかってます！」

「お母様、いってきますね」

待ちきれない様子でそわそわしている二人にキスをしていると、なにやら騒がしい足音が聞こえてきた。

振り返ると、正装姿のアーロンが足早にこちらにやってくるところだった。会議があるので見送りにはこられないかもと言っていたのに。

アーロンの後ろには書類の束を抱えたヤンが苦笑いを浮かべて付き添っている。どうやら、無理を押して駆けつけてくれたのだろう。

「間に合ったようだな」

「お父様！」

ぱっと顔を輝かせたソルがアーロンの腕にしがみつく。それに続いてルーチェがずるいと反対の腕に飛びついた。

「コラ、二人とも！」

思わず注意すれば、国王から父親の顔になったアーロンが気にするなというように首を振る。

「お前たち。お祖父様たちを困らせるんじゃないぞ。あと、魔女がいくら優しいからって図に乗るな。森の龍に食われて帰ってこられなくなるぞ」

「大丈夫だよ！　イブリットも龍も優しいもの」

「僕は、龍の猫と遊ぶのが楽しみです」

期待に満ちた笑みを浮かべる子どもたちに、アーロンとジゼラは揃って破顔する。

「それに、次の週末はシュタイエル家のお祖父様たちと遊ぶんだから、必ず帰ってくるわ」

そう。アーロンの両親以上に、ジゼラの実家も二人を溺愛してくれている。

ジゼラの後、他家に嫁いだルイーゼも、自分が産んだ子どもと同じだけの愛情を注いでくれていた。

ジゼラにしてあげられなかった分の全てを、子どもたちに注ぐのだと息巻いている姿に、何度胸を熱くしたかわからない。

「行ってきます」

慌ただしく馬車に乗り込んで、窓から手を振る二人を並んで見送ってしまえば、先ほどまでの騒がしさが嘘のような静けさが訪れた。

「行ってしまったな」

小さくなっていく馬車を見つめるアーロンは、やはり少し寂しそうだ。

王族の子育ては乳母任せになりがちなところを、アーロンは自ら進んで育児に関わっていた。

下手をすればジゼラよりも添い寝した夜は多いかもしれない。夜泣きが酷かったソルを一晩中抱いていてくれたこともある。

今では自他共に認める子煩悩な父親として、臣下や国民から深く慕われていた。

ほんの数年前まで、極悪王子として周囲から恐れられていたなど、今では誰も信じないだろう。

出会った頃に比べて精悍さを増した顔立ちには、この国を導く王としての自信に満ちている。長く伸びた銀髪を後ろでひとつに結び、黒を基調とした正装を身にまとう姿には、まさしく王の風格があった。

アーロンという素晴らしい伴侶に支えられているおかげで、ジゼラもなんとか王妃としての務めを果たせている。今では神殿の管理を一任され、若い聖女たちの指導役も担っている。

かつては儀式で聖なる力があるとわかるや否や神殿入りさせられていた彼女たちに、神殿入りを選ぶ権利を与えるよう定めたのもジゼラだ。気が済むまで親元で過ごすもよし、聖女にならず普通の人生を歩むもよし。

生まれ持った運命で人生を決められてしまうなんておかしいのだから、と。

また庶子であったジゼラが王妃になったことをきっかけに、これまで地位が低かった庶子の扱いも大きく改善された。

そんな背景もあり、ジゼラもまたアーロンに劣らぬほどの支持を得ている。

こんなにも満たされた日々がくるなんて、想像したこともなかった。

ジゼラは幸せを噛みしめながら、隣に立つアーロンに身体を寄せる。

「寂しいですね」

「そうでもないぞ」

「え？」

予想していなかった返答に驚いて顔を上げれば、琥珀色の瞳が嬉しそうに輝いていた。

たくましい腕がするりと腰を抱き、身体を密着させてくる。

「久しぶりの夫婦水入らずだ。じっくり楽しめるように、明日は休暇にしてきた」

「！」

国王が休暇など許されるのかと目を丸くして、ジゼラはアーロンの背後に控えたヤンに視線を向ける。

従順な従者であるヤンは、アーロンを止められないとわかっているのか緩く首を振って見せた。どうやら本気らしい。

「今日からしばらくは、王妃でも、聖女でも、母親でもない、俺だけのジゼラだな」

髪に優しく口づけられ、頬に熱がともる。

何年経っても陰ることのない愛を注いでくれるのは嬉しいが、人の目のあるところでは自重して欲しい。

それでも、嬉しそうに笑うアーロンには結局勝てないことを、短くない結婚生活でジゼラは嫌というほどに思い知らされている。

「じゃあ、アーロン様も、国王陛下でも父親でもなく、私だけのアーロン様ですね」

少しあきれたようにそう呟けば、腰を抱く腕に力がこもった。

髪に押しつけられていた唇から、獣めいた息が吐き出され地肌を撫でる。

「ヤン。今から休暇だ」

「は!? 陛下、流石にそれは……」

「うるさい。俺がそう決めた」

まるでかつての横暴な王子だった頃のような乱暴な物言いをしてアーロンは、そのままふわりとジゼラを抱き上げる。

きゃあと悲鳴を上げ、ジゼラは咄嗟にアーロンの首に手を回した。

「信じられない！」

立場も年齢も忘れて叱りつけても、アーロンは不敵な笑みを浮かべるばかりで堪える様子はない。

幸せを物語る雄弁な瞳の美しさに、胸が詰まった。

これから先にどんな困難が訪れたとしても、アーロンが傍にいてくれれば乗り越えられる。

そう確信できるだけの愛を感じながら、ジゼラは優しく微笑んだのだった。

番外編一　従者の願い

「ジゼラを、無事に逃がしてやってくれ」

絞り出すように告げたアーロンを見つめ、ヤンは奥歯を噛みしめた。

赤くなった目元を隠そうともせず、乱れた服装のまま自室の寝台に座り込んだアーロンは、腕の中にシーツの塊を抱いていた。

そこに包まれているのが、誰かなど考えなくてもわかった。

「……本当によろしいのですか」

「ああ。潮時だ」

何かを諦めるようにきつく目を閉じながらも、アーロンの腕が緩む気配はない。

ヤンの主人であるアーロンが、何よりも愛しているただ一人の女性、ジゼラ。

癒やしの力を持ち、アーロンが抱えた呪いをものともしない、唯一の光。

勘違いでなければジゼラもまた、アーロンを心から愛しているはずだ。

それほどまでに二人はお似合いだった。まるで産まれたときから定まっていた、運命の片割れのように、寄り添う姿はぴったりと重なっていた。

引き離したりしたら、どちらかが死んでしまうのではないだろうか。

（それほどまでに愛しているのに、何故）

問いかけたいが、言葉にはできなかった。

アーロンがどんな思いで、この決断を下しているのかがヤンにはわかるからだ。

このまま呪いが解けなければ、アーロンの命は呪いによって尽きてしまう。

春なんて来なければいい。二人が永遠に一緒にいられるように時が止まればいいのに。

そう願ってやまないのに。

何の手助けもできない自分の無力さに、ヤンは爪が食い込むほどに拳を握りしめる。

「お前にしか頼めない。どうかジゼラを、守ってやってくれ」

「……はい」

主人の願いを速やかに、だが確実に叶えるために、ヤンは静かに踵を返した。


ヤンには故郷と呼べる場所はない。

一番古い記憶は、父と各地を旅しているときのものだ。さまざまな国でいろいろな人に出会ったが、ヤンと同じ人たちが暮らす国はどこにも見つからなかった。

獣人だけが住む東の果てにある小さな国。

そこで生まれ育った獣人の母は、学者だった人間の父と出会い、恋に落ちた。だが、獣人は人間を見下していたため、二人の恋は誰にも認められなかったという。

引き裂かれるくらいならと、ヤンの母は父とともに国を出奔する道を選んだ。その時にはもう、ヤンは母のお腹に宿っていたのだ。故郷を捨てた罪悪感と慣れぬ旅で、母は心身共に衰弱し、出産に耐（た）えることができなかった。

だから、ヤンには母の記憶もない。

「お前の母さんは、美しい人だったよ」

そう語る父の顔には、母に対する愛（いと）しさが滲（にじ）んでいた。嘘偽（うそいつわ）りなく、二人は愛し合っていたのだろう。

最愛の女性を奪（うば）った我が子を、父はとても大切にしてくれた。

だが、肝心（かんじん）の生活は旅から旅へという不安定なものであった。

父の仕事が研究者ということに加え、半獣人であるヤンを守るためにも一ヶ所に留（とど）まることができなかったのだ。獣人が人を嫌う以上に、人もまた獣人を恐れ迫害（はくがい）していたのだ。

幸いなことに、ヤンの外見はほぼ人と同じで獣化する力を持っていなかった。だが、暗闇（くらやみ）で金色に光る瞳（ひとみ）だけはどうしてもごまかせず、獣人であると知られて逃げるように旅立つことも多かった。

何もしていないのに。ただ産まれただけなのに。

どうして誰も彼もがヤンを嫌うのかわからなかった。

やり場のない憤（いきどお）りを抱えていたヤンたち父子が最後に辿（たど）り着いたのが、ノルトハイム王国だ。

旅暮らしの限界を感じた父が、知人のつてを頼り、翻訳（ほんやく）の仕事を見つけたのだ。ヤンは病弱だということにして、家から出ない生活を選んだ。

息苦しく貧（まず）しい生活だったが、家のある暮らしは幸せだった。

これからは二人で息をひそめて暮らしていこう。

約束し合った矢先に、父親は流行病（はやりやまい）であっけなく逝（い）ってしまった。

一人残されたヤンは、当然まともな生活をすることなどできなくなった。スラム街に住み着き、盗みなどの小さな悪事を働きながら、なんとか生き延びていた。

皮肉にも、半分だけ身体に流れる獣人の血が、ヤンを生かした。

人間よりも頑丈な身体のせいで、ぼろきれのようになっても死ぬことすらできず、ただ命を繋いでいるだけの日々。

早く両親のところに行きたい。そう願っていた。


運命の日のことははっきり覚えている。

夏の盛り。

茹だるような暑さと酷い空腹感から道ばたでうずくまっていたヤンの元に神様が現れた。

「……なんだお前、生きているのか。しかたねぇな拾ってやるよ」

不敵に笑う琥珀色の瞳をした神様は、ヤンを拾い、食事を食べさせ、清潔な暮らしを与え、仕事まで用意してくれた。

獣人だと知っても嘲ることも見下すこともなく、同じように拾われた人々と平等に扱ってくれた。

ようやく得た居場所だった。一生をこの人のために生きようと決めたのに。

「俺に尽くそうだなんて思わなくていいからな」

悲しげにそう告げた神様は、なんと呪われていた。

愛することも愛されることも許されず、孤独のままに死にゆく運命にある主人。永遠に傍にいることができないと知ったときの絶望は計り知れなかった。

だが、たった一つだけ幸運なことがあった。それは皮肉にもこれまでヤンを苦しめてきた獣人の血だ。

アーロンの呪いは「人間」に限定されており、半獣人であるヤンには効果が薄かったのだ。物にぶつかりやすかったり、ちょっとしたアクシデントに巻き込まれるなど、小さな影響は受けたが生きるのに困ることはない。

はじめて自分が獣人であることに感謝しながら、ヤンはアーロンに仕えた。

アーロンにずっと捜している想い人がいると知ったのは、彼に残された時間があと二年を切った頃だ。

めずらしく酒に酔ったアーロンが、極悪王子という悪評を甘んじて受け入れることになった理由を語ってくれた。

たった一人の少女の言葉が、死にかけていた彼の心を救ったのだ。

どうしてもっと早く教えてくれなかったのかと憤りながら、願わくばその少女と再会してほしいと心から祈った。そして叶うなら、その少女にも同じだけアーロンを想ってほしいと。

祈りはどうやら神に届いたらしい。ヤンを哀れに思ってくれたのかもしれない。

ジゼラを傍に置いてからのアーロンは目に見えて幸せそうだった。

優しい笑みを浮かべ、人のぬくもりに満たされて。どうかずっとこの奇跡が続けばいい。聖女であるジゼラの力で、呪いだって消えてくれればいいのに。

でも、さすがにそこまで都合よくいかないのが人生だ。

(俺にできるのは、アーロン様の願いを叶えることだけだ)

ジゼラが神殿に狙われることなく平和に過ごせる場所を用意したいと、アーロンは手を回し、辺境を治めているエルディラ伯爵家に連絡を取った。

今の当主は、高齢ではあるが剛健で誠実な人物だ。数年前に最愛の妻を見送ったことをきっかけに、政治の表舞台から去っていたが、アーロンが王都のスラム街を救済すると決めたことを知り、すみかを追われている人々の受け入れ先になるべく辺境の領主に就任してくれている。

国王と旧知の間柄ということもあり、呪いのことやアーロンが進んで極悪王子などという汚名を着ているのを知ったうえで、陰ながら協力してくれている。

『詳しい事情は話せないが、ある若い娘を書類上の妻に迎え領地に養護院を作って欲しい』という無茶な依頼をしたにもかかわらず、エルディラ伯爵はそれを快く引き受けると返事をくれた。

その快諾を受け、ヤンは速やかにジゼラを安全に辺境へと送り届ける準備をした。ひとつ、ひとつと道が整っていくたびにアーロンが苦しげに顔をしかめるのを見ぬふりをしながら。

(あの人は、もっと我が儘になっていいんだ)

どうしてそこまでできるのか。

自己犠牲にも程があると、ヤンはやるせなくなることすらあった。

ジゼラはきっと、アーロンが息絶えるその日まで共にいることを厭わないはずなのに。どうしてすがらないのか。どうして甘えないのか、と。


まだ夜の明けきらぬ早朝。城の裏門につけられた馬車に、アーロンは宝物でも扱うかのように眠ったままのジゼラを馬車に乗せた。

疲れ切って眠るジゼラの頬には涙の痕が未だにはっきりと残ってた。

それを名残惜しげに指先でなぞったアーロンの背中には隠しきれない寂しさがあり、ヤンは我慢ができなかった。

「どうしてですか。どうして手放せるのですか」

死ぬまで縛りつけておけばいい。アーロンが愛した人ならば、国王も王妃も全てをかけて守ってくれる。なのになぜ、手元から逃がしてしまうのか。

「なんでだろうな」

自嘲気味に呟くアーロンは、ジゼラから目を離さない。

「……俺は、こいつに死に顔を見せたくないのかもな。呪いでの死に様がどんなものか、誰も知らないだろ。眠るように死ぬのならいい。でも、のたうち回って醜い姿になるなら、ジゼラにだけは知られたくない」

ずんと胃の腑が重くなる。

アーロンがどれほどジゼラを愛しているのか、ヤンにはわかっていなかった。

「こいつが最後に思い出す俺は、今の俺であって欲しいんだ」

胸を切り裂かれるような痛みをこらえながら、ヤンは静かに頭を下げる。

「もうしわけありません。差し出がましいことを口にしました」

一時の感情で、主の決意を穢そうとしてしまった自分を戒めるように深く下げた頭を、アーロンの大きな手がぐしゃりと掻き混ぜた。

「ヤン、ありがとな」

鼻の奥がツンと痛む。

感謝するのは自分のほうだ。

アーロンに救われ今日まで生きてこられた。

まだ、何一つ返せていないのがもどかしくて悔しい。

「ジゼラを頼むぞ」

「はい！」

必ず守る。そう固く決意しながら、ヤンは馬車に乗り込んだ。

まさか辺境へ向かう道中でジゼラが逃げ出し、呪いの根源である魔女に巡り会い、解呪の薬まで手に入れてくるなどとは想像もしなかったが。


そして季節は巡り、アーロンに拾われてから何度目かの夏が来た。

これまでの献身からヤンは爵位を与えられ、国王の側近として仕事をこなす毎日だ。

今では仕えるべき主が増えていた。

王妃となったジゼラに、アーロンとの間にできた王女と王子。

大切な人の大切な存在は、ヤンにとっても宝物だ。

あんなに静かだった離宮が今では毎日騒がしく、目まぐるしく時間が過ぎていく。

「ヤン！　帰ろう！」

「はい」

「僕も！」

「ええ」

当然のように差し出されるふたつの小さな手を握り返しながら、ヤンはようやく自分の故郷を手に入れたような気がしていた。

番外編二　二人でならばどこだって

ジゼラがアーロンの婚約者となって数週間後。

離宮の自室にて、妃教育の一環で与えられた本を読んでいたジゼラは、扉が開く音に顔を上げた。

「今戻ったぞ」

「おかえりなさい、アーロン様」

「ああ」

瞳を嬉しそうに細めるアーロンに、ジゼラもまた笑みを返す。

読みかけの本にしおりを挟み机に置きながら立ち上がると、上着を脱ごうとしているアーロンに手を貸すためにその傍に駆け寄る。

厚手でありながら驚くほど軽い生地で仕立てられた上着には、アーロンの匂いが染みついていた。

預かった上着にそっと顔を埋めながら、ほんのりと汗の混じった男らしい香りをこっそりと堪能する。その匂いを、ジゼラはとても気に入っていた。

「なあ、ジゼラ」

「はい？」

まさか上着を嗅いでいたのがバレたのだろうかと動揺しながらも、つとめて平静を装って返事をすれば、どこか落ち着かない様子のアーロンがこちらを見ていた。

珍しいその姿に、何かあったのだろうと首を傾げれば、アーロンは意を決したように口を開いた。

「明日は何の予定もないんだったな」

「そうですね」

慌ただしくはじまった妃教育ではあったが、ジゼラに無理をさせるのは本意ではないとかなり余裕を持った予定が組まれているが、数日に一度は丸一日の休日が与えられていた。直近はそれこそ明日だ。

普段ならば実家に戻ることが多いのだが、明日はエドガーとルビナが揃って出かける用事があるために離宮に留まる予定にしていた。

久しぶりに動物たちと戯れながら静かに過ごそうと思っていたのだが、なにか急な案件でも入ったのだろうか。

「少し出かけるぞ」

「お茶会かパーティですか？」

「いや、デートだ」

「デート」

おもわず言葉を反復すれば、アーロンがにやりと口の端をつりあげた。

腕を組み、まるでいいことを思いついたと言わんばかりに何度も小さく頷いている。

「お前、ずっと離宮に籠もりっきりだったろう。外の空気にも触れるべきだ」

「はぁ」

確かにジゼラは神殿を出てからすぐに登城して、そのまま離宮でずっと生活している。とはいえ、聖女として暮らしていた間も、外出は禁じられていたこともあり、籠もりきりの生活には慣れていた。

それに、今は数日に一度は実家に帰っているからわざわざ出かけなくてもとは思うのだが。

だが、アーロンが行きたいというのならば逆らう理由はない。むしろ、ジゼラ以上にアーロンこそ仕事仕事でずっと城に籠もりきりなのだから、外に出かけるべきだと思っていたくらいだ。

「どこに行くんですか」

「街だ」

「街」

予想だにしなかった提案に、ジゼラはぱちくりと大きく瞬いた。

てっきり、どこか人気のない静かな場所に誘われると思っていたのに。しかも街とは王子であるアーロンらしからぬ選択ではないか。

「お前はいずれ王妃になるんだ。少しは市井の暮らしも見ておくべきだろう」

「市井の暮らし……」

確かにジゼラは十歳で神殿に入った以後は外界とは関わらずに生きてきた。その前も庶子とは言え貴族令嬢として育てられていたから、市井の暮らしに疎いのは事実だ。

王妃になるのだから、視察しておいたほうがいいというアーロンの言い分はわかる。実際、妃教育の項目には国民の暮らしを視察する、というものもあった。

だが、それと前述のデートがどう繋がるのかわからずジゼラは、はて、と首を傾げる。

「お前だってたまには、息抜きしたいだろう。俺も最近は仕事にかかりきりだからな」

（それはそうなのよね）

婚約が決まってからというもの、アーロンは未来の王になるべく、国王について色々学んでいる。元々優秀なので苦労はしていないようだが、どうせ死ぬのだからという諦めて手を付けていなかった仕事も沢山あるらしく、時間はいくらあっても足りない状況だ。

この外出がアーロンの息抜きになるというのならば、何処へだってつきあうつもりだ。

「……実は、街に最近話題の菓子を出す店があると聞いてな」

視線を逸らしながらぼそりと告げられた声に、ジゼラはようやくアーロンの意図を察し、なるほど、と小さく頷いた。

共に生活して知ったのだが、アーロンは意外にも食事に拘りを持っていた。

外見や口調から得られるイメージでは、食べられれば何でもいいというような性格をしていそうだが、実際は美味しいものを沢山食べたい、というのが本性だ。

二十六歳で死ぬかも知れない運命だったことを考えれば、限られた食事をできうる限り楽しみたいと思うのは当然なのかもしれない。

そのためか離宮で出される食事はとても美味しく、メニューも豊富だ。

デザートも、旬の果物から珍しいお菓子までとさまざまで、ジゼラは離宮暮らしですっかり舌も身体も肥えさせて貰ったくらいだ。

きっと誰かからその店の菓子が美味しいという噂を聞きつけて、食べたくなったのだろう。

普段ならばヤンあたりに買いに行かせるところを、直接出向くということは、その場でなければ味わえない何かがあるのかもしれない。

なんにせよ、随分と回りくどい誘い方だと苦笑したくなる。

(自分が行きたいって素直に言ってくれればいいのに)

アーロンが望むことならば、ジゼラは嬉々としてそれを受け入れるのに。たとえどんなに面倒なお願いでも、少し悩んでやっぱり許してしまうだろう。

(ううん、これは私のことも喜ばせたいのかな)

本当に自分だけがしたいことなら、アーロンはジゼラを連れ出すような手間はかけないだろう。行くなら一緒に、という思いやりの気持ちがくすぐったい。

「……いいですよ」

「そうか」

ぱっと表情を明るくさせるアーロンに、ジゼラは頬を緩ませた。

待てを解かれた犬のように喜んでいる姿に、微笑ましい気持ちになる。

「俺は正体がばれると面倒だから変装する。お前も、そのつもりでいろ」

「私もですか?」

「そうだ」

王子であるアーロンは姿絵も出回っているし変装する必要があるのはわかるが、ジゼラはそこまで特徴のある外見ではないため、変装する必要などないではないだろうか。

そんな疑問が顔に出てしまっていたらしく、アーロンが不満げに唇を尖らせた。

「俺と出かけるのは嫌なのか」

「まさか！」

ジゼラは慌てて首を振った。

「アーロン様とおでかけできるのは嬉しいですよ」

出かけることとそれ自体に異論（いろん）はない。最初は驚きが勝っていたが、今になってじわじわと喜びがこみあげてきていた。

思い返してみれば、アーロンとはずっと一緒にいたが、改めて二人で外出という経験はないに等しい。

しかも誘い合わせてなにかを食べに行く。

それはまさしくデートだ。

「デート、なんですから」

「お、おう……」

自分で誘っておいて照（て）れないで欲しい。

ほんのりと頬を染（そ）め、視線を泳がせたアーロンと向かい合っていると、その場で足踏みをしたくなってくるのは何故（なぜ）なのか。

数えきれぬほどに肌を合わせ、これから夫婦になるというのに、たかがデートの約束でどうしてここまでむず痒（かゆ）い気持ちになってしまうのか。

なんだか居心地（いごこち）が悪くなって、ジゼラは腕に持ったままの上着を片付けようとアーロンに背中を向けた。

だがその背中に覆い被さるようにアーロンが抱きしめてきた。

すっぽりと包み込んでくる大きな身体は熱くて、心臓がどきりと跳ねる。

ダイレクトに感じるアーロンの香りにくらりと足元が揺れてしまう。

「……このまま妃教育が忙しくなれば、ふたりでゆっくりする機会はもっとなくなる。その前に、お前と思い出が作りたかったんだ。お前が人に自慢できるような時間を、与えてやりたい」

「アーロン様……」

きっとアーロンなりに色々と考えくれたのだろう。

二人の出会いも、はじまりも、普通の恋人同士や婚約者にはない特殊なものだった。

人に言えないような経験は沢山あるが、普通に話せるような思い出は少ない。

ジゼラに人並みの恋人同士のような時間を過ごさせてやりたいという、いじましいまでの思いやりに胸がきゅうと締め付けられる。

「……あなたと過ごせるなら、私はどこで何をしてたっていいんです」

アーロンが傍にいてくれるのならば、どこに行くのも構わないし、何をしたって、ううん、何もしなくなってきっと楽しい。

「でも、俺はお前に色々なことをさせてやりたい」

「ええ？」

「じゃないと、お前の家族がお前を連れ歩くだろう」

あ、とジゼラは口を開く。

そういえば数日前、次の帰省ではルイーゼと外に食事に行く約束をしたと、アーロンに伝えたことを思い出した。

食事をするためだけの外出などはじめてだから楽しみだ、と何気なく口にしたとき、アーロンはどんな顔をしていただろうか。

「……もしかして、それよりも先に私と出かけようとしているんですか？」

ぐっと強まった腕の力に、アーロンの真意を感じ取り、ジゼラは我慢できずにふふ、と笑ってしまう。

なんてかわいいのだろうか。

子どもじみた独占欲に、愛されているという喜びがこみ上げてくる。

「うるせぇ。お前の一番は、全部俺なんだよ」

相変わらずの口調で告げられて、ますます口角が上がってしまう。

ジゼラとて、気持ちは同じだった。

これまで極悪王子として己を偽ってきたアーロン。

ようやく少しずつ、周りにその真実が伝わり、本来の真面目で優しい気質が人々の知るところになってきた。

だが、一番最初にそれを間近で知ったのはジゼラだ。

本当は甘え癖があることや、甘い物が好きなこと。拾ってきた動物たちが子どもを無事に産み落とすと、静かに涙を滲ませるほどに愛情深い不器用な人であること。

呪いに影響を受けない愛玩聖女として、アーロンに寄り添うことができた自分だけの特権だ。

あの頃から密かに優越感に浸っていたと知ったら、どんな顔をするだろうか。

「アーロン様」

大丈夫ですよ、とでも言うようにアーロンの手を優しく撫でる。

力が緩んだところでくるりと後ろを向き、今度はジゼラからアーロンの胸にぎゅうっと抱きついた。

「この先、何があっても私の一番はずっとアーロン様ですよ」

アーロンはジゼラとの出会いを奇跡のように思っている節がある。

救われたと、救ってくれたと愛を告白してくれた。

でも、ジゼラを救ったのも間違いなくアーロンなのだ。

「アーロン様と出会えたから、私は変われたんです。庶子だから、聖女だからといつもどこかで諦めて生きていました。幸運な身の上なのだから、不満なんて持っちゃだめだって」

でも本当はもっと我が儘でよかったのだ。

「あなたが、私を愛玩聖女にしてくれて……愛してくれた」

そのことは、何にも代えがたい奇跡だ。

ジゼラの世界を変えるほどの愛をアーロンが注いでくれた。

「ぐっ」

低く呻いたアーロンが、ジゼラの背中に回した手に力をこめる。

「お前はなんでそう俺を煽る」

痛いほどの抱擁をされながら、腰のあたりにアーロンの欲が兆しているのを感じてしまう。

驚いて腰を引きかけるが、すぐに捕まって密着させられてしまった。どんどんと硬さをますそれの形が、服越しに伝わってきて、ジゼラは恥ずかしさから足をばたつかせる。

「煽ったつもりはないんです！」

「いーや、煽ったね」

「きゃあ！」

抱きしめた体勢のまま器用に持ち上げられ、アーロンはずんずんと歩き出す。てっきり寝台に連れて行かれるのかと覚悟しかけていたジゼラだったが、その方向がどうやら別の場所であることに気づいて、ひっ、と息を呑んだ。

「せっかくだ。一緒にさっぱりしようぜ」

アーロンが勢いよく浴室のドアを開ける。室内を満たしていた湯気が、頬や睫をふわりと濡らした。

大きな浴槽には、魔法によりいつでも入浴できるようにと、たっぷりのお湯が満たされているのだ。

普段はありがたいその仕組みが、今は少し恨めしい。

「ちょ、アーロン様」

アーロンは恐るべき器用さで鼻歌を歌いながらジゼラの服をするすると脱がし、あっというまに裸にした。

抵抗するまもなく、浴槽に身体を沈められ、ジゼラは、はう、と情けない声を上げた。

薔薇の匂いのするお湯に一瞬ふにゃりと身体の力が抜けかけるが、今はそれどころではない。とにかく逃げようと腰を浮かせようとしたが、まるで魔法のような早業で服を脱いだアーロンがすぐに浴槽に入ってきて裸のジゼラを腕に捕らえた。

お湯の中でお互いの肌がぴったりとくっつくのが恥ずかしいのに、心地いい。

「もう！」

これまでにも何度か誘われたことがあったが、頑なに一緒の入浴は断ってきたのに。

赤くなった顔でアーロンを睨めば、当の本人はにんまりとした笑みを浮かべていた。

「お前がさっき言ったんだろ？　俺とだったらどこで何をしてもいい、って」

「確かに言いましたけどぉ……」

それはそういう意味ではない。

アーロンと過ごせるなら、デートだなんて大義名分を掲げる必要はない、と伝えただけなのに。

「明日に触るようなことはしない」

緩やかに背中を撫でられ、ジゼラは身体を震わせた。

濡れた首筋に押しつけられる唇の形が、いつもよりもはっきりと感じてしまう。

お湯の中で身体をまさぐりはじめた指は、ジゼラの輪郭を確かめるように優しく動いていく。

「……あ……」

艶めいた吐息が、室内にこだまする。

普段なら押し隠せるはずの小さな囁きまで大きく反響してしまうのが、酷く恥ずかしい。

ぱしゃりと跳ねたお湯が、お互いの顔を濡らす。

銀色の髪から滴る雫が、湯面を揺らした。

どちらともなく顔を近づけ、押しつけ合うように唇を重ねる。

角度を変えて一度二度と回を重ねていれば、我慢をやめた犬のようにアーロンがべろりと唇を舐めてきた。

唇全体を味わった舌が、頬を舐め、そのまま上へと這い上がっていく。

濡れた髪を掻き上げられて露になった耳朶をべろりと舐められ、ジゼラは短い悲鳴を上げて身体を跳ねさせた。

揺れたお湯が浴槽からバシャバシャとこぼれる音がする。

濡れてしまった床を乾かす魔法が発動し、室内に真っ白な湯気がたちこめた。

くっついているのに、お互いの姿が曖昧になってしまう。

「アーロン様、あっ」

「かわいいな、ジゼラ。どこもかしこも真っ赤だ」

「やぁぁ」

まるでお菓子でも食べるように、アーロンが唇と舌を使ってジゼラの耳を弄ぶ。肉付きの薄い唇で撫でられ、食まれ、前歯でかりりとかじられる。

耳飾りがつけにくいと不満もあるこぶりな耳朶をすいあげられると、お腹の奥がきゅうっと震えた。

でこぼことした溝を余すところなく舐めしゃぶられ、嫌らしい水音が鼓膜を濡らしていくような錯覚に襲われる。

油断したらお湯の中に沈んでしまいそうな身体を、アーロンの肩にしがみついて必死に支える。いけないとわかっていても爪を立てるのをやめられない。

お湯で温まっているせいで、アーロンの素肌にくっきりと爪痕が残っていくのがわかる。

「あ……」

普段は所有物の証をつけられてばかりなのに、今は逆だという喜びがジゼラの胸を満たした。

アーロンがジゼラを自分のものだと主張するように、ジゼラだってアーロンは自分のものだと世界中に叫びたいと思っていることに気づかされる。

「んっんんぅ……」

足を撫でていたアーロンの右腕が、お湯の中でふわふわと揺れるジゼラの胸を摑んだ。

充血し痛いほどに硬くしこってしまった乳嘴を手のひらで転がすように撫でられ、再び身体が大きく跳ねた。

その度に魔法が発動し、息をするのが苦しいほどの湯気が浴室に満ちる。

「は、あ……」

二重の意味でのぼせそうだとジゼラが喘げば、膝下と背中に腕がまわされ、勢いよくお湯の中から引き上げられる。

これまで感じていなかった重力が一度に身体にのしかかった衝撃で、ふわふわとしていた意識にクリアになった。

「続きは寝室だ」

獰猛な声を肌に直接囁かれ、お腹の奥が甘く疼く。

浴槽からジゼラを連れ出したアーロンは、大きなタオルでお互いの身体を包む。

そのまま浴室から寝台へと一直線に向かう乱暴な足取りを嬉しく思いながらも、髪が濡れたままでは風邪を引くのではないだろうかと、どこか冷静に考えてしまった。

しっとりと濡れた髪に手を伸ばしていれば、懸念が伝わったらしく、アーロンが何ごとか唱えた。

温かな風がお互いの身体を包み、水分を飛ばしてしまう。

「魔法、使ったんですか」

「ああ」

「……もう」

ジゼラには想像もつかないが、恐らくはかなりの技術を要する魔法のような気がする。

こんなことに使うなんて勿体ないと呆れていたら、どうやらそれまで伝わってしまったらしい。

「便利なもんは使ってこそ、だろう」

悪びれもせずに言い切られてしまえば、何も返せなくなってしまう。

うやうやしく寝台に降ろされながら、甘い口づけを与えられる。

お湯で温まった身体がそれ以上の熱を孕んでいくのを感じながら、ジゼラはうっとりと目を閉じたのだった。


翌日。

予想通り盛り上がってしまったせいで、二人は随分と遅い朝を迎えてしまった。

気を利かせたヤンが声をかけてくれなければ、これまで同様に寝室で怠惰な休日を過ごすことになっていただろう。

アーロンは魔法によって髪の色を黒に変え、ご丁寧にも眼鏡をかけるという変装をしていた。

美しい外見がそこまで隠れたようにも思えなかったが、顔見知りでもない限りアーロンだとは気づかれないだろう。

服装も品のよい仕立てのシャツに細身のズボン。装飾のないシンプルな上着というもので、いかにも休日を楽しむ貴族という雰囲気だ。

ジゼラに用意されていたのは、胡桃色の上品なワンピース。共布で作られたリボンが胸を飾っているのがかわいらしい。

貴族令嬢というよりも、裕福な家の娘に見えるだろう。

「わぁ……」

センスのよさに感心していると、同じ生地で作られたつばの広い帽子を被せられた。

「これなら、お前が噂の大聖女さまだなんて気づかれないだろう」

悪戯っぽい笑みを浮かべるアーロンは本当に楽しそうだ。

「仕上げはこれだな」

懐から取り出されたのは、紫色の石でできた小さな花のついたネックレスだ。

後ろに回ったアーロンが、やけにもったいぶった動きでそれを首につけてくれる。

美しく輝く飾りを鏡越しに見つめていると、アーロンが自慢げに胸を反らした。

「お前の名前の花だそうだ」

「私の？」

自分の名前に由来があるなど知らなかった。

六つの花弁を模した濃い紫色の石は、宝石に詳しくないジゼラの目にも美しいのがよくわかる。

アーロンの想いの深さがうかがい知れる贈り物に、頰が熱を持った。

「ありがとうございます」

「ああ」

満足げに頷くアーロンに、ジゼラの心も満たされる。

これから、こんなふうに小さな幸せを重ねていくのだろう。

どんな些細なことでも二人でならば、宝石のように光り輝く思い出になるに違いないのだから。

あとがき

はじめまして、または、こんにちは。マチバリと申します。

数多くある本の中から、拙作「極悪王子の愛玩聖女」をお手にとっていただき誠にありがとうございます。

この作品はムーンライトノベルズさん上で開催されていたeロマンスロイヤル大賞で、光栄にも金賞をいただいたお話になります。受賞のご連絡を頂いたときは、本当に嬉しかったです。

私は物語を作るときはタイトルから入ることが多く、今作も「極悪王子の愛玩聖女」というフレーズを思い付いたのがはじまりでした。最初は極悪非道の王子様と噂されるけれど、実は誤解されているだけの優しい人物の元に人質同然で虐げられていた聖女がやってくる……というようなお話を考えていた気がします。

ヒロインのジゼラは、タイトルを思い付いたときから「優しく献身的で芯のある女の子が、自ら進んで王子様のところに行く」というイメージがはっきりと浮かんでいたので、キャラクター作りにそこまで迷うことはありませんでした。

虐げられながら育って無理矢理に極悪王子の元に送られる、という設定を考えていたのですが、実際にプロットに書き出してみると、立場と自己肯定感の低い女の子よりも、家族にちゃんと大事にされ愛され育ったからこその強さがあるキャラであったほうがいいと気づきました。

　おかげで彼女がヒーローを救うことが物語の主軸としてすんなり収まってくれたかと思います。

　そしてヒーローであるアーロンについてはなかなかキャラクターイメージが固定化せず、一体どんな理由で極悪王子と呼ばれるようになったのか、というところでずっとつまずいていたんです。そんなときに、とあるディ●ニー映画を視聴し、これだ！　と思い付きました。魔女、そして呪いと誤解。全部のピースがしっかりとハマってくれました。そうやって生まれたアーロンは、口も態度も悪く上品な王子様らしからぬ、まさしく極悪王子に。最近の恋愛小説のヒーローとしては少なくなってきたキャラクターなので、受け入れていただけるかな？　と投稿時には少し心配しておりましたが、好意的な反応が多くほっとしました。

　アーロンはワケあって、人を遠ざけるためにワザと横暴な人間を演じていますが、しかし本当は寂しがり屋なので、人に関われないかわりに動物たちをかわいがる、という絵に描いたようなヤンチャ男子に仕上がりました。そのおかげか、今作は書いていて本当に楽しかったです。物理的に強く、情に厚く、だが好きな女には弱い不器用な男。そういう男子が恋にモダつくお話は楽しいものです。加えて、私はヒロインに出会えなければ闇堕ちしてた系の男が性癖なので、アーロンには深い業を背負ってもらうことに……ごめんね……！

　そうやってキャラクターの個性と方向性がしっかりと固まっていてくれたおかげか、今作はとても短期間で書き上げることができました。彼らが何を考え、どう動くのかがはっきりと分かっていたからかもしれません。

書籍化にあたり、投稿されていたものからお話の大筋は変えていませんが、担当さんからの助言をいただき各所を調整しております。

　ネットの投稿作からの書籍化という作業は、毎回新しい学びがあり勉強になりました。自分の気持ちと性癖の赴くままに書き連ねているときには気づかなかった矛盾点や、こうした方がもっとおもしろいよ！　とご指導頂きながら作品をブラッシュアップしていく作業はとても楽しかったですし、自分の弱い部分や反省すべき点を知ることができるよい経験でした。今作でも、投稿作品で弱かった部分や、もっと補強すべきところをしっかり指摘して頂けました。

　本編では語れなかったのですが、この作品に欠かせない脇役ヤンについての裏話をひとつ。彼のイメージは黒狼になります。もっと出番を作ってあげたいな～と密かに思っていたのですが、本編の二人があまりに元気よく動き回ってくれたため、見せ場がなく終わってしまいました。辛い境遇のもとに生まれたこともあり、恋愛ごととは距離を置いているヤンですが、エピローグから少し先の未来で、ジゼラの子どもたちの家庭教師の女性と恋に落ち、しっかり幸せになる予定です。

　未来を妄想できるサブキャラというのも、本編に彩りを与えてくれる大切な存在だなとしみじみ感じております。スピンオフを書くのは大好きなので、いつかヤンの物語も書いてみたいです。

　今回、表紙と挿絵は氷堂れん先生に担当して頂きました。以前から憧れの方だったこともあり、イラストを描いて頂けると知ったときはとても驚きましたし、嬉(うれ)しかったです。大人っぽくも美麗(びれい)な絵柄で表紙を彩って頂き本当にありがとうございます。

　そして受賞のご連絡から書籍化作業を支えて下さった担当編集さんにも、とてもお世話になりました。こうやって一冊の本として世に出すことができたのは、担当さんのご尽力あってだと感じております。

　最後に、投稿時に読んで応援して下った読者の皆さま、そしてこの本を購入して下さった読者の皆さま、本当にありがとうございます。

　また、なにかのご縁でお会いできることを願っております。

マチバリ

本書は「ムーンライトノベルズ」(https://mnlt.syosetu.com/top/top/)に
掲載していたものを加筆・改稿したものです。
この作品はフィクションです。実在の人物・団体・事件などにはいっさい関係ありません。

●ファンレターの宛先
〒102-8177　東京都千代田区富士見 2-13-3　eロマンスロイヤル編集部

極悪王子の愛玩聖女

著／マチバリ
イラスト／氷堂れん

2023年3月2日　初刷発行

発行者　山下直久
発行　株式会社KADOKAWA
〒102-8177　東京都千代田区富士見2-13-3
(ナビダイヤル) 0570-002-301
デザイン　AFTERGLOW
印刷・製本　凸版印刷株式会社

ISBN978-4-04-737392-1　C0093 Printed in Japan
定価はカバーに表示してあります。

eR eロマンス ロイヤル 好評発売中

大事なHイベントにヒロインが来ないんですけど!?

どうして私がこんな目に!?
~乙女ゲームヒロインの代わりに、苦しむ魔法騎士様を助ける羽目になったものの~

星見うさぎ　イラスト/成瀬山吹　四六判

R18乙女ゲームの当て馬キャラに転生したルーナ。だけど、攻略対象であるアレン様が媚薬に苦しむHなゲームイベントの現場に、なぜか正ヒロインが来ない。そのままルーナは代わりにアレン様とエッチをする羽目に!　しかも、王家からの命令で、その後も関係を持ち続けることになって!?　転生前の記憶から、攻略対象たちには絶対に関わらないと決めていたのにどうして私がこんな目に——!?